U0926874

谨以此书献给我伟大的父亲和母亲

子女的出息，或许就是对父母最好的感恩和回报

归去来兮

九霄道人

史祥 著

江苏大学出版社
JIANGSU UNIVERSITY PRESS
·镇江·

图书在版编目(CIP)数据

归去来兮 / 史祥著. —镇江：江苏大学出版社，2015.8(2017.8 重印)
ISBN 978-7-5684-0067-1

Ⅰ. ①归… Ⅱ. ①史… Ⅲ. ①随笔—作品集—中国—当代 Ⅳ. ①I267.1

中国版本图书馆 CIP 数据核字(2015)第 214029 号

归去来兮

Gui Qu Lai Xi

著　　者/史　祥
责任编辑/顾正彤　田萌萌
出版发行/江苏大学出版社
地　　址/江苏省镇江市梦溪园巷 30 号(邮编：212003)
电　　话/0511-84446464(传真)
网　　址/http://press.ujs.edu.cn
排　　版/镇江文苑制版印刷有限责任公司
印　　刷/虎彩印艺股份有限公司
开　　本/652 mm×960 mm　1/16
印　　张/18
字　　数/318 千字
版　　次/2015 年 8 月第 1 版　2017 年 8 月第 2 次印刷
书　　号/ISBN 978-7-5684-0067-1
定　　价/38.00 元

如有印装质量问题请与本社营销部联系(电话:0511-84440882)

序

认识史祥老师有15年了。记得还是在2001年8月，茅山道院在句容宾馆举办“二十一世纪中国道教展望”国际道教文化研讨会，他利用暑假来做义工，参与会议的筹备工作，也参与一些茅山道院报刊的编辑工作，他的文学功底给我留下很深的印象。后来我计划编纂《百年茅山道教》，期间整理光绪年间的《茅山志》，有一篇序文，是手写草书繁体，无标点，有些字很难辨认，读起来很费力，我让他帮忙断读一下，他很好地完成了任务，他的古文功底又给我留下很好的印象。

其后多年，史祥老师一直关注着道教文化的建设和发展，曾给我和潘一德合编的30多万字的《茅山道教志》校对过全文，速度快、质量好、热心热情。每年元旦，句容葛仙观都举行新年撞钟祈福仪式，他都会主动参加，做点义工，虔诚执着。有时，他还给我们提一些有益的意见和建议，说明他对道教的宫观管理和道教文化建设有着独到的见解和思考。他对我国的本土宗教有着天然的感情，也默默追随我多年。如今，他即将成为我们茅山道教的皈依弟子，我希望他能沉稳大气、潜心研修、提高学养，为茅山道教做出更多贡献。

我的案头，躺着他送来的《归去来兮》书稿校样。及至翻阅书稿，我对他才有了更多的了解。他热爱生活、品味人生，把一些生活场景渲染得生动有趣，如街上《烤薯飘香》；他热爱亲友、细心体贴，是一个真性情、有担当的男人，岳父车祸猝然过世，他忍不住悲伤而连夜秉笔成文；他热爱学生、寓教于乐，把课堂演绎得生动活泼，把《今天的语文课》改编成一幕幕鲜活的剧本，成为学生的良师益友。他的回忆性文章把我们带回那些旧时岁月，唤起同龄人的亲切回忆。有几篇短文，如“剃头”之后去《洗澡》，场景如在眼前，心酸而甜蜜。书中还写了他个人的独特经历，《挨打》后又《翻车》，通过精彩的描写，突出动作性，让人感慨生活的不易和艰辛。全书多有此类文章,读者可以去细细品味。

他说自己写作的主要目的,在于给学生提供范文,供他们模仿,从而提高写作能力。如此看来,他真是一个有心人,有心于学生、有心于生活,于是积沙成塔、汇总为书。书名"归去来兮"多少表现出恬淡闲适之意,符合一个文人的心态和风格。

杨世华会长(左)与本书作者合影

去年,句容三中为了申报四星普通高中,需要编撰校本教材《茅山道教文化简说》,史祥老师来道院寻找材料,恳请于我,我欣然为之题词。此次,他个人出书,执弟子之礼,认真恳切,请我为之作序。任何人,只要拥有上进心,焕发正能量,都是值得肯定和奖掖的。我教务事务繁杂,大致翻阅一下,姑且写篇短文,权当作序言吧。

江苏省道教协会会长、茅山道院住持　杨世华
2015 年 8 月 18 日,于茅山崇禧万寿宫

目 录

第1辑 旧时光·家人

第2辑 生活·旅痕

第3辑　师生·课堂

第4辑　号外

第 1 辑

旧时光·家人

挨打

现在的大学生，会利用寒暑假打一些小零工，贴补生活，增加阅历。我有一位初中同学，名叫王长玉，在集镇摆个摊子，贩卖鱼虾，而我在大学期间的寒暑假里则帮他卖鱼，不谋报酬，只求友情，也增加阅历。现在就给大家讲些故事。

那时候，我们每天在丹阳那边的渔民家吃晚饭、住宿，半夜起来，开三机（农用三轮摩托车）到鱼塘边上，装上渔民家用网刚刚围上来的鱼，然后拉回家乡出售。

一个没有月亮的夏夜，清风徐徐，星星低垂。在渔民家吃过晚饭后，我和同学出门散步。我们趿拉着塑料拖鞋，提着一支长长的手电筒，顺着村上东西向的机耕路（可供拖拉机行驶的路）边走边聊，出了村口继续向前300米光景，到了机耕路与公路的垂直连接处。公路边上的树木高大葱茏，向南北延伸出去，看不到尽头。一口很大的池塘卧在机耕路南，北岸东岸横着笔直的大路，显得单调生硬；另外两岸弯曲柔和，在池塘中的倒影如同山水名家信手挥就的写意作品。偌大的水面养着无数的星星，圈圈涟漪把它们拈起又放下，偶有追逐的鱼儿冲到水边又迅速摆尾转身，“啪啦”一声，揉碎星光，吓停虫鸣。机耕路的北侧是整齐的大块稻田，田里黑魆魆的，秧苗已经拔节，行列之间闪出一些白光，那是灌溉的积水。青蛙躲在暗处吟着古典短章，宛如山水田园诗人的抒怀，把天地间的静谧渲染得无边无际。我和同学脱了拖鞋，放在路中的硬土上，然后坐着鞋背，用乡音絮叨着未来的梦。

一阵铃声，一阵喧哗，是自行车的那种转铃，清脆、激越、连续，远处传来一群少男的喧哗，嬉笑、疯狂、夸张，如滚滚波涛顺着公路扑到我们的路口，掠起杂音，就像汹涌的波涛在前进中被岸边的礁石击打了腿腰，然后继续前行。当这阵声音从远处划破天籁鼓震耳膜时，我的内心忽生惊悸，拢回叉伸的两腿，收起松垂的双手，一丝恐惧从脚底通过脊髓飞速到达头顶，在头皮一麻一凉的感觉中，浑身肌肉紧张，身子轻微抖动起来，耳朵竖起，敏锐地捕捉那些令我心神不宁的声音，早已没了絮叨的兴致。我不能把自己毫无根据的感觉告诉同学，只能任他继续微笑着展望成家立业的美梦。

我屏住了呼吸，将一份莫名的恐惧埋在心底。那喧嚣的狂笑声，近了，更近了，近在耳边，又远去了，更远了。声音消散了，我的气息也缓过来了，于是追问同学："什么什么，你刚才说什么？"刚刚把心落回去，那股声浪就像钱塘江潮一样来了一个回头潮，那群少年骑着自行车，"哗"，一起折返过来，停在我们面前。其中一人，估计是头儿，上来喝问我们是什么地方的。同学说就是这个村的。头儿骂他胡说，声音听着就不对（我们家乡的方言和这里的方言有所区别）。同学辩解说是这个村上人的亲戚。头儿便转而问同学手里拿着的是不是电棒，同学说是电筒。头儿似乎不放心，亲自扭亮了电筒，上下查看了一番，然后一挥手，马上有两个少男冲过来，包抄封锁了我们回村的路。没等我们反应过来，头儿的拳头已经砸在同学脸上，我刚尖叫一声，一记下勾拳直扑我的下巴。我看到了星星，不是池塘里的星星，不是天上的星星，而是眼里的星星。我一个趔趄，出拳人又顺势一推，我像一截木头一样栽出去。"急中生智"的状态，以前我不信，那次我信了。我迅速调整方向，一头栽进路北的稻田里。我一边装着很痛苦地哼哼着，一边又往秧苗深处爬去几米，在这里，我获得了安全感，他们总不至于踩到烂泥里面来揍我吧？很快，朋友也被打倒在地，那些不良少年才得胜喧呼着撤兵而去，笑声更狂野，铃声更急促，犹如一股山洪，裹挟戾气而来，卷着得意而去。此刻，星星依旧在水里沐浴，蛙儿继续没心没肺地低吟，风儿掠过秧苗的叶梢，叶子边沿的齿镰拉扯着我的脸，不知是抚慰，还是嘲讽。

拖鞋不知逃难去了哪里，我爬到岸上，两脚沾满了黑泥而打滑，大脚趾内侧还挂着一坨裹有秧苗根须的泥巴。我拉起同学，他比我惨，因为他没有像我一样"走为上"，而是一直坚持在大路上，也就多挨了几拳。我们两人都20岁刚出头，哪里咽得下这口气？回到渔民家，抄起鱼叉就往外冲，想去寻仇。渔民忙拦住说，那是一群烂仔，复仇无益，更何况我们还要天天在这一带贩鱼做生意，结下梁子，也就断了路子。我们只得作罢，强龙压不住地头蛇。

那年暑假正值毕业，我本来打算去丹阳工作的，经此一劫，深感他乡险恶，更觉故乡亲切、亲友和融，因而最后还是操着乡音，在讲台上挥洒自己的激情，给家乡的孩子们讲述曾经挨打的故事。

（写于2012年2月2日）

翻车

1993年暑假，我大学毕业，等待工作分配，闲着无事，陪同学王长玉贩鱼。每天黄昏去外县的养鱼户家里吃晚饭，一起吃饭的还有十几个当地村民，是被请来帮着主家拉网围鱼的。所以有酒有肉，我们顿顿美食，大快朵颐，十分满意。同学是头道贩子，在集市也有自己的摊子，凌晨贩来千把斤鱼，先批发后零售，争取上午售完。饭后高温，正好午休，补充睡眠。傍晚再次开着三机出发，即使无风也不打紧，三机快速行驶可以兜风，暑气渐渐消解，暮色苍茫四合。两个年轻小伙子，精力旺盛，或笑谈，或高歌，甚是惬意。

每天后半夜，我们都要把三机开到水井边上，在车厢里铺上塑料布，见不再漏水，就用小铁桶从井里吊水。据说井水养鱼，不容易死，回到市场上，活鱼能卖出好价钱。这一次，我们也是这样。都是年轻人，两个“小杆子”，有力气、有朝气、很开心。说笑间，就打了大半车厢水，可以了。从井里打水，其实也是技术活。一根绳子拴着铁桶的把，顺着扔进井里，铁桶就浮在水面上晃悠而打不到水；如果歪着扔桶，只会弄个半桶；最好的技巧，是反扣铁桶，略微倾斜桶身，手一松，“咚”一声下去，闷响、震颤，然后觉得手中绳子往下坠，就知道满满一桶水在下坠，这时双手交叉握绳上提，沉甸甸的满桶水逐步上移，出了井口，倒进车厢。同学又往水里撒点盐，说是能更好地养活鱼，这是哪里来的偏方，有无验证过，我就不知道了。

我把绳子收进铁桶，把铁桶挂在车上，同学发动三机，往鱼塘驶去。夜风习习，很是舒爽。路上要过一条河，河上有座桥，弧拱形，水泥桥面，从这边看，桥面呈坡度上扬。正桥桥身和这边路面的连接处，由于长期缺少维护，桥面高出路面好几厘米，形成一个小陡坎。后半夜，天没亮，当时根本不知道危险正在逼近我们。

上桥之前，为了给三机减轻负荷，同学让我下车步行相随，拎着电筒前后照路。三机睁着昏黄的眼睛，发力上行，喘气，行到陡坎想要爬上桥面，没有成功。同学扭动机头，想以S形路线爬上去，也是失败。我在后面急得没办法，电筒光柱到处闪。同学为了摆脱困境，只好挂空挡，踩刹车，可是我在后面眼睁睁地望着三机后退，高声提醒也不能阻止车子后滑，而且越滑越快。同学想打方向盘来个180度回转，可是哪有那么容易？车厢装水，造成车体沉重，尾大不掉。车子眼睁睁倒退啊！我跳到一旁，心跟着车子在动。车子斜着后退到路边，下面就是小河的边岸，落差好几米啊！在我的惊叫声中，车子无可挽回地栽了下去。我惨叫一声："完了！"只见车灯光柱划着光圈旋转着飞速坠落，我一边举着电筒冲下去，一边高喊着同学的名字。

惊魂之中，听到同学的呼应。原来，车子在下滑中翻了，车厢的四角由于要扎塑料布，同学就自行焊接了四根短钢管，在车子翻滚下落中，同学出于本能紧紧抓住了方向盘随车一起翻滚，身后的两根钢管就成了保护他的支架。钢管受力变形，已经弯了。桥底岸边，离河水三米处，有人在那挖了一个石灰凼子，方形，还残留着一些石灰。同学大概是属猫的，命真大，在钢管的保护下毫发无伤，然后将三机巧巧地嵌进这个石灰凼。铁桶桶口半瘪着，也滚到一边，绳子像肠子一样被拉出来，耷拉在地上。我们两人喘着粗气，互相安慰。同学又拿着摇把试了试，发动机居然能够正常工作，这三机真给力啊。气喘完了，问题来了，怎么办？渔农这时肯定已经把鱼围上来放在网中等我们去拉了，如果放弃这一趟，夏天鱼受伤受惊易死，渔农肯定不愿接受损失，我们今天也空手而归，无利即蚀本。我们家乡那边的小贩还等着我们的鱼去零卖，供应市场。我们快速商议，决定继续拉鱼回去卖。我看车，同学去找那个渔农想办法。好在我们经常来往，关系熟悉，渔农也很热情帮忙。每次围鱼，都要请上十几个人才能操作。这些人都是壮劳力，人多力量大，六七人赶到桥下，集体一发力，将三机托举着，脱了石灰凼，爬到路上，推过桥面，大家一起上车，紧赶着去鱼塘边装鱼。然后加水的加水，过磅的过磅，装鱼的装鱼。见我们经此一劫，渔农主动减去几十斤的重量结账，算是安慰我们。我则闪在一边修理瘪口的铁桶。

一经耽搁，时间就紧张了。我们七手八脚刚刚忙好，同学已经发动三机起步了。早市时间不能错过啊，错过了，鱼出不了手，又是夏季，一天下来就是臭鱼了，那损失就大了。

冲、冲、冲，呼、呼、呼，三机上了柏油马路，飞驰而去。我们带着兴奋往回赶。晨曦已露，天色朦胧，家乡不远，快乐的歌声满天飞。什么叫"祸不单行"？什么叫"得意忘形"？我们很快就有了体会。

那根已经弯曲变形的钢管，就在车厢的左前角，上面挂着那只铁桶。我也就坐在车厢左侧的边沿上，眼望前方。公路本就不宽，又要穿过一个大村子，路在村中有一个较大的右拐弯。视线受阻，我提示同学慢一点，可是他十分得意，踩着油门不放。突然，前方路中央出现一辆自行车、两个人影，一人推，一人扶，车上驮着两爿肥猪肉。原来是杀猪的屠夫占据着路中央，慢慢地推行。等我们看清的时候，车子也到了面前。

同学向右猛打方向盘，绕过屠夫后，又向左急打方向，希望再拉回到正路上。然而就差那么一点，右后轮还是滑进了路沟，无法前进，巨大的惯性将我向右甩出一道美丽的抛物线，伴随着整车厢的鱼被一起抛到公路外边的土地上。这是一户人家门前的土场，我一直滚到墙根的一丛荆棘处才停下，那只铁桶居然也跟着我滚过来，黑乎乎的桶口惊恐地张望着我。我拉住荆棘，滚爬而起，赶紧检查翻车情况。同学牢牢抓紧方向盘，没有被抛出去，而是滑下来，好在也没有受伤。他赶紧将三机熄了火。我和铁桶摔得最远。满地都是白花花的鱼，鲢鱼们在地上打着挺，粘上土屑，又翻身再打挺，原来银白色的靓装很快搞成了灰眉土脸的乞丐装。

我和同学急得猫抓心，嘴里责怪那慢腾腾的屠夫，手上紧急把清空了车厢的三机抬上公路。公路路沟不是很深，又是硬质泥土，不比之前的石灰凼，我们急中生“力”，手忙脚乱扶正了三机。然后拼命用双手捡拾鲢鱼往车厢扔，鱼儿们便沿着高低不一的抛物线或优雅、或生硬地被扔进车厢，要么撞到车厢铁板，“咚”地一声；要么砸在同类身上，“噗”地闷响。最后几条鱼已经不大动弹，同学也已经重新发动了三机，我猴急猴急地扔完了最后的鱼，一闪身子，左手提了铁桶，右手抓住右前钢管，一脚踩在一根角钢上，车子已经冲了出去。等到车子行驶稳定，我再爬进车厢，挂好铁桶，掸拍粘在身上的鱼鳞，搓抹手上腻乎乎的土渍。这次同学的车速更快，我们都高度紧张，瞪着双眼直视前方，谁也不敢再说话。“争分夺秒”的感受何等深刻。

车子到了集市，还没完全停妥，我已经纵身跳下车，用那个瘪了又抻开的铁桶提了水，赶紧胡乱地往车厢里倒，冲洗鲢鱼身上的土疙瘩，增加鱼身的亮泽，提升鱼儿的卖相。同学则赶紧招呼那几个二道贩子。贩子们已经贩好了蔬菜、猪肉，就等着加些鱼儿各自回村镇开卖了。他们责备我们怎么回来这么迟，比平时回家差不多迟了一小时。我们没有时间解释，分鱼、装袋、过秤、记账、签字（都是熟人，一般十天结一次账）。忙乱之景，至今难忘；大呼小叫，声犹在耳。待到各人呼啸而去，我们赶紧整理一下，在集市上快速抛售剩余的鱼，挤占了别人的市场，又惹来一片骂声。我们匆匆卖完，然后简单收拾了自己的摊位，回去坐下来休整。痛定思痛，痛何如哉？惊悸之中，忙乱之际，无暇考虑，现在终于落定下来，倦意袭身，身体发软，后怕又至，手脚始颤。为了生意，为了信誉，我们是以命相搏啊！

我们商量了一下，好在人身无恙，决定封锁消息，不对父母说及今天的劫难，以免长辈担忧牵挂。

第二天，我们都休息了一天，来平复一下情绪。同学去修理变形的钢管，我找医生挑出了扎进指头的两个刺尖，估计是摔到荆棘丛的时候扎的，当时还真没在意。

后来结算账目，那笔贩卖，同学不仅没有亏本，还赚了一点。我也赚了，赚了人生经历，赚了这篇拙劣的文章。

时间过去了20年，现在我在家里写回忆文章，同学还在菜场卖着鱼。

窗外阳光很好。

（写于2012年2月4日）

怀念容酒

句容热线网组织了一批资深网友，前往二圣参观新建的句容酒厂，其中有我。

厂区很大，建筑采用江南风格，大门设成牌坊式，斗拱密集繁复，匾额上竖着写了两字“容酒”。进入厂区，工人们还在贴地砖，偌大的内广场中央空着一个巨大的圆形区域，据称将树立一座标志性的大酒瓶雕塑，款式就是容酒包装的式样。对面一排长廊，画了很多画，左面的一排，形成连环画，介绍了传统造酒的八道工序流程；右边则是卡片式的酒文化介绍。画廊中间留着一个月亮门，掩着门扉，木头打制，没有上漆，露着本色的木纹，质朴清朗。

进入这道门，豁然开朗，原来里面又是一大进厂区，始知外面的是办公区。生产区，16个大酒罐矗立着，不锈钢材质，亮晃晃的，每个酒罐能装150吨酒，据说很快还要翻建，扩大一倍。窖藏车间，厂房高大，氤氲着酒香，地上排列着大酒缸，整整齐齐，每个缸身上用红漆喷涂着编号，缸口蒙着红包袱。厂长揭开一个盖子，让我们凑近去闻，哎，那不是一般的香哦，浓郁、缠绵、黏稠。

大家的兴致高涨起来，跟着走进发酵车间，又是一个很大的车间。地面上整整齐齐地蒙着一块一块的塑料布，高出地面30厘米的模样。厂长说，塑料布下面是粮食，蒸熟后蒙在里面发酵，用了高粱、大米、糯米、小麦等5种粮食。大家走进一个没有蒙盖、深约50厘米的池子，空气里淡淡地飘着酒糟味。这味道，一下子唤起了我多么熟悉的记忆啊！

20多年前，家里养猪，需要饲料，我们粉碎麦草、稻草、花生藤，或者去酒厂买回酒糟掺在饲料里。看来，不仅李白爱醉，连猪都喜欢闻闻酒香呢！酒糟有两种，荣炳酒厂做糯米酒，所以酒糟是剩下的糠秕；句容酒厂做杂粮酒，主要是山芋干，酒糟就是散着浓味的黑黄色的烂泥。句容是丘陵地区，其他粮食有限，山芋很多。到了深秋，家家户户起了山芋，洗干净，用刀剖分成小长条状，散在麦田里，任日晒霜打，渐渐收干、变脆、发甜。冬天上学，早上怕冷赖床，赶着去学校之前，抓几根山芋干，权且充饥，走在乡间的田埂上，一路嚼着，口水生津，嚼出淡淡的甜味。更大量的山芋干，就被卖去酒厂做了酒。

窖池中间都是发黑的稻粒，四壁涂满泥巴，这就是传说中的窖泥，还是从四川五粮液酒厂买过来的。老窖泥中微生物丰富，有利于发酵。酒厂里，连师父都是从五粮液酒厂请过来的，甚至包括窖池之间的小青石板。转到一个全空的窖池，我们深深吸了一口气，窖池竟然有两米来深，光这一个窖池就能容下多少粮食发酵哦！四壁钉着密密的竹片，露头半拃长，原来，那些窖泥就是依附着竹片而敷设在窖池四周的，这样才不至于塌落。

在车间一角，有个师傅招呼我们过去品尝一下今天新鲜出锅的原浆。大家轮流细细闻香，又咂几滴在嘴，让味蕾充分品析。啊，舌尖上的容酒！这些原浆，将来根据需要进行不同配方的调制，那就是勾兑。一般人都以为就是掺点水而已，其实哪有这么简单？不过，我记得我的父亲就用这种简单的“勾兑”方法。

时间拉到30多年前，父亲供职于某单位的医务室，有时馋酒了，就倒一点医用酒精，加入一些凉下来的白开水，摇一摇、晃一晃，如果觉得浓度过高，酒还辣口，就再加点水。父亲，就是“酿酒”大师，就这样把生活勾兑得有滋有味。有时还会有工友带一包花生米过来蹭酒，他们会借着酒劲，开始纵论国事，捭阖乾坤。

父亲招待他的岳父就不会用他的专业勾兑手法了，而是购买原装的容酒。我记得酒厂出品的乙种白酒，有60度。父亲检验的手法是，倒一点在桌上，用火柴去点烧，看着蓝幽幽的火焰，我很是好奇。我外公，是国民党老兵，中国远征军的一员，去过印度，有带回来的一双象牙筷为证。他酒量大，喜欢喝这种烈酒。母亲招待外公，一碟炒花生米或者炒蚕豆，饭锅里蒸个把鸡蛋。慈祥的外公，会用调羹挖一两勺蛋花倒在我的碗里。当时的我，是满足，是兴奋；今天写到此处的我，是辛酸，是感动。

农村人，好客。有时家里来客人，邻居经过，受到邀请，也会凑过来加双筷子。他们会顺便把自家橱柜里的剩菜端过来，端上那种很小的酒杯（俗称“牛眼睛杯”），开始边吃边聊，能把中饭吃成晚饭。“肯与邻翁相对饮，隔篱呼取尽余杯”，这便是中国人的传统。有个邻居特别馋酒，夏日黄昏，把小桌子、小凳子提溜到屋外，两三个素菜，几元钱一斤的容酒，一个人喝得相当惬意滋润，把一天的辛劳融化进杯中，甩落到风里。容酒，就这样，让淳朴的人们享受着素朴的生活。

我上大学期间，舍友们交流物产，我自豪的，就是容酒。有个丹阳同学，还让我成扎的带过。是的，不是成箱，而是成扎，用塑料绳把10瓶酒捆得结结实实，用手提着，手指被勒出深深的印痕，成暗红色。虽然物品沉重，却也友情实诚。

不自觉之间，众人已经来到灌装车间。这个车间只能从门缝里张望了，毕竟里面卫生要求高，需要穿鞋套、戴口罩。

又看到前面有个大水池，储备着做酒需要的湖水。据说经过比较鉴定，这茅山湖的水质达标，适合做酒。可是，我好像听说茅山湖正准备搞旅游开发，经营水上项目，时日长久，这水质还能得到保证么？

晚上，东道主用容酒招待我们，红色的瓷瓶，很喜庆，大家喝得也开心，都希望句容酒、家乡酒，能再次流淌进每一户的酒杯，弥漫在每一乡的村落。

怀念老容酒，期待新容酒。

（写于2014年6月12日）

叫卖

“今天送花有点迟，是在高二学生薛扬星那儿预订的，她第一次卖花，有点小忐忑。与她合作的闺蜜毛文昕，还是我同学戚保乾的女儿呢。为了奖励她们的勇气，买花时合影留念，多给一点钱，算是小费啦。收到鲜花，老婆肯定高兴的。男人们不要舍不得烟酒钱哦，拿点出来，给自己女人一个好心情哦。用鲜花比喻女人，肯定是有道理的。买吃的，还要花力气减肥，不如买花吧，还懂?”

这是今年8月13日我在QQ空间发的“说说”。农历七月初七，七夕，中国的情人节，在这个节日里送花，是我的惯例了。事先尽量不要告诉老婆，如果事先问她送你花好不好，那就没味道了，而且要尽量不露痕迹，多少搞点惊喜出来。第一次给她送花，我记得很清楚的。老婆在医院分娩，有点产后抑郁症，容易发脾气，陪护的人在医院往往无法休息。那天，岳母换我回家休息，当时我刚被老婆骂过，在路上买了一束花，委托店主送过去。事后岳母告诉我，老婆本来还在生气，没想到我送了花过去，心情大好，情绪缓解不少。我从此知道，鲜花对女人的意义是独特而有效的。

我看到高二学生薛扬星的QQ签名说，她在打工实习，在暑期培训画画的间隙卖点鲜花，如果有需要的，可以联系。她说这是自己第一次卖花，有点紧张。我非常欣赏学生能够勇于走出书本、历练社会，便向她预定了一束鲜花，给她100多元，由她全权决定选花、配花、包装。我深深理解作为一个学生刚刚历练社会时的稚嫩羞涩，更何况是个女生呢！我必须帮助她，因为我也有过类似的经历。

我在高中也贩卖过两次，我的货物是苹果。暑假，我骑了自行车，一早从乡下赶到句容老的庆丰果品市场（现句容二中东院墙外），好像是花了19.5元，批发了一包苹果，四五十斤，蒲包装的，好歹就是那一包，至于里面烂多烂少，看你运气了。批发的小贩们，包括我在内，先付款，拿着发票去货场，拖上一包就走，拉到外围，立马打开检查，顿时，有笑的、有骂的、有咂嘴的。我第一次就交了狗屎运，这一包，晶莹润泽，青白的果皮上带着白白的霜，几乎没有烂果，引得别人好生羡慕。有人加价 3 元，要我转卖给他。我想，这个交易不错嘛，转手可赚 3 元。可是转念一想，我不就是来卖苹果的吗？他能挣钱，我就不能挣？拒绝之！将苹果分装在两个蛇皮袋里，驮在自行车后座的两侧，固定完毕，右脚朝后使劲踩开撑架，车子一个前冲，双手赶紧扶牢车把，两腿加速前行，让车子向前有个惯性，左脚踩上脚踏，始终垂直踩定，右脚后蹬地面，连蹬几脚，然后迅速收腿收膝几至前倾的胸脯，让脚尖横着跨过单杠，踩到右脚踏上，这个跨杠的过程，是最为高难度的动作。之后，双脚协同，踩成圆圈，车轮如飞，抬头挺胸，迎着朝阳，哼着小调，前进，前进！

远远望见黑魆魆的那边有个村庄，遂拐上村道。路面是那种被太阳晒干的黄土，坚韧不拔，被自行车轧出长长的楞子，就像一道铁轨，规定着行车的路线。一边是踩压平整的并不多宽的坦途，一边是拖拉机轮子倾轧出来的辙沟，轮子的花纹就这样鲜明地印在车辙上，偶有较深的辙沟里还有半沟黄黄或黑黑的死水。太阳越来越强烈，白花花的，抚摸着干燥的路面，还有路边坠满泥灰的杂草。村上散落着很多农户，少有院子，前后门贯通，空气流通，视野开阔，哪里像现在的农家，高高的院子，密闭的铁门，根本不知道家里有没有人，一副拒绝外人独享自我的架势。我推着车子在村上溜达，有人扔过来询问的目光，我赶紧低头，推车离去。转了几个村，太阳更烈了，一个苹果也没有卖出去呢。这样下去，不是一个事情哦！终于，在一户人家的东墙外，我酝酿了一下，从喉咙深处突然冒出一个声音来："卖苹果哦！"把我自己吓一跳。居然是我自己的声音！我又调试了两遍，拉长了声调，提高了音量，渗进了韵味，"卖——苹——果——哦——"一旦吆喝起来，效果就是不一样。有声音远远叫住我，询问价格，不久走过来一个中老年男子，半灰的短发，两个浑浊的眼珠嵌在眼窝里，几根胡须把守着下巴，宛如散兵游勇；净赤着上身，黑褐色的皮肤松弛了不少，有点垂挂的样子；一根布带子及时地捆住裤帮，那是自家做的大裤衩，几近膝盖，遥望着精赤的脚，脚背上是踩路时溅起沾粘的灰尘，趾甲盖上还坐着几朵黑泥。我有点热情，甚至有点巴结，和颜悦色地和他套近乎。解开蛇皮袋，墩在地上，由他挑拣。我则解下龙头上的钩称伺候着，这个家伙我老早就会用了。上称，算账，付钱，走货。捏着票子，心里盘算着赚了几毛钱，感觉美美的，平生第一笔收入哦。

万事开头难，开了头，就不难了。我把“卖——苹——果——哦——”喊得越发悠长高亢了。

中午，没有吃饭，没地方吃，没心情吃，也没有时间吃。我发现，只有中午时分，每家的大人才在家，所以要抓紧时间叫卖。正午的阳光，单调的鸣蝉，蔫缩的树叶，蒸腾的热气，脑袋躲进草帽，毛巾缠绕手臂，脸上的汗水被我不断捋进毛巾，散发出一股汗臭味。舍不得买一支冰棒吃，那时还主要是南京的马头牌冰棒呢。直到下半晌，一个骑自行车卖冷饮的，冰棒箱子里快要空了，最后两支也快化了。他提出交换，换走了我的一个苹果，那是我亲自挑选的，一个很难卖出去的次品。我赶紧吃那冰棒，右手捏着木棒往嘴里揣，左手握成窝状等在下面，防止松化的冷饮掉落，真舒爽！

傍晚时分，我收工往回赶，在乡镇街道上，把所剩不多的苹果摊在地上叫卖，已经几乎无人问津了。一天的高温，一天的颠簸，苹果已经失去诱人的光泽，褪尽霜花，皮上满是互相挤压的瘢痕，没有了卖相。我清点钞票，一大把零钱，正好够本。赚了地上的十来个遍体鳞伤的苹果，还有一天的时光，满身的汗水！生活真的不容易。

后来还卖过苹果，卖过鱼，卖过西瓜，然而那第一次的叫卖声，至今回响在耳边，很是亲切。所以，当我的学生有类似行动时，我一定会给予帮助的哦。

今天，送花有点迟，因为两个孩子要赶市场，下半晌才送过来。薛扬星、毛文昕包装的花，由于手艺还不到家，搁在桌子上还放不平稳，我也没多在意，新手嘛，多看看她们的进步和努力吧。一束花，让学生感受到劳动的成就和喜悦，让她们的家长感受到孩子成长的骄傲，让我的老婆感受节日的幸福，让那亲切震撼的叫卖声又一次响彻在我的耳际，让那青白润泽的苹果又一次出现在我的眼前。今天的花费，我觉得很有意义。

“七夕”这个节日，很多人都很快乐吧，我坚信。

（写于2013年8月13日）

矿山的童年记忆

“昏睡百年，国人渐已醒，睁开眼吧，小心看吧，哪个愿臣虏自认？因为畏缩与忍让，人家骄气日盛，开口叫吧，高声叫吧，这里是全国皆兵！……”

每当这首《万里长城永不倒》的曲调铿锵响起，那时还是少年郎的我，就不由得热血贲张，捏紧拳头，屈伸双肘，作挥舞状，豪情激荡在每一个细胞里，油然而生报效祖国的伟大壮志。如果三五人一起看电视剧《霍元甲》，那就会壮怀激烈；如果是一大帮人在看，共鸣的效果则更甚。父亲在一个矿山工作，每到寒暑假，就会把我带去度假。晚饭后，职工食堂门前的篮球场上便架起一个木制看台，台上放置了一台大彩电，台前一大帮老少爷们（矿工都是男工），有的坐着小板凳，有的抓张报纸，席地而坐，任凭水泥地还在烫屁股。当时这台彩电尚属名贵物品，平时端坐在电视柜里，电视柜就在大食堂的一个角落，柜门平时都上着锁，与饭菜窗口遥遥相望。饭菜窗口开了，电视也就开了。工人边排队边回头看，然后端了饭菜边吃边看。夏天，屋里温度高，那位专职人员把它请到外边乘凉，然后慢慢拨转电视天线，以便把荧屏上的漫天雪花调整成清晰的影像。看台不远处有篮球架，架上竖着捆绑一根毛竹，不能绑死，竹梢上绑着天线，需要绑死，天线的几根横杆伸向神秘的天空，像在招手，招着招着就把《霍元甲》请到电视里来了。谁要胆敢摸摸彩电或者摇动毛竹，是要犯众怒的。星星清朗，习习山风抚摸着杨树的大叶子，消解着白天积聚的暑热。“霍元甲”大侠一到，片头主题曲响起，老少爷们的精气神全部汇聚，大家一起跟着唱，声音如滔滔巨浪，响遏行云。唱到“哪个愿臣虏自认”时，只觉得自己的脸绷得紧紧的，眼睛睁得大大的，双拳握得紧紧的，略略颤抖，大家互相感染，群情激昂，爱国主义、民族主义渗入骨髓，庄严、神圣、崇高浸润全身，哪里是空洞的政治说教所能比拟的？孔子非常重视音乐的教化作用，看来不无道理啊！大家的合唱，其实很是杂乱，节奏也有问题，跑调的大有人在，与其说是合唱，不如说是咆哮，我们在咆哮，国人在咆哮，黄河在咆哮。那种场景，今生难忘。寒假天冷，彩电不出门，就坐在专柜里播放节目，观众都是一大堆。中央电视台开播春节联欢晚会，更是观众如潮，喧嚣一片，近者听到台词，已经笑了，后边的听不清，急问“什么、什么”，又引得前面的观众反感，有时甚至会吵起架来，引得更多人抱怨。唉！都是彩电惹的祸。可是，《霍元甲》一来，大家从无吵闹抱怨，什么叫同仇敌忾？这就是！

《霍元甲》再好看，却也拉不住每个人的脚步。硫铁矿，矿山单位，三班倒，8 个小时的井下活，都是重体力活，上大夜班的工人晚饭后要抓紧时间休息，而不去看电视。11 点左右会去食堂买夜餐充饥，他们抓着馒头恋恋不舍地看几分钟电视，手里的馒头吃得差不多了，便匆匆而去。这种馒头刚出笼，又白又大又绵，袅娜着热乎乎的白气，手感很好，颇有弹性，口感也好，嚼着嚼着就有了甜味。等我工作了不少年之后，才从生物老师那里懂得，馒头变甜，是一种酶的作用，酶具有单一性、多样性。那时不懂得，只懂得那个馒头很好吃。

矿山的一线工作就是下井采矿。我在夏天随父亲下过井，天热，但井下 800 米，就很凉了，要穿上工作服，戴上安全帽，背上矿灯，灯座可以插挂在安全帽前沿上，随着人头的转动，灯光自动指向前方，灯座的电线连着一个黑黑的方形电池盒，要系在腰上，很沉，父亲说里面是硫酸，可以蓄电，那时我真的不懂原理，只知道不要乱摸电池，否则危险。在山上，工人们垂直打了一口直径较大的深井，装着卷扬机，可以上下运输。卷扬机先卷上一个罐笼，钢铁焊制，牢固而粗糙，有点像大囚笼，笼中走出一批矿工，个个筋疲力尽，工作服长期不洗，满是青灰，脸上的青灰早和了汗水抹成花脸，只有眼珠在安全帽下清晰地转动，宛如战场归来，难以辨认甲乙。我惴惴不安地随父亲和工友们下井，罐笼向下走，我的心向上拎。四壁黑魆魆的，伴随着机械运行的咔咔声、嗖嗖声，有点小紧张。工友们一点不在乎，吹着牛，打着招呼。到了井底，横向打出好几条主巷道，打出去很长，每条巷道中又在侧壁上再开凿支巷道，或斜着朝上走，或弯曲走弧线。竖井打多深，巷道怎么走，支巷怎么挖，全由事先勘探好的矿脉资料决定。主巷道大约 2 米高，穹隆形，顶部装有路灯，螺口灯泡，昏黄的灯光，随着电线伸向巷道更深处。父亲告诉我，那是直流电，36 伏，安全电压，那时我还是小学生，不懂，对电线保持着警惕。巷道四壁并不光滑，湿漉漉的，顶部有些水珠聚集，跌落，凉凉的。巷道底部铺有窄窄的铁轨，不时有工人推来槽车，一人高，不多长，底部的车轮在轨道上运行,槽车里面装满含有硫铁的一块块矿石,泛着青色,有着金属光泽。槽车一路推来,回荡着摩擦声,在巷道里一经放大,让我惊惧。父亲一把拉开我,闪在巷道侧壁,让过槽车。槽车后面有个工人弓着腰身,撅着屁股,使劲推着,向竖井的底点行进,在那儿由卷扬机把槽车吊上地面,再用机动性能极好的金猴牌翻斗车承接后驳到矿石堆放点,最后用卡车运走出售。父亲告诉我,槽车工人根本看不到前方,就是顺着轨道推车,所以我们要避让。井下除了铁轨,还有好几种管子,排水管什么的,把渗漏的地下水抽出去,以免影响作业。巷道里不时有古怪的声音,令我恐怖,父亲告诉我,那是鼓风机,给巷道输送新鲜空气的,空气再从通风口流回地面,形成循环。

父亲的工作是爆破。我们先去井下的一个小木屋,那是炸药库,司库按照父亲的申请打开炸药箱,过数后,父亲签字。我的小腿就开始抖——怕。父亲说,不用怕,炸药没有雷管,不会爆炸的。雷管像一小截铅笔的形状,炸药是一支一支的,形状像大炮仗,穿的不是花衣,而是油纸,可以防潮。有了炸药、雷管还不够,还要导火索。父亲领了几米长的纸质导火索,粗细大致如铅笔,还有一卷塑料导火索,有点像圆珠笔芯,中空,体软,透明性不是很好,有点发灰,因为内有极薄的一层火药。他把一支支雷管伸进炸药的端头,塞紧,再把苗条的塑料索插进雷管,掏出随身携带的工具,将二者咬合。硫铁矿,顾名思义,就是生产硫和铁的矿,这种矿产岩石层坚硬,不像煤那样酥松,不会出现冒顶的矿难,但是人力无法破碎开采,只好爆破炸碎成矿渣。工人用尖口铁锄把矿渣扒满铁簸箕,端起来倒进槽车,槽车满了,再由工人沿着轨道送到竖井底下运上去,换回一辆空槽车到作业面继续装载矿渣。矿渣运完,下一班工人需要继续装运。在他们来之前,爆破工已经用醒目的涂料在岩面上做出记号,钢钎工再用风炮在那些记号位置上,分散着打出一些深孔,就是所谓炮眼,以便安置炸药。父亲把一支支已经连接了雷管和塑料索的炸药放进深孔,找到事先从井上运来的黄色黏土,和成面团一样的泥团,将深孔的口部一一封紧,使爆炸瞬间的力量不从口部损失。塑料索留得比较长,父亲把索头集中在一起,一般是二三十只握成一小捆,并用工具将它们和纸索咬合在一起。终于到了我最紧张的时候,父亲点着了纸索,火头“哧哧”地冒出来,就像燃放炮仗的引信那样,不过比炮仗强悍多了。我的小腿走不动了,害怕。父亲领我拐进旁边的巷道,悠闲地说,纸索烧得慢,为了我,这次特地加长了一米。火头烧到塑料索,索内置有火药,空气又少,燃烧速度极为迅速,如果全用纸索,不能保证炸药同时爆炸,爆破效果就差,而用塑料索，就可以保证所有炸药几乎同时起爆。这真是一个技术活啊，难怪父亲有着爆破工作证。过了一小会儿，“轰”的一声，脚底有些震动，几块小矿渣从巷道里直线飞溅出来，砸到岩壁，跌落地面，对我们毫无伤害。一股浓烟也慢慢涌出来，散发出浓重的硝烟味。待到硝烟散得差不多了，余烟缭绕在巷道顶部，父亲让我待在原地，他自己低着头，进去查看，如果有哑炮，要清理出来，带走炸药，以免工人扒渣出现意外。父亲前后要在好几个工作面上爆破，剩余的炸药要按照规定送回库房，不可以带到井上。但那时导火索控制不严，我们会带一小截回去，点着了，哧哧的，然后按进面盆的水里，水里马上“咕咕”地泛泡泡，水面腾出一缕乌烟，散着怪味儿，刺激人的鼻子。气泡一直从点燃的那头冒出，突然纸索的另一头朝外“扑哧”一下，就没动静了，烧完了。其实井下爆破用纸索，要的就是那个反方向的尾焰。纸索外裹一层纸，灰白色，里面有一圈细线呈螺旋形紧紧箍住内层纸张，细线之间有着均匀的距离，内纸里包着黑色火药。再看盆里的水，已经变了色，显得浑浊。

那台彩电早已不知所踪，燃烧纸索的游戏已经不再，我的童年也已不再，但我那激情、惊惧、好奇的童年记忆却没有被岁月的火药炸成碎渣，而是完整、清晰地印在心灵荧屏上。

（写于2012年1月16日）

春天的一个午后，阳光很好，我回乡省亲，有点闲暇，遂去寻找记忆中的老街，老街上的石板路。那条石板路静静地躺在镇江丹徒宝埝镇上。

小时候去宝埝，10华里，步行，自然常抄近路。如今公路修得很好，骑着摩托飞跑，已经模糊了当年小路的位置。最初此地没有公路，后来造起砂石路，并且有了班车，终点站设在句容辖区的最后一个村庄，但离宝埝还有3华里。句容的班车每天上下午各一趟。乘车的情况非常糟糕，常有人爬车窗进去，有时上身进去了，两条腿还在空中晃悠挣扎，便有同伴相助托住屁股往车里塞。箩筐、扁担等农具也会被一股脑儿地从窗户塞进去。那时的农民身手都不错，有些妇女爬车窗也很在行。

宝埝是古镇，也是重镇，历史悠久，积淀深厚，水路发达，可通运河，水面上运输江沙、木材、砖瓦等大宗货物的船只来来往往。我最好奇的是镇上卖陶缸的。大的、小的、素的、花的、敞口的、收口的，挨挨挤挤，就摆放在河堤的外坡上。特大号的缸，俗称酒缸，直径约两米。那时洗年澡，就把热水倒在这种缸里，盖上竹匾子保暖。我曾经揣想，岳飞母子大概是坐在这种大缸里，才能够随水漂流，逃难他乡的吧。如今，码头上江沙还来，砖瓦还有，木材排在河岸。那一摞摞的坛坛罐罐，还在默默地沐浴春阳，闪着釉色的光亮。

抗战时期，日本鬼子在宝埝驻有据点，建有炮楼，随时向附近增援，他们还修了一条句(容)宝(埝)路，就从我老家附近穿过，原来还有一条明显的、宽阔的路基。田地承包后，农民焕发出极大的热情，开荒辟路，不断蚕食路基，现在早已是逼仄的小路了。我们去宝埝赶集，就走这条路。

赶集，就是大家都在约定俗成的日子去宝埝，农历每月的逢二、五、八日，很是热闹，这个日子被称为小猪市。过去，养猪是农家大事。有人用板车拉了一窝小猪仔去卖,也就有人挑了箩筐去买,筐里铺上稻草,柔软舒服,用来安抚那头孤独委屈的小猪,筐里有时放着两片红纸,表示喜庆。小猪捞回家,头上还涂抹些"洋红"粉末兑出的红墨水,红运当头嘛。农村兴这个。

一年中最大的集市是农历三月半,其实就是庙会。这一天,是集日,更是节日。方圆十几里,几乎家家来客人,客人饭后先赶集,主人洗罢碗筷赶晚集。万人空巷,将街道挤得水泄不通。尽管街道总长度约有3华里,但最挤的还是老街那一段,能把边上的摊子挤歪,挤退,甚至挤翻。在我的印象里,就有自己被挤得抬离地面而大叫的恐惧记忆,就像希腊神话里安泰俄斯离开地面后,再也不能"安泰"了。太挤了,心就堵得慌,还是打捞一些悠闲的赶集记忆吧。

集市,不仅仅是农民购买物品的地方,也是一些农产品变现的地方。很多人记得,猪肉一斤七毛三,鸡蛋七分钱。卖鸡蛋,是很多人的共同记忆,那是农家除了养猪之外最重要的收入。老母鸡就是一个小银行。前几天帮人写一则广告,赠品中还有鸡蛋,一下子扬起许多思维触须,写下了这样一句顺口溜:鸡生蛋,蛋孵鸡,鸡蛋营养又财气。

农家的财气,别人的营养。养的人不吃,吃的人不养。

集市上,我随了母亲,蹲在街边,面前的地上搁着一个篮子,篮底铺些草,草上睡着积储多日的鸡蛋,鸡蛋扑闪着诱人的光泽。"公家人"摩挲拿捏着鸡蛋,散淡随意地用方言问价"几个铜(音读 dǒng)",我是怀着怎样一种卑微、仰慕、敬畏的心情!至今想来,还痛彻心扉。母亲就地取材,要我好好读书,将来也做"公家人"。我曾经受够了自卑这条毒蛇的缠绕,现在常常教育学生不要自卑,可是那自卑的沉重,几句话哪里能消解呢?有实力才有底气。因贫穷而卑微的学生,现在少多了,感谢改革开放,让更多的人摆脱了贫困,找到了做人的尊严。

鸡蛋是硬通货,到处可以变钱,多点、少点而已。真正体现宝埝优势的,是那地方可以让更多的农产品变现。

母亲把牵藤长在篱笆上的豇豆采摘回来,码齐,称量,以一斤为单位,秤杆不要翘。我拈上几根稻草,搓一下,呈绳状,把那一斤豇豆拦腰捆上,有卖相的放在外面,长相不俊的捆在里面,将绳头绕几下收紧。全部捆好后,堆在地上码好,浇水湿润一下,既保鲜又保重,稻草会吃水的。第二天天蒙蒙亮,母亲带我跑上好几里,到老街边上一站,篮子一放,生意就开张了,就这么简单。"公家人"买豇豆吃,我就少了诚惶诚恐的卑微感,走路也像阿Q一样飘飘然起来。切,我们家豇豆多得可以喂猪,你们还要花钱买。卖完豇豆，母亲会买两张烙饼犒劳我，糯米粉做的，薄薄的、热热的、香香的，口感绵柔劲糯，那滋味已经刻入记忆的光盘，不可复制。卖完豇豆，赶紧回家，母亲出工，我去上学，那时上学时间要到七八点，来得及。

宝埝老街，店铺林立，街道全用青石条板铺砌，石缝可以下水，下面是排水沟。石板中间多有凹槽，是人们长期推行独轮车，被轮子外面包的铁皮给碾压出来的。据说这条路的石板一直铺到茅山，镇江人进山烧香即取道于此。后来，我发现茅山镇老街果然也是条板铺砌，估计那种传言不假。午后春阳，故地寻访，就是要探望老街的。如今公路旁移，客流他去，店铺关闭，冷清萧条。老店睁着沧桑的眼睛好奇地打量着我，这样一个寂静的午后，怎么会有陌生人闯入？石板路就像搓衣板，不停歇地搓揉着我的摩托车，颠簸起伏，仿佛是古老与现代的互动对话。青砖黛瓦依旧，白墙多显灰黑，犹如片片的老人斑。墙头瓦缝支棱着几根枯黑的草秆，有的耷拉着脑袋，有的倾斜了腰身。老店的板门红颜尽褪，斑驳陆离。偶或一道窄巷，一两米宽，四五米深，正好安着一道板缝参差漏光的院门，门内既无深闺少女灿烂的银铃声，也无耄耋老人枯坐的身影。老街上的日头也阴沉沉的，一副落寞的样子，好像一下子掉进了时间的深渊，厚重、凝重、沉重，有点窒息。

时间带走了我的童年，老街承载了我的记忆，石板路延续了我的幽梦。

我能走进老街，却再不能走进老街的记忆了。

（写于2010年3月11日）

茅山之红色记忆

大茅峰是茅山主峰,海拔372.5米,西北近侧有座小山头,叫作望母山,这个名称有一个历史传说。元朝末年,军阀割据,经济凋敝。常遇春还是个青少年,在此垦荒耕种,土地面积4.8亩,“四亩八”的地名遂沿用至今。常遇春膀大腰圆,膂力过人,劳作辛苦,常常饿着肚子。每近中午,他就爬上这座小山头眺望,等着母亲送饭来。一次常母赶路甚急,不慎跌倒,饭食洒落,急忙用手抓捧,饭粒里夹进很多沙子。常遇春饥饿难耐,狼吞虎咽,哪里还管什么沙子?吃罢,他告诉母亲,这顿饭特别饱肚子,让她以后都这样做饭。常母遂由不安转为安慰,每次都在饭里掺进沙子给儿子食用,常遇春的力气也越来越大。一次为逃避抓捕,常遇春躲在望母山的一处陡崖,身子紧靠着石壁,愣是挤出来一个人形的凹陷,不是很深,俗称靠背石。据说,腰酸背疼的人,去影壁里靠一靠,就会缓解许多。可惜我1993年去茅山中学工作的时候,这块石头已经被毁,原因不详。

山不在高,有仙则名。常遇春虽没成仙,此山却因之传名。今天,此山更有名气了。

1995年是抗战胜利50周年。镇江地区所有党员交了一笔特别党费,在望母山顶上建成了一座纪念碑,由时任国防部长的张爱萍将军题写碑名“苏南抗战胜利纪念碑”。纪念碑宽6米,高36米,须弥高3.13米,寓意由镇江市31.3万共产党员捐资所建;317级台阶分为6组,每50级台阶为一组,纪念抗战胜利50周年;最后17级为一组,纪念“弯弓射日到江南”“脱手斩得小楼兰”的韦岗战斗胜利的6月17日。

茅山根据地是中国共产党领导的全国八个山地抗日根据地之一,是新四军的战斗区域。陈毅元帅的足迹曾走遍这里的山林沟壑。新四军军歌庄严雄壮,“东进,东进,我们是铁的新四军”。新中国成立后,茅山林场在大茅峰的西山坡上，按陈毅元帅手书的“东进”笔迹，挖凼栽种常绿松树。冬季时，其他树木都叶落枝枯，唯这常绿松树郁郁葱葱、字迹显明、气势恢宏，在山下老远就可以看到。松林后称“东进”林，林场也改名东进林场。我曾经带着作文兴趣小组的学生钻进过这片树林。大树底下无茂草，山林里并不难行，只是一旦身在其中，就无法确知自己走在“东进”两字的哪一个笔画上了，所谓“不知东进何笔画，只缘身在此林中”。

1995年9月1日，时任江苏省省委书记的陈焕友来茅山为纪念碑揭幕。翌日，正是新学期开学之日。我们学校坐落在望母山脚下，仰头可见纪念碑。碑身巍峨，依托了山的高度，像一支胜利之剑直插云霄，洋溢着中国人的志气；又像一支熊熊燃烧的火炬，照亮着民族的前程。我带着初二(3)班的全体学生列队向纪念碑进发。学生每人带着亲手用白纸折出的花朵，奉献于碑前，向革命先烈表达我们的敬仰和感恩。纸花或系于松柏枝上，或献放于碑座之上，全班列队致敬，班长曹永静致辞。我也讲话勉励同学们纪念过去的胜利，迎接未来的胜利。师生沐浴着山林之清风，也沐浴着民族之忠风，身为之一爽，心为之一凛。

我有个学生李蒙，家住在望母山下，就在这年冬天，除夕之夜，他父亲燃放鞭炮，偶闻回音，惊诧莫名，惶惑之余，邀集邻众，连放齐听，“嘟嗒嗒、嘀嘀嗒”，竟有铿锵之声，众人连连称奇。遂有老教师毕步青写成一文在《句容日报》发表，“碑前放鞭炮，山下响军号”的名声不胫而走，成为茅山一绝，后被收入大上海吉尼斯纪录。曾有司号员来听过，说是冲锋号之音。难怪冯小刚慕名带着《集结号》剧组来茅山吹响了集结号。传说新四军的一个小司号员在此战斗牺牲，英灵长在，为民族的独立富强而呐喊冲锋。无数游人来此验证音效奇观，无不流连而叹，啧啧而去。来了无数声学专家，反复研究，种种假设，终无定论。又有好事者，在别处纪念碑前试过回音效果，或者无声，或者呕哑嘲哳难为听。茅山人民对传说的欣然接受，远远大于探讨回音形成的原因。这就是民心民意。

刚刚发现这一神奇的声学现象之后，望母山下的小镇居民纷纷购买鞭炮向游客兜售，让他们验证验听。众人见有利可图，兜售大军日渐形成，由游击战改为阵地战，又改为歼灭战。游客一停车，摊贩们带着手中的集束大鞭炮，还有高香(上大茅峰宫观烧香祈福用的，此文不多述及，以后会写专文)，一起扑向车门车窗。车辆左右挤了六七个人，如蝗虫之蠕蠕密集，如苍蝇之嗡嗡叮扰，游客招架不住，晕头转向，糊里糊涂就被拽下车来，裹挟而去。

再说那些游客在疑虑和惶恐中，听不懂这些挟持者的方言，只看到他们兴奋的双眼，搞不清怎么回事，显出无助的神态，却找不到求助的对象。摊贩们说可以代为燃放，边说边放，然后伸手，收费，狮子大开口，露出狰狞面目。游客们哪里还有游玩的乐趣，胆小的赶紧掏钱，在摊贩们得意的哄笑声里，屈辱尴尬，逃窜而去。甚至还有摊贩故意把高香放到游客手上，然后一松手，高香落地而碎，再伸手，索赔。这分明是一种讹诈。当然也有胆大的游客，敢于自己放鞭炮。不过商业的逐利行为永无止境，小贩们兜售的劣质鞭炮，安全隐患突出，甚至出现炸手现象，双方纠纷不断，游客意见汹涌。利益驱动之下，一些摊贩早已没有了山区人民的淳朴，也没了老区人民的正气，乱象纷呈，乌烟瘴气，严重玷污了圣山的英名。

这些现象纷纷激怒了大多数的小镇居民，政府顺应民意，坚决取缔，统一规划，严格管理，圈地拆迁，建成一座公园，隶属于茅山新四军陈列馆。乱象遂止，清新淳朴之风复来，军号铿锵之声再现。

提到茅山新四军陈列馆，名声就大了去了。王必成、吴仲超、段焕竞、江渭清都归葬此处，他们都曾经是赫赫有名的新四军领导干部。馆前，各种式样的“爱国主义教育基地”牌匾就挂了很大一面墙，馆里还陈列着各种退役的飞机、坦克、火炮等。那时，我晚饭后散步，常去逛逛，一来二去，就与门卫老师傅熟识了。他向我介绍说，那架歼击机是南京军区免费赠予的。馆方派人去机场拆解、打包、运回、组装、安放，这样下来还花去 2 万多元。那时我的月工资才 300 来元，没有任何奖金。可见国防是一笔很大的开支，全人类若能和平相处，把国防开支化为民生，能解决多少问题啊！那时游客很少，日子清静，老人很健谈，所以我总能听到不少新鲜的内容。他说陈毅元帅的儿子陈小鲁每年都会不定期来馆，自行购买门票，戴着墨镜，压低帽檐，不多说话，便服而入，低调地向陈毅元帅的全身铜像献花。老人说，其实自己能认出，但从不点破，也不套近乎。陈毅元帅铜像比真人略大一些，站在矮矮的基座上，不刻意拔高，倒更让元帅站在民间，活在人心。

茅山一带流传的神仙故事、民间故事、革命故事很多。革命故事里，陈毅元帅往往是男一号。他曾经交游过茅山东麓的乾元观的观主慧心白道长。后者有着朴素的民族主义爱国立场，对日寇暴行多有不满。陈毅闻讯，便服访之，对弈之余，感叹象棋有缺陷，车马炮要么幸存，要么阵亡，为什么不可以伤愈再战？高手过招，点到为止，道长拈须不语。陈毅晓之以民族大义，动之以慈悲情怀。道长感愤于生灵涂炭，感佩于将军气度，为新四军提供情报，安置伤员，筹粮采药，最后被害于日军屠刀之下，庙宇被日军纵火焚毁,谱写了“众志成城齐抗日,毁庙纾难显英豪”的壮丽篇章。

有英雄就有败类,馆里还有一个特殊的展品,与大汉奸汪精卫有关。大家知道,油条原名油炸鬼,取“油炸(秦)桧”之谐音。人们爱岳飞精忠报国却遭千古奇冤,就更恨秦氏夫妇祸国殃民、丧尽天良,便捏了两个面人合在一起,狠狠揪去其头,死死掐断其足,然后下油锅烹之。下油锅,中国古代酷刑之一,生不能烹之,死也要烹之。油条师傅到现在还是狠揪死捏,其力道之猛,仍然余怒未消。民心不可违啊!馆里的这个特殊展品与“油炸鬼”有异曲同工之妙。馆中有一个木制糕盒,即一块长方体模板,长不盈尺,宽略四寸,厚约二寸,正面掏空,挖成人形容器,头、上身、双腿俱全,糕盒底板上刻有“汪精卫”字样。用糯米粉和了面团,填塞挤压成形,倒出来后,就是印有“汪精卫”字样的人形糕点,然后蒸熟,食用,表示“吃汪精卫肉”。民意汹涌不可逆啊!

馆中还有一组蜡像,表现了这样的场景:革命斗士巫恒通坐在床边,背对伪县长——自己以前的老师,根本不搭理他的劝降。巫恒通乃行香人士,操行端正,书香传人,本是一介儒生,近视而不短视,环顾乡野,遍地狼烟,遂慷慨而起,投笔从戎,以羸弱之躯、坚韧之志,保家卫国,被推举为句容县长,后在一次战斗中受伤被俘。在狱中,他表现出崇高的民族气节和壮烈的战斗情怀,拒医绝食,八天而终。其忠其义,可歌可泣,足为现代知识分子之楷模!烈士牺牲后,归葬于行香,墓旁有一个咕咕塘,池水永不干涸,赭黄的池水中泛出气泡,如同沸腾的水面,从下往上,翻动不已,经世不息。在这里安葬烈士,具有明显的象征意义:黄色的中国人将与这热情的黄土地彼此交融,生生不息!

斯人已去,精神长存,爱国主义永远是主旋律,茅山景区已经成为全国百家红色旅游景区之一。历史冲锋号中,抗战胜利早已结束,时代号角声里,我们能否敢于竞争,勇于拼搏,将胜利进行到底?这是每一个沐浴着茅山风的人都应该考虑的问题。

(写于2011年11月12日)

剃头，理发，美发

今天去理发，闷头无语，任凭思绪飞扬，想到这个标题，天啊，是不是有点无聊？亲，听我说说嘛。

小时候，看到过剃头匠，挑着一副担子，走村串寨，悠长的吆喝声，中气十足，很有穿透力，缭绕在村口、树梢、屋顶、房梁，就有汉子循声而来，领回家去。没有讨价还价的过程，剃头费都是固定的，汉子一个标准，男孩一个标准。女人们往往互助盘发剪发，偶尔请师傅绞个脸，所以这里忽略不计。户主吩咐婆娘烧开水，一则泡茶招待师傅，茶碗往往都是家里吃饭的那种碗，硕大豪迈，茶叶也是自家热锅里搓出来的大叶卷；一则准备清洗头发。户主扯出张条凳，四腿斜伸的那种，粗壮结实，就像农家汉子壮实的腿臂。户主坐上条凳中央，与师傅闲聊。师傅一边应答，一边把担子上的家伙卸下，在条凳的一端固定好磨刀石，很细腻的青砖，闪着幽幽的光泽，刀石经长期磨砺，中间凹、两头翘，呈优雅的弧线。滴上少些清水，迅速就被磨刀石洇去一些，师傅把刮刀在弧线上荡来荡去，再滴水，再荡。然后，双手把磨好的刮刀刀刃凑到眼前，闭上左眼，觑着右眼打量，打量时还把刮刀上下调整一点角度，之后，用右手拇指宽厚的指肚在刀刃上竖着轻轻来回触摸几下，试试刀锋。看到这里，小时候的我总是最感到紧张畏惧，从来不敢近前观看。之后还要磨剪子，滴润滑油，等等，不一而足。刀具准备好了，水也烧好了，师傅就给户主围上白色剃头布，就像厨师的围裙，不过脖颈里是要围紧的，防止断发漏进衣领，扎人。师傅用白色的洋碱先帮客人把头洗干净，然后开剃。我最感兴趣的是那张荡刀布，大约有一指宽，一尺来长，挂在板凳另一端，老帆布材质，就是过去拖拉机传动用的宽皮带那种材料，老而旧，黑而亮。师傅经常把布扯起来，左手握紧底端，拉直了，右手把剃刀的刃口在上面来回摩擦，向下一拉，再一个翻身，向上一扬，姿势优美，动作富于节奏感。

每次我都是呆呆地看,因为一年也看不到几回。汉子一般都把头发剃得短短的,毕竟下一次剃头还不知道何时呢?一些邻居也会过来排队候着,省得师傅挪窝子,费时间。婆娘就忙着为他们烧水,神清气爽的户主就拿大碗给大家倒水喝,香烟是奢侈品,这个是没有的。那时农村柴火也紧张,来剃头的邻居一般都会抱点稻草,补贴户主,户主客气着收下,送到厨房。汉子们互相招呼,大声说话,户主门口热闹着,爽朗的笑声飞扬出去,吸引来更多的村民,没有地方坐,找块砖头垫着屁股就行,顶多团一把稻草搁上。

磨砺以须,问天下头颅几许;及锋而试,看老夫手段如何。那时剃头的师傅技艺高超,手段全面,不仅仅是剪去嫌长的头发,换言之,忙的不只是一头发,而是整个头,比如,刮脸、刮胡、掏耳。尤其是刮脸,锋利的刀刃在脸上游走,力道的拿捏那是绝对的技巧,轻了,毫毛随刀左右摇摆,刮不下来;重了,就会皮破血流。师傅这时候往往不再和顾客说话,屏住呼吸,凝神挥臂,一刀到底,然后长舒一口气;顾客会明显觉得一股热流滑过脖子,也不再吱声,静心闭眼,享受刀锋游走的快感和惬意。师傅接着再来第二刀,依旧凝神屏气。刮胡子,先用毛刷蘸点碱水充分打理,然后一把热毛巾遮住,焐,等胡子稍有点软,迅速动刀,吱吱有声,先刮上唇的胡子,再刮下唇的胡子,接着顺着下巴往脖子上刮去几根长短不一的毛发,程序是不能乱的。

后来啊,剃头匠不再游走村寨,而是在集镇开店坐等,效率提高了,却少了一份悠闲和情愫,候剪的顾客互相不熟悉,也就默默地等,觉得等待的时间很长很长,不能再像熟稔的村民那样拉呱,甚至互相戏谑打趣,说些暧昧的笑话了。以前的店招牌上面写着"某某理发店",这某某,往往就是集镇的名字。所以行人凭着理发店、浴室的店招牌就知道自己到哪了。哪里像现在,走过一条街,还以为在"天上人间",做着"帝豪国际"梦。不过,店铺虽然简陋,师傅们的手艺还行。

鸡声茅店月,人迹板桥霜。店再大,也没有"中心""广场"大,不知何时,这些只有一两间小门面的理发店,纷纷改了店招牌,"中心"的"中心","广场"的"广场",彰显出国人好大的本性。店名也典雅起来,不再是土里土气的地名了,甚至洋味十足。

今天,我走进了一家美容美发店,门童笑容可掬,鞠躬逢迎,音乐缓缓流淌,玻璃硕大洁净,现代化的设备骄傲地伺候着顾客。发型超酷的师傅上来招呼,于是,洗头的洗头,理发的理发,吹风的吹风,染发的染发,我默默思索,工业化的流水作业,已经浸润了世界的每一个角落,顶上功夫也成了一个现代化的流水线。这里有的是机电一体化,电剃刀"呼"的一声从下往上开垦出一个深沟，就像挖掘机的一爪子那样快捷凶猛，剪刈下来的头发一簇一簇的，宛如割草机吐出的草渣，完全没有了手工剪发飘散的纷纷扬扬和萧萧而下的质感。

因为传统和职业关系，现在我往往要求剪成平顶。师傅先说剪成大平角好看，"那行啊"；过一会儿，说还是剪成小平角好看，"也行啊"；过一会儿，他说，你的脸型适合圆角，就剪圆角吧，这次没有等我开腔同意，赶紧"呼"的一声下去了。总之，头发越理越短，只剩茬茬。忽然想到一个笑话，一个蹩脚的木匠制作桌子，有一条腿短了，他把其余三条腿也锯了一下，结果发现又有一条腿短了，再锯，再短，再锯，等到锯平了，发现太矮了，主家责怪他，他说当板凳坐坐也好啊。我想，这个美发师傅是不是也这样呢？等到买单，他奉上名片，精致精美，赫然印着曾经得过的各种国内外奖项，名头都很大，让人肃然起敬，开价很高，因为是"艺术总监"嘛，可是他不肯给我刮胡子，不敢给我刮脸，忙发不忙头，我又怀疑那些名头中是不是有山寨版的，或自封的，又或是街头小广告制作的？

某次，随友人游览某著名生态村，墙体广告上用大字喷印："让我们喝上安全卫生的水，呼吸干净新鲜的空气。"天啊，小时候，我们不是随手捧起池塘的生水就牛饮而不担心闹肚子？不是天天看蓝天数白云追逐蜻蜓呼吸泥土气息？30年后，这竟然成了我们奋斗的目标？唉，我们回不去了。连理发也回不到从前的感觉了，刮胡子还可以用电动剃须刀，那么刮脸呢？

"艺术总监"双手捧着VIP优惠卡奉还给我，谦卑的笑意显示着职业化的规范，前卫的发型犀利而夸张，黑色的发根托举着金黄的发梢，哦，化学工业也在这个"人头"的工场施展着自己的魔力。

40来岁的我，剃过头，理过发，今天来美了发，无事乱想，草草写成文章，不知道自己想表达什么，只是隐隐觉得失去了什么。到底失去了什么呢，亲爱的朋友，你能告诉我吗？

（写于2012年9月9日）

童年牧歌

老家村外有条小河，蜿蜒在丘陵岗地的最低谷。这里偏僻荒凉，猎户散居，少有垦殖，水丰草茂，那时是我们放牛的绝佳去处。

“低角！低角！”指挥声中，听话的黑水牛便低下头颅，我们挡在牛前，面朝牛背，然后两脚踩在犄角间，再喝令“起！起！”颇通人性的老牛便轻轻地向后扬起脑袋，托举我们接近牛背。我们用力纵身，便扑到了牛背上，再一个转身，就俨然成了骑乘的将军。有时骑走在坡岗上，上坡时牛身倾斜，人往后翻，我们只需前俯身子，双手扼住牛的脖颈，或抓住一些鬃毛，下坡时，只需牢牢握住牛尾，这样可以防止滑落下去，而老牛一点也不恼。牛背上的两块胛骨较宽，是骑坐的佳处。有的小朋友胆大，还敢站在牛背胛上指挥牛儿前行，不过正所谓打死会拳的，淹死会水的，我就有两个牧友因逞能而摔成骨折。

夏夜，那时电还没有通，村人都聚在村边的打谷场吹风纳凉。故事会往往就此开场。一位本家爷爷给我们讲过朱元璋给地主放牛的故事，说是朱元璋等人偷吃了一条牛，回报地主说牛钻进山里去了，地主不信，亲自查看，遥见山腰处有条尾巴在晃动，山顶处有个牛头，还有哞哞的牛叫声，搞得地主不敢细查究竟。又听牛郎织女的故事，然后仰望夜空灿烂的银河，点认那两颗痴心的星星，希冀哪天自己也能邂逅到一位美丽的仙女。

夏天的中午，牛绳就系扣在河边的树上，老牛就在河里消暑，时或一个深呼吸，将脑袋潜入水中，稍息片刻，浮头呼气，喷出一鼻子水雾，又惬意地摇起脑袋，将两只耳朵拍成拨浪鼓，轰散来袭的满头苍蝇。黑黑的牛尾响亮地抽打在屁股上，甩出一道长长弯弯的白色水弧。白条小鱼闪跳在黝黑的牛身周围，欢快地窜蹦，争抢着偶然的美食，比如，一只叮上牛身来不及飞走而被呛入水里的苍蝇。老牛在水中时潜时浮，头上或背胛上还会垂直起降一两只轻盈的白鹭。

最诗意的画面是在秋天的黄昏，红日西坠，夜色渐浓，岚烟四起。日出而作、日落而息的农人荷锄而归，有时会捆起山芋藤分挂在牛背两侧，带回家喂牛喂猪，清香味很足。牧童顶着草帽，披着晚霞，穿着短裤，踏着薄暮，掌控着山芋藤，走回炊烟袅袅的村庄，任白白黏黏的藤汁濡沾到晒黑的细胳膊瘦腿上。偶或一只山羊“咩咩”地叫着，随行身后，拖拽的绳子像条长蛇，在埂边的杂草上划出丝丝响声。老牛走路甚是悠闲，一步一踏，脚踏实地，前腿交替撑出两朵健硕的肌腱。牧童随之有节奏地左右摇摆，摇摆出优雅的造型、悠闲的心情。可惜我五音不全，更不会吹响牧童的短笛，有时干嚎几声，权作长啸。豪情难抑时，就扯动牛绳，喝令几声“驾！驾！”老牛被催得紧走几步，甚至小跑起来，很快又安步如初了。

放牛，是孩子的任务。其实放的不是牛，是快乐。那时，村上好多牛，也就有好多小朋友。有时偷懒，几个人把牛往小河里一赶，给牛儿自由，也就是给自己自由。牛顺着小河啃食两边的水草，它们忙着牛嘴，我们则忙人嘴，偷偷去摘几个香瓜，或是抠几只还没有长大的山芋。

胡乱抓些枯草，草上架些干牛粪，牛粪上扔着山芋，从口袋摸出已经挤瘪的小半盒火柴，急切地点燃枯草。那烟熏得人泪水潸潸，呛得人咳嗽连连。牛粪是臭的，但山芋是香的。能吃上烤山芋可是极为幸福的事，烧得熟不熟，吃得多不多，并不重要，快乐在于合作，幸福在于过程，刺激在于体验，这也许就是所谓“偷”的快乐。鲁迅小时候不也享用过玩伴“偷”来的罗汉豆吗？童趣是永恒的，也是相通的。有时嘴边残留一点黑黑的痕迹，还会遭到家长的笑骂，凭着儿童的直觉，我们知道那不是真正的责骂。

在我们尽情欢乐时，牛也是惬意的，一路吃过去，有意无意地爬上河岸，悠闲地吃着青草，趁我们不在意，便去偷吃肥嫩的禾苗，或者灌浆的水稻。我们便会大声呵斥，用棍子或者鞭子驱牛入河。现在想来，我们真是不讲理，只许牧童烧烤，不许老牛吃稻。好在老牛一次都没有表示过抗议。

小朋友多了，鬼点子就会多。不过，毕竟人小，还是有所畏惧的，蛇便是其一。小朋友在这一点上往往达成共识，同仇敌忾，必诛之而后快，屠杀一条蛇后往往豪情满怀，好像为民除了害，现在想来真是不应该。小河那边岗地多，树林多，禽兽多，猎户也多，那长管的猎枪往往令人生畏。每次越界搞点偷瓜摸果之类的小动作，往往是心儿啊咚咚跳，脸儿啊红红烧，腿儿啊啪啪跑。少年的生活如同胎记，圈画成岁月的年轮。

熟人难打架，生人易生分。其实牛也如此，不过那主要指公牛，农人称之为牯牛。本村的牛儿能遵守和平共处原则,而陌生的公牛一旦狭路相逢,便会哞哞示威,一呼一应,酝酿怒火,挥角相向,恶战一场。凶蛮、壮观、惨烈,让人心惊肉跳,那可是血淋淋的零距离肉搏啊。四蹄用劲后蹬,身子前倾,脑袋低垂,牛牙外龇,努力使得那一副厚实尖锐的牛角直直向前,扎向对手。四只红红的牛眼怒视,四支硬硬的牛角纠缠,然后挥动脑袋,牛角抵撞得铿然有声。有的牛角折断,甚至脱落,露出森森带着血丝的白骨,实在瘆人。附近如果有人放牛,必定互相招呼。若都是牯牛,牧童便会各自牵动牛绳彼此错开,渐行渐远,消失在苍茫的田野里。

现在偶回故里,小河不再清清,牛儿无觅踪影,间或一两只白鹭孤独地飞行。然而,又有多少次,那只苍黑色的老牯牛用牛绳将我牵引,牵引起童年的记忆,捡拾着散落的泪滴。

(写于2011年5月13日)

我们村上有条路

热线网组织了部分网友前往句容市公路管理处。管理处安排了车辆，带着大家去现场参观国道、省道、县道、乡道、村道等各级公路，又播放了一个短片介绍。句容作为全省三个试点县市之一，获得了良好的筑路成果，今年夏天，省交通厅还在句容开了现场会。座谈中，网友们提出了好多问题，公路管理处的吴处长一一做了回应，我们深感沟通的必要，可以增进了解，感受筑路人的艰辛和情怀。聊天中，吴处长说，其实大家更关心的，就是自己家门口的那一段路。他的话说到我心坎上了，是的，村上的那条路，才最让我有感触哦。

我小的时候，那还是20世纪70年代初，大家都很穷，没什么鞋子穿，赤脚者很多，就是穿鞋，也多是草鞋，我爷爷就会打草鞋呢。我老家的那个村子，是个大村庄，村上有条主路，路上走动的行人和耕牛也就很多。天晴的时候，路上松软的积土很厚，被踩成灰白色的粉末。夏天走路，脚一出汗，粉末黏在脚上，像做脚膜似的。最怕下雨了，连绵阴雨一下，路面湿滑不堪，沤烂的泥巴能有二三厘米深，一踩一个脚印，提脚刚过，被踩挤到旁边的污水携着烂泥巴迅速回流到脚印里，形成一个小水凼。要是夏天，还好些，小脚踩在泥巴上，脚心痒痒的，松软的泥巴从脚趾缝里挤上脚背，一坨一坨的，就像蛋糕房里面点师傅在挤奶油似的。那时，路上玻璃之类伤脚的东西还不多，赤脚走路，是农村人的常态。怕就怕那些散养的猪，到处拉屎，把路面弄得发黑，一脚踩到猪屎窝里，是很懊恼和恶心的事情，搞不好脚趾会中毒腐烂，俗称“烂脚丫”。

我家隔壁邻居，成分是小地主，虽然一些房产被分割没收，却还有点地主的底子。他家的女儿比我大一岁，下雨天进出的时候，穿着钉鞋，皮质鞋帮，密封性好，不渗水，鞋底有好多尖锐的鞋钉，能在泥巴地上戳下清楚的痕迹。我用羡慕的眼光看着她,没有办法,只好咽着口水,骂一句:“地主婆!”她身子一颤,赶紧往家里缩,我顿时获得一种快感,挺直了小腰。后来,我学会了踩高跷,可以勉强走过一小截烂泥路,在路上戳下一个个小酒窝,画上一串省略号。

再后来,在邻村上学了,我也有了自己的小胶鞋,可是仍然讨厌下雨。要是下得太大,泥巴路就像稀粥,要小心走路,防止跌倒变成个泥狗;有的地方一脚下去,泥巴黏性太强,会巴住胶鞋,如果不能及时收住脚,那脱空的脚掌就会毫无防备地踩到泥巴里;要是路已半干,也要小心,鞋后跟带起的小泥巴团子会跳起来,像圣诞老人一样从裤子和胶鞋之间的空当里钻进去。你会一脚把泥巴团子踩扁,脚心一凉,就知道中招了,赶紧停下来,伸手进去抠出来,上面已经印有袜子的印迹,还有手抠的指纹。恨恨地扔出去,手上已经留了泥巴的残迹,有的甚至躲在指甲缝里,任主人用指甲去互相抠挖。穿胶鞋的痛苦还在于,冬天穿的时候很凉,拔脚,走了一会儿,又会出脚汗,滑滑的,还嫌热,到了学校坐一会儿,热汗化作凉水,寒从脚起,冷遍全身,侵入骨髓。如果是温度稍微高一点的季节,雨天穿着胶鞋去上学,两节课下来若已经艳阳高照,脚就感到闷热难受,偷偷挪出来乘个凉,一阵脚臭和着劣质橡胶的怪味弥漫在教室里,鼻子灵敏的同学查探后,要么向同学抗议,要么向老师告状。

村干部下了任务,每户人家出一些烂瓦片之类的,垫在路上,这样,下雨天,大家就可以拣着步子走。身手灵活的人,歪摆着身子,张开两臂上下舞动,时急时缓,就像一只不能飞离地面的鸭子,在扑扇着翅膀。那时,我要到镇上读初中了,家里也买了自行车,那种大号的二八杠,可以载重的,车身也很重。平时都是人骑车,“呼啦”一下跑出去很远,但是一下雨,泥巴随着轮胎起来,在刹车位置开始拥堵,最后把轮胎和挡泥板之间的缝隙塞满,车轮不再旋转,只好拖拽着,在泥巴路上拉出一道光滑的痕迹。所以,一到下雨天,往往是车骑人。由于营养不良,我发育迟缓,身单力薄,扛不动自行车,而我家又住在村子最后面,离公路至少有 600 米,这是我深感痛苦的事情。我听从妈妈的吩咐,把车子锁在公路上,单人回家后,由她去村子前面把自行车扛回来。第二天上学,她扛着沉重的车子,送到公路上,我背着书包跟在后面,又是感激又是羞愧。

前几年,赶上“村村通”的好政策,村上终于来了筑路队,大家奔走相告。可是刚刚浇筑了 200 多米,就被迫停工了。原来,这个大村子东西狭长,南北向进村的 200 米水泥路浇筑好后,面临着东西横向延伸的问题,两边的人家进行了拔河比赛，都要求筑路队朝着自己那边浇筑，可是筑路的总量已经由政府确定了，施工队不可能同时满足两边的要求。大家剑拔弩张，差点大打出手，都阻止施工队往对方方向筑路。工人无可奈何，感叹村人傻蛋，撤走了全部设备。面对半拉子工程，两边的村民，都骂对方是神经病。

总是有热心人的。村上有个卞红星先生，在外谋职多年，人脉甚广，疏通关节，终于又要来了一些计划，才把那条东西向的水泥横路贯通。为了更加通畅，卞先生出面和一户人家协商，拆去卡在路边的一个小鸡窝，给水泥路让出宽度。那户人家漫天开价，索要赔偿，最后谈判无果，那处便形成一个瓶颈，虽不影响他自家进出，却苦了后面的村民。哎，农民啊农民，总有那么一些自私狭隘分子，为了自己，不顾大局。可是除了感叹，背后议论，对他们又有什么办法呢？不可理喻的人，总是有的，这就是现实，就像磨好了香甜的豆浆，就必然有碜牙的豆渣。

我的父母随他们的小儿子迁居去了北京，村里老屋的门上扣了一把锁，我也已经一年多没有回老家看看了。今年国庆，家族有人请酒，邀我下乡。我欣然发现，水泥路已经修到我家门口了，我家是在村子最后面的哦。再转着看看，家家户户都通了水泥路，路是簇新的，整洁白亮，还没有发灰变暗呢。我赶紧打电话告诉了爸爸妈妈，他们也很高兴，尽管他们可能再也不会去住老屋了。妈妈，你即使再扛起自行车，也踩不到当年的泥巴路了，但是，你的爱，已经永远踩进了我的心灵，我的血液。以前，说是“村村通”，这次，竟是“家家通”了。

我家前面有户人家，新砌了院子，围墙朝外支棱出来，墙角嵌进水泥路面大约一尺，路面的另一边是个池塘，无法闪避，这儿又形成一个瓶颈，已经进出困难。他家为了院墙的安全，又找来一块棱角狰狞的大石块，浇筑埋设在那个墙角之前，使得过道更加狭窄。哎，怎么说你是好呢？你家两个儿子都已经在外成家立业，再不可能回村居住了，你非要挤那么一点地方干吗呢？这种现象，并不是个案。看来，某些农民，还需要好好教育。当然，有些人是永远教育不好的，自私狭隘，早已进入骨髓，甚至形成了部分基因。

我们村上的这条路，踩过泥巴，铺过石子，现在终于全部浇筑了水泥。我在这条路上，走过了贫穷，走过了无奈，走到了今天的欣慰。

（写于2013年11月30日）

洗澡

冬天到了，天寒地冻，洗澡是个很享受的事情，可以驱寒保暖，防治冻疮。然而洗澡又是很奢侈的事情，之后那一堆脏衣服，是要全部搓洗、挤干、晾晒的，辛苦得要人命。享受和痛苦并存着。

今年终于搬了新居。进城10年，租房、积蓄、首付、按揭、还款、装修，十年忙一房，五月份终于乔迁，一阵鞭炮，宣告新生活的开始。全自动洗衣机安装到位，碳纤维取暖器给卫生间增温，可以保证家人洗澡。

现在，基本上是每天都洗澡。晴天，用太阳能热水器，水流热热的。天阴的话，可以用燃气热水器，新疆来的天然气，一来几千里，想想，多么伟大，多么了不起啊。地砖、墙砖、花片、喷头、花洒、香皂、洗发水、沐浴露、恒温水龙头，营造出温暖的享受。

人是长记性的动物，不易忘记从前，洗澡的事情也不例外。小时候，冬天就洗一把澡，叫年澡，就像杀年猪、炸年糕、炒炒米、磨豆腐、蒸馒头一样，是为了过年的。家里有一种特大号的酒缸，直径差不多有两米，大多还是生产队分的。以前是置放在水稻田埂上，夏秋夜里点燃油灯，利用昆虫的趋光性来引诱它们“飞蛾扑火”而溺死在缸里的积水中。这是典型的生物治虫法。分产到户，人们纷纷摇上喷雾器，用农药快速杀灭害虫，这是典型的化学治虫法。于是落寞的大缸被人们抬回家，在过年时才被洗刷干净，装上热水，供人们轮流洗年澡用。一般蒸好馒头之后，锅膛里还架着很多树桩，便趁势烧出很多热水，倒进大缸，再渐次慢慢加进冷水。家长试好水温，拎过孩子，扒光衣服，扔进缸里，盖上一张大号的农用匾框，制造出一个相对狭小的空间，尽量来保持温度。家长在缸外指挥孩子“把头洗洗”“把脖子上的老古垢洗洗”“用洋碱（也就是肥皂）多搓搓”，并做好服务工作，送进肥皂，接出肥皂。孩子只喊闷得慌，有时自己掀开匾框喘口气，家长往往会呵斥说："热气跑了！"等到孩子洗得差不多了，家长一掀匾盖，拽出孩子，先用干毛巾抹头发，然后快速帮着擦干身上的水渍，擦着红晕的小脸，擦着红赤的身子，然后塞进旁边备好的被窝，指示孩子弓在被窝里穿上缀着几个补丁的内衣裤。那时孩子多，人多就热闹，大的呼，小的叫，家长就骂，老人就笑，在这热热闹闹中，迎接着新年的来到。孩子们都洗完了，大人老人才拴上门，再添加些热水，在孩子们已经洗脏了的缸里慢慢泡泡，解解乏，任孩子们追逐打闹的笑声消散在寒风里。年后，那些大缸又落寞地倚靠在院子角落里，无奈地接受雨水的侵凌，无能地看着臭水里滋生出很多虫子，在水里一拱一拱的，或在缸壁上飞上跳下。再后来，人们割来很多水草，沤在缸里，发酵之后，配进粉碎后的稻草、麦草屑，舀进猪的料槽。缸里成天臭烘烘的，人们也再不需要用它洗年澡了，因为镇上有了浴室。

80年代中期，生活条件好了一些，我到县城里读高中，也知道要干净整洁了，每周洗一次澡。化肥厂、纺织厂等职工浴室并不对外开放，公共浴室很少，仅崇明、工农兵两个。工农兵浴室靠县中最近，我们去的最多。今天回忆起来，印象只有一个字，"挤"。我们琢磨过、分析过、请教过、实践过，一心想找到一周时间里不太拥挤的时段，结果发现：没有不挤的时候，只有更挤的时候。不挤是不可能的，不洗是不行的。得，我们每次去三个人，带上自己的毛巾、肥皂，怀着恐惧，暗里祈祷，希望顾客能少一些。其实我们有点过分了，明明是工农兵浴室，所谓"工农兵学商"，收留我们学生已经算是扩编了、照顾了、仁慈了，我们反倒希望工农兵少去一点，真是本末倒置，不懂感恩感激为何物。为什么去三个人呢？这是有讲究的，为了便于协作。水池本就不大，人又多，先去的人还能在边沿坐着，后到的人要么在池外永远等着，要么挤进池子里面。池水往往很烫，浸在水中的那截腿很快就会烫得红红的，难以坚持，可是一旦爬出池子，原来占据的地盘立马丢失。只要有浴客一离开池子边沿，我们就会派出一个人抢占，然后轮流进进出出都没事，只要始终占据这个根据地。人多的时候，池子里也站满了人，有时屁股靠着别人的屁股，很不爽，也很尴尬。那时我个子矮，在人丛里四望，都是贴着别人的肩膀或后背，很压抑。人们就像黄色的粗壮的筷子一样挤立在池子里，我就是一根短一截、小一号的筷子。有时倾斜一点身子，用毛巾从胯下提些水上来搓摩身子。在双手的搓揉下，在水的滋润下，汗垢爬满浴客身上，脖子里，脊背上，腰肋下，斜斜的，粗粗的，黑黑的，长短不一，一条条的，从上向下，最后一起汇入池水，加上过量的肥皂沫，把池水发酵成乳白色。洗头最纠结，头发很脏，池水也很脏，不洗很难受，洗了又膈怪，两个淋浴头早就挤满了人，大家都是短缺经济背景下培养出来的，哪里会谦让？而且莲蓬头出来的水，也是尿无力、尿不净似的淅淅沥沥。要么心一狠，说声脏水不脏人，直接用池水洗头，要么就回学校后单独洗头。浴室的空气里全是水汽，混合着劣质肥皂的腥气，令人窒息。洗澡时间一长，必须出来换气，如果舍不得让出地方，体质又差，很可能就会晕池，摇摇晃晃地瘫软在地上。我亲眼看过有人晕倒，跑堂的赶紧拎了一桶冷水往浴客身上一泼，待他醒转，将他架到墙边歪躺着，让他慢慢喘气，慢慢恢复。我很怕自己会晕池，见势不妙，拔腿就跑。

能跑到哪儿去呢？澡是不能不洗的。好在日子一天天地好起来，澡堂子也多起来，再也没有以前的拥挤，浴客也没了以前的窘态。再后来，浴室也大多不是浴室了，稍好一点的澡堂子都改叫休闲中心了。浴室多了，再也不挤了，发愁的倒是浴室的老板了，打折、送票，种种促销的手段都用上了，服务更热情了。

浴室洗澡，颇为不爽，因为浴后躺着固然舒服，可是毕竟还是要穿衣回家，终究不如在家现洗现躺着舒服。顺手把一堆脏衣服往全自动洗衣机膛里一塞，一按电钮，等到全家洗澡完毕，脏衣服也洗得差不多了。

这就是生活，这才是生活。回首往事，令人感慨的又何止洗澡啊！

（写于2011年12月19日）

鞋子

昏黄的煤油灯下，一位青年妇女坐在纺车前，右手握着纺车手柄，抡着右臂顺时针方向一圈一圈地摇动纺车，咿咿呀呀的声音绵柔而悠长，左手捻放着棉纱，纺车的转动把棉纱从一个锭子传到另一个锭子，这个过程大约有点轧钢厂把粗钢拉成细钢的原理。旁边坐着一位男孩子，托着腮帮，听妈妈唱着古老的歌谣，听妈妈讲着神怪的故事。冬天，孩子躺在被窝里，妈妈斜坐在床头，左手握着自家黏合几层布压制而成的鞋底，也就是千层底，右手拇指食指合捏着钢针，针眼拖着螺旋缠绕合成的结实的棉线，从鞋底的这面扎向那面，有时鞋底太厚或者太紧，还要靠顶针箍帮忙顶挤过去，顶针箍呈环状，套在右手中指上，外环面上布满了小凹坑，密密的，有点像草莓，便于针头落实得力。那个孩子就是我。妈妈的好手艺则是从我的老太那儿学来的。老太，也就是曾祖母。她的手非常巧，包粽子、折馃子、绣花，样样都做得很好。我的母亲得到她的真传，学会了不少女红。我这个大老爷们会包粽子，也是家传下来的。

20世纪70年代，长寿的曾祖母还健在，精神矍铄，走路的时候总是颤巍巍的，还照应过我。那时我还很小，活泼好动，经常想往外跑，曾祖母着急得直叫“小祖宗唉，我跑不动唉”，我哪里去管她怎样，照样瞅准空子就往外跑，听她在后面着急呼唤，自己觉得很开心，撵得村上的小鸡飞跑，狗儿直叫。妈妈教训我：“老太是小脚，跑不动的。”等我稍微大了一点，才亲眼见识过曾祖母的脚。她穿着小小的、尖尖的鞋子，鞋面上绣着花，是她自己绣的。她褪去鞋，露出白布裹的绑腿，双手合作，迎着白布的来路，将它一圈圈、一层层松开，裹绕成一个大大的布卷，最后，她的脚终于展现出来，也就一拃长，白森森的，没有一点血色，很是瘆人。听说，一年四季，小脚总是冰凉的。脚趾细小，密密挨着，不像钢琴键盘的平面，而是像梯田一样的紧挨着、收缩着，几乎没有趾甲，脚趾之间烂兮兮的，白白的碎屑也多。洗完脚后，她从一个盒子里抓些明矾，涂抹在脚趾之间，用一副已经洗净晒干的裹脚布重新把小脚裹起来，塞进那小小的鞋洞里。毛主席在文章里批评有些人的文章又臭又长，就是用"懒婆娘的裹脚布"来比喻的，因为有过生活经历，我对这个比喻的理解很深。人到中年的我，现在来写文章回忆当初老太洗脚的情景，还觉得十分残忍。所谓"三寸金莲"的美称，浸透了多少青春少女痛苦的泪水？

奶奶是孤儿，很小就做了童养媳。好在大清破产，五四风涌，又没有父母兄弟的管束，她也就没有吃过缠足之苦。一双美丽的大脚，所谓天足，大大方方地、舒舒服服地，穿着千层底的黑布鞋，她也不再像老太那样天天宅在家里做家务，而是出门做一点事情了。

我的母亲嫁过来后，正是生产队时代。妇女获得了解放，男女都是劳动力了，田间地头少不了女人的汗水和歌声。在几代女人里，母亲的脚和鞋子的接触时间最少了。我的印象里，母亲简直就是赤脚大仙，经常赤着脚，拔秧栽秧，薅草育苗，割麦收稻。即使是在冬天，母亲也是常常赤着脚，挑着筐，下到干涸的池塘里，清塘泥，运到田地里，均匀散开，做肥料，脚冻得发红，黏着泥，又发黑。就是穿鞋，大多也是胶底鞋，俗称解放鞋，往往褪色多孔，甚至摞着补丁；有的还散了帮，用鞋带之类仔细而结实地捆绑着。我很佩服母亲的是，即使到丘陵旱地里忙农活，她也赤着脚，像大象一样随意地踩踏着坚硬的土埂，全然不在乎什么尖嘴茅草之类的来扎脚。我要是没有穿鞋跟着她走路，往往会努力把脚心抬高，尽量让前脚板往后缩，两脚高频率地拎起又踩下，仿佛经受炮烙之刑的鸭子，左右摇晃着身子，朝外悬垂着双手，十指张开外伸，嘴里还一个劲地"嘶嘶"作声，似乎那样可以减轻痛苦似的。

这次过年团聚，远嫁外地的大姐开着豪车回家探望父母。成了一家保险公司的老总，她已经全无农村人的气韵，身材高挑，浑身散发着大城市的气息。整只狐狸毛皮温顺地趴在她的脖子上，手包别致，挂饰玲珑，一双长筒皮靴，高及膝盖，紧收美腿，自信的节奏踩踏得地板生响。当初，暑假，随妈妈下地的姐姐，一会儿拎拎山芋藤，一会儿站起来捶捶后背，理理从草帽里散乱出来黏着汗水的头发，趿拉着生硬的劣质塑料拖鞋，脚丫子里都是土屑儿。偶有一只毛毛虫掉到脚背上，会让她尖声鬼叫。如今，什么虫子也钻不进她的意大利皮靴了。

大姐把女儿也带回来了，一声淡淡的"舅舅"，让我恍然有了隔阂。90

后的小丫头，营养很好，个儿不高，刚上大学，把一头天然的秀发弄得乱糟糟的，很像她外婆当年使劲要薅去的乱草。和别人打招呼，也没有了以前农村人的熟稔和热情，仿佛是在应付差事，只是在得了几百元压岁钱的时候，她才抬起头来，空框眼镜后面扫来一梭子目光，那是隐形眼镜罩住的眼光，迷离而迷茫，脸上露出几秒钟的喜色，然后又坐着继续低头摆弄她的手机，“滴滴，滴滴”，手指在触屏上飞快地点击，姿势要比她外婆撒种豆子的姿势优雅一些。手机的挂件垂挂在鞋背上，鞋跟很高，约三寸，也可以说是“三寸金莲”了，不过是把老太三寸金莲的长度改为了丫头三寸鞋跟的高度，这一个改动，花了一百年哦。穿着三寸长的老太要是看到穿着三寸高的丫头，会发出什么样的感慨呢？触屏指法娴熟的丫头要是看到老太娴熟飞快的女红手法，会怎样惊羡呢？鞋跟尖细，老太会以为是用来把鞋帮纫到鞋底的锥子么？

老太的鞋子被扔进了历史的垃圾堆，奶奶的粗布鞋早已被老鼠做了窝，妈妈曾经的光脚不再乌紫开裂，姐姐的鞋子正踩得有力，外甥女的高跟似乎要把女人抬得更高。

鞋子，穿在脚上，走在路上，抬跨在历史的台阶上。

（写于 2012 年 4 月 16 日）

行香一去十年祭

文天祥曾说过，痛定思痛，痛何如哉？回忆往事，需要记忆的沉淀、时间的发酵，才能捞出醇香的底泥，盛进人生的皿钵。

2012年2月23日，农历二月二，龙抬头的日子。我没有看见龙抬头，却见到了人聚首。出于某个原因，我们十多个从行香中学调出的老师聚坐在一起，把酒话桑麻，将时光拉回到十年之前。那时大家都是30岁左右，所谓风华正茂、激情昂扬。本人不胜酒力，酒酣耳热之际，记忆的阀门一经打开，尘封的往事喷薄而出，不能自已，遂钩沉往事，敷衍成文。

1997年，我调入行香中学，工作整整5年后调出。至今，印象最为深刻的莫过于住校生的晨读制度，可谓刻骨铭心，痛彻心扉。尤其是寒冬季节，每天早上五点半，铃声一响，电一送，灯一亮，立即起身，很快，值班老师的大嗓门便在楼道吼起来。学生们的抱怨声、哀叹声、咒骂声，充斥在各个宿舍。有人麻利地冲向盥洗室；有人磨磨蹭蹭地缩在被窝里先穿袜子；有人继续躺着一动不动，只是竖着耳朵侦查值班老师声音的冲击波，赶在老师到来之前的那一刻，"腾"地一跃而起，胡乱披上外套，把两脚踹进裤腿，使劲一抻到底，脚尖扎进鞋窝，站直身体，往上一提溜裤腰，猛地一收束皮带，皮带末梢尾巴似的支棱着，随即趿拉着鞋子，人影已经冲出宿舍，再一个俯身，右手食指准确抠进鞋帮的跟部，脚尖配合着往前一拱，或者蹦跳着拔好鞋子，到位，冲，奔向教室。一路上胡乱系着纽扣，固定住一直翻飞的外套，右手拇指食指摸到裤子拉链，一拽，合上洞开的门户，也挡住了外界的寒气，最后张开五指，朝后叉梳几下头发，等到了教室，也已经整好了仪容。至于脸嘛，暂时就不要了，晨读之后，再去洗洗。毕竟，暂时留着一层油垢，还可以帮着御寒呢。人，是逼出来的，在这个晨起的实践中，大家各显神通，把统筹方法发挥到极致，激发出无尽的智慧，训练出矫健的身手。

行香中学的教学区和生活区相隔好几百米，中间有公路连接。这些住校生每天清晨就奔走在公路上，然后到教室读书，是为晨读。三更灯火五更鸡，正是学生读书时。先说路上的惨景，那时公路质量很差，坑坑洼洼，一到下雨天，凼凼里全是积水，一脚下去，踩起一朵水花，此脚赶紧抬起，另一脚又踩进更深的水凼，袜子湿了，鞋垫潮了。既然轻手轻脚不行，随后就是狂跑，深一脚浅一脚踩起的水花喷溅到别人身上，引来一阵责备、咒骂，也全然不顾，呼啸而去。女生斯文，大多不会跑，一手撑着雨伞，用还有些迷糊的眼神，借着手电筒的微光，尽量寻找着可以落脚的地方。只要下落的雨点不大，男生一般不用伞，如果很大，一个小雨伞下面往往挤着两三颗脑袋，人多难协调，往往踩水彼此影响，便有人从伞下突然而出，弃伞狂奔。少数穿了雨靴的人，最是神气，故意找比较大的水凼重重地去踩，在别人的尖叫声里获得愉悦和满足，微笑挂在脸上，当然别人是没有时间去看的，而且也看不到。因为，天还很黑，人在对面也看不清，认不出。值班老师走在后面，挥舞着手电，用光束驱赶着学生，就像是在赶着嘈杂的鸭群。那个手电是充电式的，光柱极亮，很有驱赶力。不过老师也不轻松，私下也很抱怨，可是这已经是学校的一项制度，只有执行的份儿，没有还价的余地。

到了教室，就是读书。一些学生闭着眼睛，摇头晃脑，拉长声调，不知所读，当然也有一些学生认真学习，兢兢业业。读完书后，做早操，早操结束，各自解决早饭。这时候很多人忙着回去洗脸，然后就是早读，住校生走进教室时，走读生已经全部就位了。还有几个值日生，弓着腰，张张惶惶地拿着簸箕笤帚，从同学跷脚而腾空的桌子下面掏扫纸屑垃圾。总的来说，东乡文化，学生刻苦攻读的氛围还是不错的。这种制度，在今天看来，也许有点匪夷所思，然而当初却是事实。

我刚到行香中学报到，住在还没有完工的门面房里，没有电、没有水，生活不便，里面住着 5 个刚过去的男老师，算是集体宿舍。开学不久，传出消息，说是 1946 年在行香战斗中牺牲的徐明烈士的老战友们，为了纪念他，动议将“行香中学”改名为“徐明中学”。这触动了我的情思。我读小学时祭扫烈士墓，都是去徐明墓。夜深人静，辗转难眠，文思汹涌，喷薄而出的句子如滔滔江水拍打崖岸，无法遏制。可是没有灯，没有笔，又不能影响别人休息，我只能在心中默想，不断修改、调整、背诵文稿。好容易挨到天蒙蒙亮，我跑到办公室，拿起笔，一气呵成，写下《拜谒徐明墓》，就是今天来读，依旧气势如虹、磅礴铿锵、流畅连贯。人说创作靠灵感，这是我的一个切身体会。

我爱写写文字，也就喜欢作文教学。有一次，我命题小作文，以监考老师为模特,进行描写训练。评卷的标准是,阅卷老师如果能从文章中看出是哪一位老师监考,则评为上等;如果面目模糊,甚至性别不明,则为劣等。后来听到很多笑谈。有监考老师发现学生老看着自己,怀疑其有作弊企图,就狠狠瞪学生一眼,学生自然低头回避,可是很快又抬头张望起来,而且看着老师的学生越来越多,搞得老师如同芒刺在背,不明所以,怀疑自己是不是纽扣没扣好,或者拉链没拉上,还是牙齿缝有菜叶,又或者是头发有灰屑,竟至手足失措,别扭低头;也有老师发现了问题所在,干脆站在门边,脸朝外,给学生一个想象的背影。事后有学生抱怨监考老师不配合,监考老师则一起来训我:是老师监考学生,还是学生监考老师?现在回忆起来,一丝笑意袭上嘴角。

还有一次,冬天,很冷,学校小广场的喷泉池结了冰,我把全班学生拉过去围着池子看,不许交流,要求看完后回到班上把自己所看到的写下来,这就是作文的命题。于是学生写下:天冷会结冰,冰上有石块说明学生不文明;冰冻三尺非一日之寒,水管边上冰反而少;等等。最后我笑笑说,怎么没有人看到老师的良苦用心呢?

带学生搞活动是我的爱好,我觉得课外活动对学生的教育效果是课堂所无法比拟的。曾经带着学生,扛上学校团旗,以团队活动的名义,爬丘陵,钻树林,一直跑到王庄水库边上喝凉水。那时候,水质清冽,水色青碧,我们还兴高采烈地比赛玩打水漂,看谁能让自己扔出去的瓦片多接触几次水面。

后来发现水库一隅横着几排平房,竟然是养老院,时已黄昏,夕阳惨淡,暮色渐起,墙外是重重叠叠的坟茔,院内设施简陋,老人呆滞无神,寂然无声,俨然就是在默默等着从院内的床上挪到墙外的坟里。我是一个感性的人,情感丰富细腻,那一刻,巨大的震撼击中了我,忧伤撕裂了我的心。我问明一共有 13 个老人,把学生召集起来,请他们 50 个人每人出 1 元钱,我自己再掏一点,给每位老人发 5 元,当时老人们感动的泪滴就噙在眼角。我们带了相机,让学生拍下照片,至今还在。现在我想,自己是不是有点矫情?当时潜意识里,是真的同情老人,还是为了满足自己的施舍心理?为什么要拍下照片?是纪念这次教育活动,还是为了事后的可资炫耀?反思,批判,需要智慧,也需要勇气。

随着教育布局调整,行香中学的高中走到了最后一年。我教三个班的高三语文,做一个班的班主任,还担任语文组组长、省级课题组组长、校刊编辑、校通讯员。这是我从教以来最辛苦的阶段,但是这不仅没有累垮我,反而使我意气风发,整天像上足了的发条一样紧张有序,也像打了鸡血一样亢奋。晨读时，我做主把全班拉到操场跑步，要求步伐整齐、口号响亮，口号就是“1234”“团结奋进，优秀文明”，也就是我为班级所拟写的班训（后来一直沿用至今）。操场每圈300米，男生在前，女生在后，我跑在外圈，高峰时每次12圈，犹不够快意，就专门买了绑腿来强化。我的威望也如日中天。校运动会即将召开，我和班委设计好了流程，打磨好了细节，想要班级好好表现一下，出出风头。然而，月盈则亏。老天阴沉着脸，用眼泪浇湿了我们的期冀。所谓希望越大，失望越大。那时候哪里有现在的豁达和淡定？人啊，千万不能跌进名利场，否则，必然是失落、遗憾和痛悔。出风头，没了机会，我的情绪由热烈转而消沉，也由追名转为逐利。

正在这个时候，经校长首肯，我无业的妻子可以在女生宿舍里摆摊，出售零食、冷饮、日用品以补贴家用。我们很忐忑，不知道能不能挣到钱，然而很快就一发而不可收，摊子越摆越长，商品越来越多，利润也就越来越大，而且都是现钱，不用分成。做生意很辛苦，点钞票很兴奋。俗语云，有得必有失。当我们把学生看作顾客的时候，当我们慢慢将他们的零花钱转为我们的利润的时候，师生关系就开始变味，融洽和谐渐渐淡去，心灵距离渐渐疏远。有时候，看到的不是需要管理的学生，而是照顾生意的客人。学生对我的崇敬感减淡了，我的形象模糊了，矛盾渐多、冲突渐起，管理难度加大。我没有收掉摊子，没有终止点钞票的乐趣，无奈之下，主动辞了班主任，看着学生们的背影渐行渐远。时间已经过去了十年，和我保持联系的那届学生，人数不多，我引以为深深的遗憾。

走笔至此，心情低落，已不想再多做回忆了，搁笔吧。

（写于2012年2月24日）

回忆,是一个有趣的筛选过程,会滤去许多寻常事务,就像水洗沙子后,只留下那些粗糙的记忆砾石。现在我们就随意捞起几片砾石看看。

民以食为天,先说说吃的记忆。晨读后,值班的老师先去吃早饭,早读后也有老师吃早饭,自然就分成两拨,小面馆老板比较满意,因为不至于拥挤。胖子老板的肚子就像发酵后的面团,撑得圆圆的,沾着白色面粉屑的双手扯着一坨坨面条往锅里扔,含有食用碱的沸水从锅中央汩汩滚起,泛着一点青色,突兀而起,将水面的一些白色泡沫推往四周,沿着铁锅一圈挨挨挤挤扑腾着。锅上笼着蒸汽,腾腾地往上冲。胖子老板不时觑起眼睛,从热气的缝隙中朝锅里张望,右手抓着一双超长筷子在锅里打捞,将长长的面条捞出来,右手腕高高抬起,筷子就像一柄长剑,直指天空,等到最低的一根面条脱离水面,超过碗口,再下挥"长剑",将面条落坐到碗里。碗里已经盛好了面汤,加了酱油,褐色偏点黄,汤里撒了几片葱花或者碎韭菜叶,飘荡着绿意。胖子老板麻利地给几个老师匀好汤面,根据各人需要,加上一点添头,煎鸡蛋、肉丝、干丝之类。等待中,老师们会吹吹牛,说说笑话,或交流教学趣事。面条还在分装,就有人站起身来,忍住嘴里的口水,抓起数好的几双筷子去锅里划一划,来个消毒,再分给大家,人手一双。

面条很烫,冒着热气。有的人左手拇指扣住碗沿,向左歪着头,将牙齿、舌头抵在碗边,右手筷子捞起来的面条被塞进唇齿之间,刺溜作响。也有人摘了已经蒙雾的眼镜,搁在桌面上,脑袋正面伸向碗中,任由热气熏蒸脸庞,感受痒痒的热浪,算是享受面部蒸气浴。事过多年,吃面条似乎还是这么一个流程,无非添头盖浇多了些花样,但那时吃得就是香,真是吃嘛嘛香。也有老师临时忙着,隔着窗户对胖子老板招呼一声,不久,胖子老板就会端起一碗指定内容的面条搁在朝外的窗台上,老师端走吃完后把碗筷再搁回去,从来也没有过什么纠缠或扯皮。面条熟，人头熟；面条热，人心热。

热心的老师很多，陈林就是其中之一。那时，老师中单身汉很多，中午大多吃食堂，自己备好餐具，为图省事，就把碗筷放在陈林家的碗橱里，因为他的宿舍紧靠食堂，方便。人家碗橱是自家装菜的，他家碗橱是单身汉们装各色盆碗钵盒的，大小不一，或散着，或摞着。人喜欢从众，后来也就越放越多。有一次，陈林老师因外出他校听课，忘记丢下钥匙，开饭的时候，他家门口挤满了无奈的面孔，大家只好向隔壁的刘老师家求助，虽然碗筷总动员，也根本不够。后来，陈林在临路的窗户下横放了一张旧课桌，大家从栅栏间把餐具递进拿出，就再也无虞了。

食堂的空间不小，人字梁，屋高梁长，是麻雀栖息的好地方。学生散落的饭粒，培养着麻雀的团队意识，它们一哄而上，一哄而下，把屋子飞得虎虎生风，有时将屎尿拉在墙边停靠的摩托车的黑色座垫上，搞成黑白配。食堂处在小镇外围，紧靠农田，收获季节，有人在食堂门口的水泥场上晾晒稻麦。麻雀们正好搞搞联欢，吃吃大餐。看场人不时夸张地扬扬手，气势汹汹的，嘴里模仿鞭炮的声音，喷出愤怒的口水飞沫。人走近，鸟飞起；人离开，鸟回来。如此循环，人就没了脾气。

食堂油水少，吃多了，就剐得慌，那时还没有现在的减肥概念，还在崇尚杨贵妃，以胖为美。年轻的小杆子大多住集体宿舍，就有人商议搭伙。时间一长，就有人懈怠了。我记得许辉老师的煤气灶上坐着一口锅，锅里睡着半锅水，说“睡”，是有缘故的，因为那水在锅里的时间是以月来计算的。人家是滴水成冰，这哥们是坐水漏锅，慢慢渗漏的锈水滴在灶上，风干成黄黄的渍垢，显示着执着的毅力，岁月的沧桑。

小杆子们烧饭不怎样，也不积极，可是喝起酒来，那就是馋猫鼻子尖了。史拥军老师，教体育，没有我等语文老师的酸腐迂阔，他豪爽俊朗，能吹牛能喝酒，他的宿舍就经常演变为酒场。比如某天，他家本来是打算只吃饭的，忽然来了一个单身汉，嚷嚷着喝酒，拎了半斤卤菜，扔在餐桌上。两张并排的旧课桌覆压上一层桌布，就成了餐桌。这个“死不掉”（外号）马上就在桌上摆开碗碟装上卤菜，在碗橱角落找些花生米之类，一伸手，从床肚里抓出一瓶容牌白酒，就“咕咚、咕咚”往碗里倒。酒瓶一开，香气一飘，声音一嚎，那就刹不住车了。大家住集体宿舍，门挨着门，稍有动静，全部知晓。呵呵，好家伙，从两人喝变成四人喝，再变成八人喝，有的老师值班路过，也先抢着咪一口而去。试想，当年梁山兄弟们是否也这样呢？很快，各家的菜就聚合起来，无非半碟缺油的黄瓜，几粒焖老的毛豆，甚至是半碗粗壮的萝卜干，实在不行了,“死不掉”会吩咐妻子去烧一份很稀很稀的鸡蛋汤。那热闹的场面,喧嚣的声浪,至今还在我的心里回荡。现在,大家都到了城里,住着干净白亮的套房,吃着美味的荤腥,怎么就不再感觉到香甜了呢?后来,容牌白酒商标外卖,退出了句容的历史舞台,如今,听说商标已被回购。白酒容牌,可以从头再来,可是我们逝去的风华已经不再。

酒多了,情绪也高起来,赤红着脸,呼着酒气,摆上象棋或者围棋去厮杀。但是下棋往往不畅快、难尽兴,因为很快就有人像现在的城管一样来掀了摊子,揪起他们去打“5000 分”。这是一种扑克游戏,三四副牌,四人对局,对家合作抢分,每局双方计分,先累积到 5000 分的一方为胜。呵呵,就像国际政局,乱象纷呈,阴谋诡计,明修栈道,暗度陈仓,只有想不到,没有做不到。有人将单牌夹杂在一大趟里糊弄出去,有人抓牌“竹外桃花三两枝”,有的用暗语提示对方出牌。被逮住揭发时,自家也不羞,对家也不恼,拿回去憋在手里就好,其乐融融,乐在其中。笑声挤满了屋子的每一个角落。

史拥军家的角落里躺着电视机,私人的物品,却成了公共的资源,因为好多人把这里当作了“教师之家”。尤其是足球赛季,电视画面人很多,他家屋里人也多,屋里人的声音比电视大得多,有时喝彩,有时骂娘,热血沸腾,全神贯注,不知东方之既白。

球赛,是一些老师的爱好,老师们主要打篮球,好些人锻炼得一副好身子骨,在篮球邀请赛、友谊赛中多有成绩,因为我不是体育爱好者,就说不上多少了。

我去了行香中学后,才有了儿子。我带了妻儿,分了一间宿舍,就在校园内,很方便,课间就可以回宿舍看看,洗洗尿布。孩子很小,很多人会帮忙抱抱,一则喜欢孩子小嘴嘟嘟,一则让我们歇会儿,多温馨的人际关系哦。最烦恼的是阴雨天,尿布不干,不够用,那时根本没有现在的条件,取暖器、烘干机、空调,啥都没有。丁德义老师是个快退休的中学高级教师,那时熬到这个岁数才可能评上中高。“丁中高”专门为老师们烧开水,小煤炉、茶吊子、暖水瓶,灌装完毕,按照水瓶上漆写的办公室标识,给各室一一送过去。为了早晨能及时供水,晚上就不能熄火,要把炉子封起来。他就给我们帮忙,在煤炉外围拴上几圈细绳,晚上把潮湿的尿布围挂在绳子上烘干。他嘱咐我们,晚上多换一次煤,免得歇火,影响烘干,影响供水。我的孩子虽然不在工作编制之列,却也享受了几个煤球的福利。年轻老师看到这些万国旗,有些微词,被老丁训了几句,说就是有点尿味,那也是童子尿。别人就不再言语了，那时年轻人还是听老教师训话的。那些尿布，由于受热不均，有的地方烘过头了，就会褪了色，甚至枯黄一片，特别显眼。有时，这些斑斓的尿布，被夹挂在圆圈型的衣架上，悬搭着走廊过道顶上的铁丝上，随风飘扬，任性地俯看着下方走过的人，有校长，有老师，有工人，还有我的小儿郎。

不是因为回忆就忧伤，也不是为了忧伤而回忆，只要那些事情，曾经是我们的真实过往，就值得我们细细珍藏。笑意写在嘴角，激励我们把握现在，心情恬淡，继续走向前方。

（写于2012年2月27日）

走过那条小河

暑假偶回故里，走过故乡那条小河，我默然无语。

河床不见昔日黄赭的硬土，也无散漫轻浅的细粒黄沙。河床不再深邃，几处深潭已被积泥填平。

窄窄浅浅的小河呻吟着疲惫哀痛的歌，底色一律是淤泥的污黑，“游鱼细石，清可见底”已是遥不可及的梦。河边青绿的水花生黝黑滋润，劲头十足，直指河底。几处丛生的青草，嫩嫩的，绿绿的，展示着诱人的形体美，如此上佳的草料已没有牧童寻觅的身影。几处渗水拉出长长的黑色线流，积成一滩死水，浮起一层斑驳的铁锈色。大小的螺蛳挨挨挤挤，争洗着自己那肮脏的体毛。淤泥上不时泛起一只气泡，浮伏良久，轻轻炸裂，发出丝丝的细响。炽热的阳光灼照着河底，蕴蓄出袅袅的腥臭。

走过那条小河，我带着青年的生命力来寻找儿时的伙伴。小河死了，生命悬吊在环境污染的枝丫。

我的记忆却没有死。

童年，走过那条小河。

暑假，午后，艳阳天。堂兄呼朋引伴，率一干喽啰跳入小河宽阔的河湾，到中游击水，水花四溅，溅起笑语阵阵。堂兄治军有方，着人侦察村庄方向，随时了解“敌情”，另择精兵（都是精赤身子的少年）若干，迂回爬行，瞄着村人的香瓜地块。（那年头，香瓜是上等美味，每家自留地里种上一个垄一小段。）速战速决，一旦得手，飞奔而归。临近河湾，随着堂兄的断喝，精兵们将手中的战果飞投水中。堂兄逐个敲开验明正身，酌情处理：熟、香、甜、脆的上品收归头领，中品则由亲信分享，未熟而味苦的下品则犒赏三军。无人反对，个个开心。很快，一朵朵水花再度起落。

少年，走过那条小河。

田地分到农户，老牛名花有主，新一代牧童应运而生，暑假中免不了常常放牛。我常与伙伴合作，将两头牛牵到上游，撵入河中，各据一岸，隔河而治。待老牛寻寻觅觅吃到河湾，村头的炊烟也笼住了树梢。有时老牛就系扣在河里消暑，牛头沉入水中，稍息片刻，抬头呼气，喷出一鼻子水雾，又惬意地摇起脑袋，将两只耳朵拍成拨浪鼓，轰起满头的苍蝇。牛尾响亮地抽打在屁股上，甩出一道长长弯弯的水弧。河中的白条小鱼闪烁在黝黑的牛身周围，欢快地窜蹦，争抢着偶然的美食。

今天，走过那条故乡的小河，清澈已是往事，活力全然消逝。我撒落心雨的花瓣，凭吊这哀痛而又寂寥的小河，也凭吊像她一样被工业文明伤害的万千灵物。

走过那条小河，你可曾听说……

（写于 2001 年）

小懒胚

昨天中午，儿子要求洗碗筷，并努力试着洗了一下锅，用他的话说，“挣了3元血汗钱”，揣放在裤兜。今天本来还想再来一次有偿劳动的，因今天是母亲节，他便决定用洗碗的实际行动作为给他妈妈的节日礼物。

看起来他很勤快，其实不然，他是个小懒胚。儿子很可爱，但只要一提到学习，一安排他写作业，头就大了，要么“等一会儿”，要么“我先喝口水”，要么“我要上厕所”，很像小时候在农村看到过的耕田的小牛，懒得很，滑得很。昨天一下午，作业没写多少，先小便一次，很快又大便一次，还分喝了三次水，每次只喝一两口，以此捱磨时间，让人哭不得、笑不得、恼不得。

希望他以后在学习之路上能勤快一点，哎，希望而已。

（写于2007年9月）

懂事

星期天,我们高中照例补课。中午回家吃饭时,妻说:“儿子长大了,儿子懂事了。”我听她说了原委,禁不住笑了。原来早上妻带儿子到店里开了门,便去买菜了,儿子自去元丰商场饮食部吃早饭。妻买完菜回来,发现桌上放着馄饨,就问儿子怎么还没吃完早饭。儿子说吃过了。妻又问怎么没吃完,儿子说这是另外买的带给她吃的。妻顿时好感动。店里正好来了一位熟客,听了儿子的话,夸奖说这孩子懂事了,知道关心妈妈了。

儿子过完10岁生日还不到一个月,已经长大了,身高已达1.4米,在学校都是坐在最后一排。我听了情况,点头赞许,与妻又回忆起了儿子第一次会笑时的情景。当时我们正在吃饭,他睡在床上,眼瞅着我们,忽然笑了一声。我们先吃了一惊,然后探询地互相望望,又欣慰地大笑起来,放下饭碗,逗弄起儿子来,说他肯定是看我们吃饭,嘴馋起来了。当时正好蒸了蛋羹,一喂,小嘴竟咂吧起来,从此也就开始给他加餐了,在自己吃的方面,他开始懂事了。

往事依依,一晃已近十年,今日儿子体贴之举,怎不使人心醉。

(写于2007年9月)

『搭』蚊帐

昨夜不值班，由于致力于一篇小文章，我把儿子一再请求的事儿给忘了。夜里儿子至少叫醒我三次，说脚心痒、腿痒、手痒，估计是被蚊子叮了，可又找不到蚊子，搅得我夜里睡不安宁。他特别招蚊子，皮肤不太好，被蚊子一咬就是一块红斑，奇痒。他抱怨说叫你们搭蚊帐、搭蚊帐，就是不搭。儿子以前总说是搭“帐篷”，后来才改为“蚊帐”，他不用“挂”，而用“搭”，我们本来认为不正确，不过现在看来这个“搭”字还算是正确的。上午我和妻子回家，费了老大气力，七捣鼓、八琢磨，才把蚊帐给“搭”起来而非“挂”起来。原来，现在蚊帐的设计，都是用折叠棒一截一截地组合而撑起来的。忙这个玩意儿，让我们费了不少脑筋。儿子今晚就不会受苦了。蚊子似乎特别爱吸他的血，上午我和妻子在他小房间里就发现了两只蚊子，将其拍死后，血渍斑斑。

老子为儿子办事，最是不遗余力，这是同学孙白平概括的一句话，我深以为然。我上午的工作就是一个注脚。搭蚊帐这件事，使我想起在县中读高三时的一件往事。父亲从我处经过去上班，我告诉他蚊帐不顶用，影响晚上休息质量。当年父亲在某矿的医务室工作，为了省钱，就把医用纱布改制成蚊帐。由于纱布的经纬线不固定，容易移动，做好后的蚊帐悬挂起来，一经受力，纱线滑移，在横杆下面的缝纫处，便会形成较大空隙，蚊子乘隙汹涌而来，不堪其扰。父亲回了单位后，找到好蚊帐，很快又折回学校，句容到亭子来回近60公里，都是骑自行车。他从春城老家经我处到亭子，已近百里，又折回句容再回亭子，又是百里，为了自己的儿子，就这样奔波着。

前几天，妻姐问我妻，我爸这次探视我们后什么时候回去的，是否自己走的。我妻告诉她说是由我一大早送走的，又说你看看人家这样的儿子，再看看某某某这样的儿子，什么德行噻。后来我对妻子说，要知道我老子当初是多么疼爱和关心我的啊。为了教育和学习的事情，当然也打过骂过我们，但那根本不与“疼爱”“关心”这些词语冲突。当年父亲如此待我，我也会如此关心呵护儿子，在日常教育中，也熏陶儿子将来也要如此。

儿子放学回家，开口就问是否“搭蚊帐”了。妻子告诉他“搭了”，他感到满意。可是，夜里他要上厕所，又叫醒我为他开灯，拉开拉链放他出帐，面对自家儿子的要求，我，作为一个父亲，又有什么办法呢？

（写于 2007 年 5 月）

补记：

前几天，我 2002 年教过的学生李平，偶然听说我在网购蚊帐，告诉我说他自己就开着网店，销售家纺，遂免费快递一件过来。他表示要寄给我最好的蚊帐，不能在同学面前失面子。他给我的不仅仅是蚊帐，其实，他是给了我很足的面子。现在的蚊帐，网眼细密，质地精良，轻巧牢固，透光透气，而且使用了拉链封锁，可以无缝对接。蒙古包形状的创意，又省了安装的烦恼，以前要找杆子，还要想办法固定，很是伤脑筋。这次李平寄来了最好的款式，下围 20 厘米处，另外加了松松的裙边，形成两层遮挡，保护着人们在梦中靠着蚊帐边缘的身体。蚊子再想隔帐吸血，难度陡增。细节见功力，创意见人性。现在晚上儿子可以安心大睡，我们也可以安心大睡了，不用像当初我的父亲那样操心了。可谓，一帐在手，安睡不愁哟。

孩子的满意，就是父母的追求。

谢谢李平。

（写于 2012 年 5 月 31 日）

绞肉机

我家有个绞肉机，超级绞肉机，不仅绞肉，有时还绞排骨，如果绞不动，就嚼，就啃。

那就是我11岁的儿子。

半大小子，吃死老子。儿子继承了中华民族的典型基因。民以食为天，儿以肉为本。他一人消费的肉食要占到全家的大半。

吃饭之前，他都要了解一下饮食内容，或开锅，或开橱，要么眼睛一亮，眼疾手快，一块瘦肉已到了嘴里；要么眼睛一暗，小嘴一噘，说胃口不好，不想吃，因为没有肉啊。

有次他连续不断地吃肉，我们笑着责问他怎么能吃得下那么多肉，他说自己的嘴是个"绞肉机"，绰号由此而来，家庭典故就此又多了一条。儿子吃肉重内容不重形式，蒸、煮、烹、炖，做法不拘，是肉就行。欧洲白种人人高马大，体能优势超过黄种人，足球上的表现尤甚，据说就是以动物性食物为主的原因。现在的孩子普遍高大，发育健壮，我儿子才11岁，身高已是1.5米，不知道是不是与这大量的"绞肉"有关系。

有一次聊天，说到我们小时候穷，没什么好吃的。当时儿子还小，他天真地关心我，问明我当时住在农村，住在他奶奶家，他就责备我为什么没有打电话给他，他好送些面包给我吃，我们开怀大笑。他还曾迷惑地问我，一只鸡才两只腿，你们兄弟三个人怎么分呢？两只鸡腿，对他来说简直是小菜一碟啊。

我们小时候没有鸡腿吃，也没有水果吃啊。过年时，政府会发肉票、糖票、香烟票，虽然水果不要票，可是也没有钱去买啊。后来情况好了一点，我母亲就买两个苹果，图个吉利，年年平安呗。那时苹果个头不大，我们兄弟都爱用手摸一摸，还放到鼻子前深深嗅一嗅，将清香吸入心田，然后咽一咽口水，再看看那青绿色的果皮，恋恋不舍地由妈妈放到大灶肩上任由灶老爷享用。以后我们偷觑着，挨上漫长的几天的等待。等到妈妈取下来，洗干净，她用刀切成四份，我们兄弟仨每人一份，爸爸妈妈再分享第四份。皮，自然是下肚的；核，要吃到只有籽粒为止。籽，我们又偷偷地种在墙角，满心欢喜地等它发芽、开花、结果、成熟……什么也没等到后，我就有了远大的理想：通过努力，以后过年时能放开肚皮吃个够。苹果毕竟是奢侈品，我们更直接渴望的，还是能吃上肉啊。天天是素菜，烧得烂乎乎的、黑黑的，还没啥油水，就像是猪饲料，哪里会有绞肉机？

我们小时候渴望三件事，上梁、老人、吃喜酒。上梁可以争抢瓦匠师傅从正梁上抛扔下来的几个馒头糕点；人死后，事主会在棺材头供些吃食，小孩子可以拿一点吃，但不可以拿完，送死人上山、帮扛竹竿幡旗的小朋友，还能得到事主给的两毛钱；吃喜酒是最幸福的了，礼钱是大人考虑和发愁的事情，我们的任务就是吃。所谓佳肴，其实就是肉打滚，“素油放一锅，不如荤油拖一拖”啊！

事实上，肉食已占现在餐饮的重要部分，大米消费倒日见其少。肉食，谁不爱吃呢？和尚尚且闻香爬墙，为自己找个堂皇的借口，说是“酒肉穿肠过，佛祖心中留”。毛主席偏爱红烧肉，只是经济条件不允许，也只能偶尔解解馋而已。我们又何尝不是这样过来的呢？我们又何尝不想绞肉呢？不过常常无肉可绞而已。

有一年冬天，政府发了肉票，供应二斤腊肉，也就是咸猪肉。我和大弟弟一起去公社的食品站上排了队买回来，望着白花花的肥肉，我们口齿生津，难挡诱惑。兄弟二人躲到机台沟里，用小手指甲掐抠下一点点肥肉米来，放到嘴里咂嚼，满嘴生香，乐不思归。馋瘾既发，如江潮决堤，无法阻挡。到家时，妈妈发觉情况不对，肥肉本来平整的切面上千疮百孔，诧异之下暴力审讯。证据确凿，我们对自己的“犯罪事实”供认不讳，双双跪在灶门口。如今说到这事，还是笑谈一桩，成了儿辈笑讽的材料。

我们小时候喜欢吃肥肉，现在的孩子则喜欢吃瘦肉。我们爱吃肥肉却长不了膘，个个瘦猴精精，好似发育不良；现在的孩子们爱吃瘦肉却长不瘦，常常脂肪超标，不断设法减肥。这瘦瘦肥肥、肥肥瘦瘦的变化过程，又蕴含着多少时代信息啊！

不说了，不说了，“绞肉机”又开工了，我得赶紧去拧一下开关了。

（写于2008年7月26日）

买菜

年轻的妻子带着小屁孩去菜场买菜，原来热闹的菜场已经冷清下来。

一个老大爷守着竹筐，筐里还有一划拉自己种植的蔬菜。

妻子牵着孩子，走到大爷面前，大爷搓着黄黑开拆的双手，睁着浑浊的眼睛，眼巴巴地望着这对母子，兜售着最后的蔬菜。

老人说了几句话，妻子站了一会儿，买下了剩下的全部蔬菜。

晚上，妻子告诉我，今天的菜买得好，农民自己种的，新鲜，老人想早点回家，看她犹豫，价钱也要得很公道，她就全部买下了。

我的脸上挂着微笑。

孩子告诉我，今天的菜买得好，老爷爷年纪大了，挣点钱不容易，妈妈看他很可怜，就把菜都买下来了，老爷爷也可以早点回家了。

我脸上的微笑顿住了。

孩子一脸悲悯，说，爸爸妈妈，以后还是多买买老爷爷、老奶奶的菜吧，年纪大了，挣点钱不容易。

我把头转向妻子，妻子对我点点头。

我对孩子重重地点了点头，说，孩子，你说得很对，就按你说的做。

这是一个真实的故事。

那些是他小时候说过的话。

儿子现在长大了，再也听不到他说这一类话了，不知道是学校的教育，还是社会的熏陶，抑或是生活的麻木所致。

（写于2012年5月22日）

老爷车

“哨哨……”父亲又在整那破旧的老爷车了。就为那辆“老永久”，家中曾有过激烈争执，我们努力想处理掉它，免得丢人现眼，而父亲态度十分坚决，说啥也不肯。这不，他又在敲起那不是钟的“钟”了，看来又在准备那长途征程了。

我仰倒在躺椅上，将手中的小说盖在脸上，思绪随着那“哨哨”的声音而飞扬出去。

这辆“老永久”确实老了，坐垫被破布包着，又用小塑料绳密密地捆好。铃铛歪斜，后座改装成木板一块，那木板光溜得可以当镜子照。

那块木板我已记不清坐过多少次了，只依稀记得童年时代即与之有缘，每次放假总是被驮到父亲的工作单位去度过，那儿离家百把里路。我上中学住校，每次的行李都倚仗那一方木板，那时我是父亲的，也是全家的希望。老爷车一直将我驮进大学的门槛。我对那木板再熟悉不过了，甚至连右边的那个豁口都被我磨滑溜了。

提到豁口，还有一段辛酸的往事。一年秋季，父亲独自骑车去上班，因在家农忙过于劳累，途中下一大坡时，人发晕，自行车失控，连人带车冲向正爬坡的拖拉机。父亲昏迷了七天七夜才醒过来，那辆车后来被他修了七七四十九次才好，但钢圈上已落下了几道伤痕，恰似父亲身上那几条永恒的伤疤。如今钢圈上那几条疤痕已经生锈，父亲身上的伤处一到阴雨天就隐隐作痛。当年他醒转后，立即请求医生暂时不要通知家属，医生含泪而应。一个月之后，我才在病房里见着斜躺在床上的父亲，只从绷带中露出大半个脸。他一把把我搂在怀里，胡乱揪着我的头发，又将脸搁在我的头上，任泪水尽情地流，打湿了我的头发，又好像淋透了我的心，母亲则在一旁陪着流泪。那时我刚上中学，还小，不大能领会，只朦胧有一种幸福感，还有点不好意思。如今每每忆起，泪水总是涌满眼眶，温暖中有一点苦涩，苦涩中有一份温暖。

我掀开小说，揉揉有些发涩的、模糊的眼睛，静静地看着父亲忙着那“老爷车”。他那有点驼的脊背像车把一样微微隆起，额上的皱纹好像捆坐垫的小细绳，一圈一圈，只有那双粗裂的大手有力地敲上打下，那钢圈上被刹出的两个圆闪着锃亮的光。这“老爷车”啊，正如我那老父，破旧在外，骨蕴其中，它还要再奔走一段漫长的人生之路呢。

父亲骑上车走了，木板上又驮着小弟的行李，那“老爷车”又去驮载一段新的希望。空气中又传来以前总认为太啰唆的父亲的话：“你们出门骑车要当心！”

（写于1995年）

又忆那年高考时

7月，本是寻常的月份，只因为高考的干系，而挂上了“黑色”的招牌。

年年岁岁花相似，岁岁年年人不同。望着孩子眼镜下聪颖而疲惫的眼神，望着父辈那黝黑而兴奋的面容，往事又一次从心底泛起。

7日，本是一个纪念日，竟与这场战斗交织在一起。中午，从浩瀚的国文里挣扎出来，三五个友人边走边验证着自己的答案，时而悲叹、时而兴奋、时而窃喜，时而悔恨。校门口的警戒线外，一汪家长的海洋。很快，三三两两地消失在各个街道。我意外地被父母找到。父母一向含辛茹苦，节衣缩食，维持着我们兄弟三人的学业。那天中午，居然慷慨地带我走进一家饭店，盘算犹豫一阵后，果断地要了三碗大水饺，以示厉兵秣马。

饺子端上来，汤水是热的，面皮是热的，里面的馅儿更是热的。

父亲从“老爷车”上摘下一只旧军用书包，小心翼翼地一层层打开，取出一只陈旧而干净的热水瓶，向店家要了只大碗，将瓶里的东西倒进碗内，不时用筷子在瓶口捣几下，一股鸡汤的香味随着碗面冒出的一丝丝热气而散发开来，黄黄的鸡油珠儿在汤面上微微晃动，簇拥着几片漂浮着的绿色葱叶，悬浮的几块鸡肉挂着半拉黄嫩的皮儿。父亲告诉我，母亲因我爱吃鸡，早上特意宰了只老母鸡，煨好汤汁送来给我吃的。我嘟囔起来，这是干什么呀？我不想吃，我不高兴吃！父亲枯黄的瘦脸上掠过一丝莫名的神色，马上又笑着劝我说：“尽量吃点，鸡有营养，对你高考有好处。”我这才依了娇宠的心理，骄傲地举起筷子，拿起勺子，好像这竟是对他们的一种赏赐。

往事如烟如梦，如今心境已然大改。每到高考季节，那热乎乎的鸡汤便清晰地浮现在眼前，只是酸楚和歉疚之情如隔年老酒愈陈愈浓了。

（写于1995年）

那一个酒瓶啊

今年国庆节，父母回老家探亲，临时在我家住几天。某日晚上，我陪父亲小饮，抓着瓷器酒瓶刚要斟酒，有朋友电话约我掼蛋——扑克牌的一种新兴的玩法。母亲不懂掼蛋，张口就问“来钱不？”我放下酒瓶，“不来钱”的回答声音还没有结束，父亲已抢白她说：“他都这么大了，你管他来钱不来钱呢？就是来钱，在现在这个时代也不稀奇。”说完，自己抓起酒瓶来斟酒。父亲为什么抢答？这是有家庭典故的，这事儿得从我刚工作的时候说起。

那时我工作时间不长，还是经常待在父母身边，工资也是全额上缴。过年的时候，学校多少发了一些奖金，回家后，我也全部交给了妈妈，由她过年去用。反正我不需要用钱的。

正月初三，天很冷，村上一位发小找我打牌玩，玩快牌，就是类似“跑得快”“争上游”这种玩法，当时还玩点赌资，那时好像是 5 分钱一张牌的输赢。我身上没票子，就向这位发小借了几块钱。最后输掉了，我就向妈妈讨几块钱还他。我是实话实说，妈妈听了吃惊不小，事后告诉爸爸，说这个儿子不得了，不仅赌钱，还借钱赌钱，得好好管管。

我父亲刚刚在亲戚家喝过酒回来，他向来家教甚严，闻听儿子要走上歪路，怒从心头起，裹挟着寒风直接过来找我训话，语气之盛，不同寻常。我郁闷啊！我平时工作勤勉，生活节俭，孝顺父母，自律甚严。说我天天赌钱，借债赌钱，岂非冤枉？一向温顺的我竟然爆发出了心底的怒火，与父亲激烈争吵起来。父亲见自己的权威遭到挑战，哪里忍得下？更何况他一向自恃教育有方，教育有力。父子之争愈演愈烈，母亲看到这种情形，在其中拉劝，可是这时候的拉劝又有何用？她急得哭了，可是哭也没能阻止父子矛盾的升级。

先还是动口，再就是动手了。父子之战开演，两人都不能控制自己的情绪了。

“你想翻天了？搞得没有数了？竟然还不承认错误？还敢抗拒教育？”

“你也太过分了，一年到头，我规规矩矩，年头上打打快牌，输了几块钱，至于吗？我要是不孝顺，自己留点钱用，还用向你们要？”

两个人不仅用嘴互相讦责，还用手势加强自己的气势，都是脸色涨红，五官挪位。

终于，我的右手抓到了一个酒瓶，以前那种装容牌白酒的玻璃瓶子，刚抓到，就扔了出去，不，是砸了出去，酒瓶没有划一个弧度，而是呈一条直线，直挺挺地直奔主题而去，那个主题就是父亲。在出手的一刹那，出于下意识，手指稍微向下压了压，酒瓶最后砸到了父亲的脚上，砰的一声，直接就碎了。这声音镇住了父亲，也镇住了我。锋利的碎片刺伤了父亲的脚，也刺伤了我们父子的心。什么都不说了，我们都站在原地不动。世界一下子安静下来，只剩下母亲的哭泣声。

父亲忽然扭头走了，我也悻悻地出去散心，只留下母亲动手清扫锋利的玻璃碎片。

天很冷，家庭气氛也很冷，父子维持着冷战，谁也不理谁。

天不会一直冷下去，冷战也不可能一直维持下去。

过了两三天，我决定打破僵局。

饭前，我走到父亲面前，说：“爸爸，我想和你谈谈。”

父亲一愣，高声说：“我也认为有这种必要！”

他叫妈妈摆上菜，摆上酒杯，他抓起酒瓶，亲自倒酒，还是容牌；先给我，再给他自己。什么也没有说，他一饮而尽，我也一饮而尽。然后，我抓起酒瓶，斟酒，先给他，再给我自己。

酒是好东西啊，古人杯酒释兵权，今天几杯酒也浇灭了我们父子的隔阂，浇释了心里的块垒。之后，话就多起来，我先检讨反省，父亲再自我批评。母亲绽开笑脸，赶紧多炒了两个菜。

我记得，那天的酒，喝得很香。容牌容牌，容得下别人，才打得出自己的牌。

“快点喝，他们在等你掼蛋呢！”父亲碰碰我的酒杯。

“早点回来！”母亲的唠叨总是很及时。

我抓起酒瓶，添满两个酒杯，对着会意的父亲说：“爸爸，我们再喝一次吧！”

我和他同时举起了酒杯！

（写于 2010 年 10 月 29 日）

写在父亲节

又到了父亲节，我想写点文字，作为节日的献礼。

前一周，我忽然接到通知，说父母将回来五六天，看望89岁的爷爷和90岁的外婆，需要在我这里住几天。他们为带小孙子，在北京已经住了三四年，期间仅回来过一次，还是为奔奶奶的丧，来去匆匆。

我提出要给爸爸买几件衣服，他说不需要，有衣服穿的。我说那么翻几件旧衣服给你吧，他说这个还可以。他一向都穿我们兄弟的旧衣服。他又说，倒是你妈妈需要买一点。我们去了市场，给妈妈挑了两件，又买了一双鞋子。我看见爸爸还穿着厚皮鞋，就让妻给他挑一双凉鞋，我们父子的鞋码不一样，父亲试穿后，就把厚皮鞋直接装进了盒子。父亲近年长胖了，旧裤子的裤腰紧紧箍住他那像发酵面团一样的腰身。望着那个腰身，我想起了去年暑假的情景。

学校组织我们去北京旅游，我趁便去探望父母，本来考虑小弟家人多房小，打算即去即回，早点归队，第二天早上随团赴天安门看升旗仪式，也就没有带上换洗衣服。后被兄弟留宿，说正好晚上交流谈心。我临时穿了兄弟的大裤衩，爸爸帮我洗了T恤、中裤。凌晨三点多起床，母亲已经为我盛了两个半碗的稀粥，我不知道她是几点起身炖粥的，我也忍住没问。不是一碗，而是两个半碗，作为儿子，我明白母亲的意思，怕稀粥太烫，影响进食时间，耽误我的行程。父亲一直没有露面，我觉得有点奇怪，也忍住没问。快吃完了，父亲开了房门走了出来，造型很是滑稽：上身套着我的T恤，身着长裤子，外面套着我的中裤，两截裤腿，分外明显。他说衣服没有太干，就穿着帮我焐焐。我的眼睛湿润了，这就是父亲！但我也是忍住了，父爱如山，任何感谢、感激的话语都是苍白的，我且默默享受好了，尽管我已经40岁了。

今天，父亲的腰围好像比去年又大了一点，背也驼了一些。他的小孙子才三四岁，正是满地撒欢的年龄，经常在住处附近的元大都遗址公园上蹿下跳，小手拉大手，把他爷爷奶奶的腰身，拉成前倾着的弓形。这张弓，蓄积的是力量，射出的是希望。

就在前几天，一个同事家的孩子被开水烫伤了，平时进出厨卫都是随手关门的，那次偶然忘记关门了，孩子将开水瓶一拉，就出事了。我在北京，看到弟弟家里厨卫的门槛是特制的，横着木板，大约有50厘米高，大人进出十分麻烦，先拎高右脚，高高地跨进去，再把左脚盘进去。小孩子被阻挡在厨卫之外，趴在门槛上好奇地对着里面张望，小腿努力晃悠，终究不能爬进去，嘴里发出不满的咆哮。这门槛就是父亲设计制作的，跨的是麻烦，保的是安全。我儿子，他的大孙子，小时候寄托在乡下老家，也像一只蹦蹦跳跳的小兔子，不安分。父亲怕孩子不安全，曾经在老式木床的前门上横过几根竹竿。大人老早起来做事，孩子醒得迟，看不到大人就乱爬动，容易摔下来。孩子醒来后，抓住竹竿喊爷爷奶奶，他们就赶来把孩子放下床。乡下老家的碗橱是靠着墙壁吊着的，有四个脚，毛竹脚。孩子在蹦跳奔跑中曾经撞了一下头，父亲便将外侧的橱脚锯掉，还用自行车的内胎裹好锯疤，生怕触伤孩子的额头。这样精心呵护的例子还有好多。

他在北京，却仍关心着我们，听说我儿子错别字很多，经常打来电话询问错别字是否集中写在了错题集上，是否订正了。30年前，他就摸索出用写错题集的方法来抓我们兄弟的学习；而我校抓错题集，那也就是近几年的事情而已。

去年，听说我得了胃溃疡，他更是关心我的病情，指导我保养。他当过赤脚医生，平时也喜欢看医药饮食节目，最喜欢看北京卫视的“养生堂”栏目，所以懂的东西很多。

后来，我反映牙齿不能接触酸冷甜食，他指导我使用舒适达抗过敏牙膏，后来又追问使用效果，这次回来，还检查了我的牙膏。之前，我还真没有听过这个品牌的牙膏，看来，父亲也在与时俱进。

我们一家三口都患了脚气，痒了就搽药膏，不痒了就停药。他强调我们要治疗，用自己的例子告诉我们，脚气可医治，必须治。按照他摸索的程序，我们睡觉前，洗脚，涂药，用塑料袋包好，防止被褥蹭掉药膏。他经常询问效果，有时我嫌烦，就糊弄他说还好还好，反正他也看不到。这次，他细心检查了我们的脚气，给我们指定了高效药物——地球人抑菌乳膏。这几年，有句经典的广告，宣传保暖内衣的，“地球人都知道！”但是之前，我还真的不知道有这个牌子的药膏。他遗憾地说，北京住处附近的那个药店搬走了，否则会买了药带来给我们用用。我说，可以网购的，他才轻松了一点，让我早买早用。

由于每年都要社保审验，这成了常住北京的父亲的一道难题。这次我带他去社保大厅，申请办理了异地居住手续，以后每年只需在收到社保函件后，加盖北京那边居委会的公章再寄回就行。父亲的眉头舒展了一些。我带他去卫生大厦，办理异地医疗的手续，工作人员给了材料清单，等他回北京准备好后寄回来，我再给他办理。我又带他将农田补贴的专用存折升了级，又帮妈妈把养老的邮政存折打了卡，每月虽然只有100多元，但是，对于母亲，是一种精神安慰。父亲让我把这两个存折的钱取出来，凑成整数，存了定期，用了我母亲的名字。父亲说，他每月1000多元退休金，可以保障将来的基本生活，平时能够存起来的钱就给你母亲养老吧。作为长子，能够为他们做点事情，我感到高兴。

昨天，父母回北京了。我把他们送到句容汽车站，大兄弟在南京接站，把他们送上火车后，发来短信相告，我又与北京的弟弟联系，他会接站的。当初，父母倾尽精力、物力、财力，把我们一个个培养出来，布成如今县城、省城、京城的格局，我们也得以一站一站接送父母。兄弟接力，回报双亲。

今天，是父亲节，谨以这些琐碎的话语献给父亲。

父亲，很平凡，在我心里，很伟大。

（写于2012年6月17日）

妈妈

去年冬天，天气很不正常，医院人满为患。我感冒后不久，肚脐居然发炎，痛了起来，去找医生，医生让我搽碘酒消消毒。无端地就想起我的妈妈，大概人一遇见事情，就会喊“我的妈呀”。

小时候，我的肚脐眼也痛过，也是在冬天。年轻的妈妈很着急，向老人们求助。我印象中，妈妈亲自动手，用老人们所教的偏方给我治疗。她到邻居们家里，搜集大蒜干枯的茎秆。农民收获蒜头后，为了方便保存，并不剥离蒜瓣，蒜头往往连带茎秆一道，束上细绳，悬挂在墙头。秋天，农民剥开蒜头，将一粒粒的蒜瓣排种在地里，所以到了冬天，即使偶有剩余的茎秆，也为数不多了。妈妈就一家家去找，总算找来几根茎秆，烧成黑灰，掰开我的肚脐眼，塞一点进去。我记得，“换药”两三次后，症状就减轻了。后来，妈妈自己每年都会留着大蒜茎秆备用，别人如果需要，也知道直接来我家找些茎秆去焚灰了。

说到偏方，我爸爸曾做过几年矿山赤脚医生，多少懂一点医术。他移植金丝荷叶种在门口，捣碎叶子碾出汁水，可以当滴耳油用，杀菌止痒；他又设法找来三七栽种，三七的块茎，捣烂了，可以敷治跌打损伤、伤筋崴脚。妈妈把它们培育得很茂盛，之后再分窝扩大种植面积。农民们长期从事体力劳动，受伤率较高。爸爸动手给村人敷药的场景，我看过几次，至今还记得新鲜的三七根茎被捣碎后，弥漫着的微苦的清香味。妈妈悉心照料着这些药草。后来，村人把我家周围的杂草也看作是有意栽种的药草了。可惜，爸爸妈妈先去南京再去北京随儿子生活去了，老家没人照应，金丝荷叶几乎绝种，三七已经荡然无存了。

妈妈还是“神”医，确切来说，像是“巫”医。这点，很多农村出来的朋友们可能有体会。头疼脑热的，去医院看病，麻烦又花钱，妈妈就开始做“神”

医。我记得有过两种方式，原理一样，道具不同。一是，妈妈蹲着，把菜刀搁地上放平，右手拇指与食指竖捏着一枚铜板，在刀面上轻轻顿，稍起稍落，口中念念有词，然后拉长了声音像念经似的说："宝宝儿，吓得家来哦——"这时候，我也拉长声音应答："哦——"如此几遍，一会儿，妈妈能将铜钱竖着定放在刀面上。然后，把事先备好的一点点火纸焚烧，说："某某，你拿去用哦，不要再摸我家孩子头咯。"旋即，砰的一声，把铜板击倒。二呢，也是蹲着，右手握住一把筷子，筷头朝下，在一个搁在地上的瓷碗里轻轻地顿，碗里略微装点水，直到筷子全部整齐地站在碗里，母子间再进行相同的念经式对话。你别说，有时候还就有神奇的效果，所以我说妈妈是"神"医呢！她解释原理，说是某鬼要么喜欢我，要么想要钱，就会摸我的头，所以我就感到不舒服了，她来捉住鬼，烧点钱，就把鬼打发走了。哈哈，今天想来，多少也是花钱消灾的那个味儿，对人如此，对鬼也要如此。

妈妈并不都是和蔼的，生活的艰辛有时也会激发她的狂暴，这时候，如果我"犯事"，她就会打我。我呆呆地站着，任凭她处罚，她一边打我，一边说："你跑噻！"我本能想跑开，没几步，妈妈就在后面骂："你跑出去，就不要回来了，要是家来，剥你的皮，抽你的筋！"受此恐吓，我定住，又折回来继续受罚。事后，妈妈教导我，这个时候的我就要跑出去，我说你不是要剥皮、抽筋、不许我回来的嘛？妈妈就笑了，脸上开出一朵花，在我额上亲吻了一下，骂我"小呆子"，说那是气话，我跑了，等到她气消了，也就不会再打我了。我的悟性很差，妈妈反复训练过几次，我才上道，才知道拔腿就跑。我的体质本就弱，性格也弱，无力对抗暴虐，在妈妈的培养下，学会了"见势不妙，拔腿就跑"，终生挨打甚少，妈妈的教育，居然暗合第三十六计哦。

三十六计中，妈妈还会用苦肉计。不是苦她的肉，而是苦我的肉。我上小学的某天，中午回家，妈妈莫名把我骂得狗血喷头，不给吃饭，我饿着肚子，悻悻地上学去了。学校就在村上，老师家长都熟悉。下午课前，妈妈来学校，装着一碗饭，跟老师打了招呼，让我吃饭。我怀着委屈，流着眼泪，撅着小嘴，在老师的命令下，吃完了那碗饭。好多年之后，我才知道真相。夏天，孩子易得疳积之类的暑热病症，如果在立夏那天，孩子能吃上一碗饭就不会得病了。关键是这碗饭，有讲究，要装在狗吃食的钵子里，狗的消化能力超强，不易得病，吃过装在狗钵子里的食物的孩子就不易得病。那天中午，从生产队收工回来的妈妈来不及安排，就先把我骂到学校去了，然后她煮好饭，把狗钵子洗干净，装上饭菜，来回颠簸几下，再倒回人吃的瓷碗里，送到学校给我吃。我哪里知道我和狗共用了餐具呢？加上又真饿了，一碗饭，很快就被扒个精光。我已经记不得那年暑热中，我的健康状况如何了，但那次莫名其妙的送饭，给我留下了深刻印象。

妈妈的勤苦，打着那个时代鲜明的印记。现在，我住在句容南门，某次偶然在句容河边看过某工地，淤泥黑黑的，很深，据说是句容河的老河床。当年为了减少水患，政府兴修水利，将河道裁弯取直，以便泄洪。句容人挑句容河，全县的农村劳力一起上阵，人山人海，那是何等的壮观，又是何等的辛酸啊！爸爸在外谋事，妈妈一人操持农家，她也是劳力之一。清晨，她给我们弟兄三个简单安排了一下生活，就扛着铁锹，挑着簸箕，在晨曦中坐上队里的拖拉机赶去工地。晚上，黑乎乎的，她才能赶回来，带上一碗大米饭，给我们弟兄仨吃。我没心没肺地说，“妈妈，做工有工分，还有饭吃，还是蛮合算的嘛”，妈妈就笑笑，把饭分给我们吃。去年，帮人校稿，看到一份资料，我才知道，当年政府为了保证工程进度，特地安排劳力能吃上大米饭，以保持好的体力，实现会战的目的。而我的妈妈，为了她的三个儿子，自己省下一点米饭来，带回家！妈妈也许已经忘记了我说的那句话，可是我至今记得，犹自惭愧后悔。今天的我，走笔到此处，不得不稍作停顿，拽张面纸，拭去泪水和鼻涕。

年龄小，自然不懂事，我是这样过来的，我也这样看到和听到过的。20世纪80年代中后期，那时我上高中，我们那边忽然兴起了卖血热。手扶拖拉机焊上铁质围栏，上面蒙上帆布，改装成大篷车，把一车车的农民们拉到医院，送到血站。血头组织安排，将村民们的鲜血抽出来，深红色的鲜血流进塑料袋，可以获得三两块蛋糕、面包之类，还有百把块钱。我妈妈也是其中一个。她回到家，不仅舍不得花钱吃补品，甚至连多躺一躺也做不到，要给上学的孩子做早饭，责任田里还有繁重的农活在等着她。某次，妈妈回来，把蛋糕分给我们吃，我已经大了，酸着鼻子说“我不吃”，八九岁的小兄弟说“我要吃我要吃”，我望望他，我能说什么呢？兄弟，等你长大了，你就懂了。如今，我的爸妈，常年住在北京养老，就是由他们的小儿子照应着。妈妈，你当年的鲜血没有白流，在此，我衷心祝福你们老年幸福健康。

这里，我想纠正一下，当年我们那边的人出卖自己的鲜血，往往被其他地方的人讥讽为好吃懒做，其实，并不尽然。比如我的妈妈，为了我们昂贵的学杂费，奔走在南京、汤山、句容、大卓、荣炳等诸多血站。他们之所以要这样辗转多地，是因为按照规定两次献血之间需要间隔半年以上。他们就像抗战一样，游击各地，用空间换时间。每次献血，都会根据体重来确定献血量。我们村上有个妇女，也有三个儿子，她比我妈妈还单薄，体重不够，卖血量就少，所以她就背一个挎包，包里装个铁球加重，以便达标。她的儿子就是我的同龄发小，从小学到大学，我们都是同学。如今，同学儿子和我儿又是高中同学。他妈妈的情况我清清楚楚，她去卖血，绝对不是好吃懒做，绝对不是。我至今没有搞明白那时国家怎么会需要那么多鲜血，我现在已经明白那些频繁卖血的人的健康受到了很大的影响，包括我敬爱的妈妈，以及同学可怜的妈妈。

我写过了好些文字，没有一篇是专门写给妈妈的，其实一直想写的，但一直不知道写些什么才好。这次肚脐眼发炎疼痛，让我想起了我的妈妈，想起了很多过去的事情。

往事如烟，积淀下来的，就是难忘的情结。今年暑假，我可能将携子再次北上探视二老，我将把这篇文章打印出来，亲自读给文盲的妈妈听，作为我的礼物，呈到妈妈的面前，送进妈妈的心里。

（写于 2014 年 2 月 10 日）

岳父

我是丁文明的小女婿，也是一个中学语文老师，平时喜欢写写文章，已经写了二三十万字，但是，岳父从来没有读过我的文章，今天，我在他的灵堂前，给他读一篇文章，一篇我写的关于我岳父的文章。

2015年1月8日早上六点半，我起床做好早饭，儿子吃完去上学。今天没有语文早读，我一个人很快就安静下来。老婆还在乡下忍着内心巨恸安慰她的母亲，我的岳母。尽管昨夜十二点才睡，可是我现在并没有睡意。昨天清晨，六点二十分，就在我叫醒儿子的时候，我的岳父，骑着摩托车，在离家门口30米处，就要拐到家的时候，与另一个也是骑着摩托车、匆匆赶时间上班的中年男子猛烈相撞，倒地，不起。就是这最后30米，70岁的他再也没有能回到家，而是径直去了殡仪馆，在这个寒冬，躺进冰冷的棺材。

我去看过车祸现场，非常惨烈，血迹不是斑斑，而是两大滩，两个陌生的男人有了交集，一伤一亡。脱单的鞋子，肮脏的手套，摔碎分裂的头盔，散落的零件，只留下内胆的玻璃杯里剩着半杯水，水上漂浮着枸杞子，泡得胖胖的，红艳艳的，有点刺眼，与狼藉的现场很不协调。

在履行手续后，我们去殡仪馆看望岳父。这是我第一次走进停尸间，阴森森的，里面一口气排着六七口棺材。工人打开了灯，领我们走到最里面，那是岳父的棺材。棺材前供着塑料水果，色泽艳丽得有点夸张，却没有一点生气，俨然就是水果尸体。工人打开棺材盖板，我们屏住呼吸，急切张望。裹尸袋的拉链被缓缓拉开后，我们这些亲人无不悲泣，他的女儿，我的老婆更是号啕大哭。我的眼泪在飞，眼神始终模糊不清。我拼命擦干眼泪，以便看清他的仪容，终生铭记。岳父的眼眶因为瘀血而青黑，脸上还有些血渍，表情很安详，带着一丝微笑，很安静，一副熟睡的样子，只是不再发出带有温度、富有节奏的呼噜声。一丛胡茬，拱在下巴上。他的女儿，我的妻子，跪在棺材头边，一边伤心地哭，一边轻轻抚摸他的脸颊，责怪他不听话，怪他们老夫妻不肯歇着，去工场做什么出口的陶瓷娃娃。冬天的早晨，他们五点多钟就起床了，岳父做饭，让岳母先吃，然后驮着她，驮着已经在家做好的成品，送到私人开设的工场去，留下岳母在场里做工，自己骑车回家。可是啊，就在回家的路上，倒在了家门口，倒在了离家才30米的地方。这么一个冬天的早上，这个时间点，天还没有亮，他没有来得及吃一口稀饭，喝一口热水，刮掉胡子，就那么匆匆忙忙的，钻进了棺材。爸爸，你知道吗？那是冰馆，冷啊！

你的一生，性格刚硬，没有任何爱好，如果说还有爱好的话，那就是使劲干活、拼命挣钱，改善家庭生活。

1996年10月，我第一次上丁家的门，刚进院墙，就看到你正站着砌墙，砌厨房的那面墙。看着你自然卷的头发、高大挺拔的身材、带着微笑的脸庞、沾满泥点的短袖衬衫，那时，我才知道你是瓦匠，后来又知道你曾经还是石匠，是个大工。后来，小叔告诉我，当年他做小工，每天挣八毛钱，而你这个大工，每天能挣两块四毛八。你没有正式拜过瓦匠师傅，更多的是自学和摸索，这说明你有多么聪明。

你曾经是一个聪明的学生，在那个年代，居然考上了县中。你的父亲，一个军医，跟着败逃的国民党去了台湾，这个政治关系把你打入另册，让你升学无望，参军无望，入党更无望。我听你说过，家里穷，上学都是顺着赤山湖的圩埂跑到句容去；挨饿了，就到校外废墟中挖野生芋头吃。你给我说过好多，我当时只是和你闲聊，也没有用心去记住，今天想来，真是可惜。

我们翁婿的闲聊，是有一个过程的。

在我和你女儿结婚的时候，你还十分健壮，一麻袋的小麦，你轻轻松松起肩、走步、卸货、摞堆，而我只能扛得起一小蛇皮袋！我新婚后，因为所住的小屋是平顶，暑假高温，老婆怀孕，难以忍受，我们曾经回娘家向你求援。你是石匠，又是瓦匠，完全有能力帮帮我们，可是你因为太忙而顾不上。我和老婆无果而返，只好每天深夜都在屋外乘凉。时间久了，我们翁婿才开始闲聊，纵谈天下大事，你很关心这个。有时，我和你各睡一头，谈克林顿，谈布什，谈奥巴马，一谈就是近20年。我们越来越融洽。有一回，我在你家过年，趁着酒劲，我摸着你自然卷曲的花发，喊你“老帅哥”，其他人骂我“头老”，而你，却一直笑呵呵。老帅哥，又要过年了，我再也摸不到你的头发了。

你年纪大了，不再过多操心营生，人情味也越来越浓。前年岳母外出，你一个人在家。听说，你平时烧一大锅青菜，一大锅扁豆，能吃上两三天，然后腾出时间干活。你用大灶煮饭，做一大锅饭，天天吃剩饭，为的是烙下锅巴给我们油炸。我把油炸锅巴秀到 QQ 空间，引来别人艳羡，妻姐看到，回家一说，岳父露出笑意，很是欣慰的样子。有一次，我和朋友们出去骑车，带了油炸的锅巴，被大家一抢而空，他们就问我怎么做出那种锅巴的，在得知情况后，纷纷羡慕，感慨自家没有这样的好丈人。

就在前几天，元旦放假，我们来看你，你还在撒胡椒面腌萝卜干，为我们掀缸盖抓腌菜，供我们带回家烧肉。你的女儿，笼着手，指挥你要这颗不要那颗的，你的双手就这么在缸里掏啊摸啊，听她指挥，由她选择。现在，冰箱里还装着你做的腌菜，明年就再也没有啰。你再也不会踩腌菜，你的那个"小金玉"再也没机会批评你腌得太咸了！

1 月 8 日晚上，在殡仪馆为你守灵，我们在殡仪馆的餐厅吃饭，这是我们第一次有机会在这里吃饭，你，我的岳父，竟然安排我们在这里吃饭。你的大外孙，在军校深造，不能回家为你送行，哽咽着打来电话；你的小外孙，在读高中，功课很紧，但他要见你最后一面，不留遗憾。恕我这个女婿今夜要回家照顾孩子，不能为你守灵。为了明早给守灵人送早饭，我炒了一碟咸豇豆。我的泪又开始流，这豇豆，就是你在暑假里腌制的。我当时在场，记得清楚。超市卖的那种金龙鱼食用油的塑料桶，地上搁着大铁盆，盆里是洗干净的豇豆，码过盐，有点发软后，你把那些豇豆一根根塞进桶里，桶装满了，就往地上顿顿，再塞，又满了，就拿筷子戳戳，又塞。塞满两桶，拧紧瓶盖，你让我们拎回家，储存起来，慢慢吃。你塞豇豆的动作，不徐不疾，脸上始终带着微笑，即使跟我们说话，也不停下手里的活。

你的膝盖，由于长期劳作，开始麻木，我曾开车带你去南京军区总院检查过，正在商议带你去复诊呢，如今，你却不需要了。为你买的那瓶特效眼药水，你还没有用呢。女儿为你买的衣帽鞋袜，你几乎都不穿，因为你一直在干活，没机会穿。你有两个心愿，一是去北京，那是小学课本就开始宣传的地方，是祖国的心脏，是毛主席站在城楼上高呼"中国人民从此站起来了"的地方；二是去台湾，看看那家安置国民党老兵的荣民医院，你父亲在那儿生活了 30 多年。可惜，都没有成行。聊以安慰的，是最近的暑假，我这个新手，开车带着你，你的女儿们，上军校的外孙，踏波无锡浩渺的太湖，逗留苏州热闹的观前街，见识周庄奢华的沈府，徜徉上海华美的外滩，登上高高的东方明珠，看五彩斑斓、灯光璀璨。这些，让你这个重情义的女婿，尽了半点孝心，少了一分内疚。我曾经带着岳母看青岛，登崂山，喝清泉，上北京，吃烤鸭，摸龙椅，坐高铁，乘飞机，可惜，我没有机会也带你走一趟。你总是忙，走不开，只是说让我们照顾好岳母就行了。

到了退休的年龄，你却不退不休，做水泥预制板来卖。我记得，那年去二中，为你的孙子上学报名，在校园里，你接打电话，谈业务上的事，中气十足，高亢清越，人已经踱到远处的树下，声音却张扬在空中："王老板啊，要几块板啊？今天没空，明天好吧？"我和儿子，互相笑笑，侧目摇头。儿子今晚回忆到这个细节，说，现在想来，那是多么温馨的回忆。如今，岳父突然过世，外面还有很多账没有结。过来吊唁的村上人都说，他这人硬气，只有别人欠他的，他一分钱也不会拖欠别人的。在这个缺乏诚信的时代，这，应该算是很高的评价了。

现在，我站在局外来看你，你对社会、对家庭，是有很大贡献的，奉献很多，取要很少，这样的人多了，我们整个中国才集聚下很多财富，人类才得以进步。你走了，留给我们无尽的思念。你的"小金玉"对我说，她才43岁，就没有爸爸喊了，她要我每年暑假抽空去北京看看我的爸妈，说她这个做媳妇的忙着走不开，做儿子的要去看看长辈啊。岳父，感谢你，生了美丽的"小金玉"，教育得很贤惠，你把她嫁给我，这是对我的信任。好父亲，总是关爱子女的，好男人，总是疼爱妻子的。你放心，我会努力的。

你以为我只会教书，其实我还会写作，我要用半截秃笔，让后人知道你平凡的名字，丁文明，曾经和万万千千的中国人一道，建设过人类文明。可是啊，我写着写着，泪水就流下来，绕过鼻翼，浸湿嘴角，咸咸的。或许，生活的本味，就是咸咸的！

我师父杨世华道长说，你是去地下孝顺你父母去了。诚哉，斯言！

岳父，你一路走好！

（写于2015年1月9日）

写在三八节，献给孩子妈

又到三八节，早上打开 QQ，看到弟弟的签名："亲爱的老婆，感谢你，爱你！！"弟媳签名："收到了，微笑。"我给兄弟发去消息：你们的签名真有意思，夫唱妇随，一唱一和，秀恩爱啊？哈哈！

我这位兄弟理科出身，现在去了珠海，妻儿留守南京。他能这样秀，但我的表现也不算差。每到情人节，我送玫瑰；三八节，我送康乃馨；结婚纪念日，送百合；老婆生日，送鲜花或礼品。这大致已成定例。有朋友或同事认为老夫老妻的了，送花没意思，不实惠，还不如买斤排骨炖炖汤呢，我笑而不语。

爱情需要维护，婚姻需要经营，结婚 15 年了，今天拿起笔来，写一篇文章，作为一份特别的节日礼物，献给亲爱的妻子。

相　亲

那还是 1996 年的事情，当时我还在茅山中学。9 月开学不久，有同事李老师受其妹妹委托，介绍我去县城相亲。那个暑假，我在家帮父母干农活，锄地挑粪、风吹日晒，弄得干枯黑瘦。不知怎的，那几天两脚的外轮廓长出很多脓疮，渗出黄水，痒痛莫名，无法穿鞋，只好找了一双肥大的布拖鞋，剪来半根鞋带，系捆鞋帮，赤脚套入，露出褐色的脚后跟，耷拉着艰难行走，上下楼梯，颇为吃力，手扶栏杆，忍着疼痛，一级一级慢慢爬行。到了相亲的日子，我已全无兴趣，向李老师推辞，她说其妹已经在县城接站，然后带我去相亲。我也理解介绍人的难处，不去不好交代。那时通讯还很落后，总不能让别人傻傻等待吧？我决定勉强去一下，打声招呼，立即返程。在茅山，两个小男生歪歪扭扭地推着自行车驮我，把我架上客车；到了句容，李女士也是歪歪扭扭地推着自行车驮我，把我送到女方家。我心很冷，知道就这副模样和德行，实在拿不出手，女方肯定不满意，我那隐藏的自卑又在骨髓里游动。我劝自己，来就来了，吃就吃吧，等于家长请客，改善伙食。所以，当后来成为我老婆的她从楼梯上款款而下的时候，她翩跹的身姿并没有打动我，飘逸的长发也没有撩动我，俊美的脸庞于我也毫无意义。既然无所顾忌，也就毫不做作，谈笑不拘，大块吃肉。她后来说，初次见面，对我并无好感。她没有好感不要紧，丈母娘看女婿，这个才要紧，老娘看中我的正是清寒的家庭出身，教师的职业，认定我是潜力股，找来药物，给我敷疮。脓水在脚上渐渐少了，泪花在眼角慢慢糊了。多年以后，那个场面犹在眼前，那份温暖犹在心田。小伙子们，记住，相亲时，一定要想到丈母娘哦。中国特色，由上而下，好办，就这样，相亲成功，女孩抗议无效。

婚　照

相亲，相处，最后就要商量结婚了。那是一个温和的冬日午后，煦暖的阳光伸着金黄的手指，抚摸着被褥，被褥趴在几个木凳上，木凳站在阳台上，阳台旁坐着我们俩，倚靠着，低声絮语，听着阳光的声音，嗅着被褥的气息，一切都在融化，融化一切不谐与倔强。话题就是议论结婚的事情。她说，拍结婚照吧。我说，当然。她说，两三千元吧。我斜躺的身子猛然爆起，眯缝着的眼睛忽地爆裂，张大了嘴巴，愣然喷出两个字：什么？！她说，拍照啊，怎么了？我惊诧莫名，站直身子，转着圈说，什么照片啊？两三千啊？金子做的啊？边说边用双手拇指食指扣合成一个小长方形，示意说，这么点小照片怎么要两三千？她看了，淡然一笑，用手示意是一种大大的有框的那种大照片，不是我理解的结婚证上的小照片。我在乡下，那时根本没有见识过现在已经普遍至极的婚纱照。我的月薪才500元不到啊！我决然、愤然、毅然表示坚决反对。然后，她给我的就是沉默，是后背。沉默，就是高手的过招，无影剑，对决在心里。最终，我说，好吧。

那时，句容还没有影楼，我们去了南京。影楼很忙，是台湾人开的。摄影师指挥着我们，站、斜、依、偎、搂、笑，等等。老婆在享受着那份感觉的美好，我在心里盘算着又花了多少。去年有学生来看受伤卧床的我，看到婚纱照，感慨我们真潮，那时就拍了婚纱照，他们的父母大多没有拍过，要么就是补拍，已经失去了历史意义。他们看出照片中的我嘴角边隐隐透着忧郁，我说当时正在心算呢。心算，还是因为生活辛酸，今天回忆，真是心酸了。最可恶的是，摄影师扔给我一个小板凳，让我站上去，弥补我身高的不足。这一扔，触痛了我身矮的心病，把我的自卑砸出心窍，当时我汗流浃背，虚脱得差点从凳子上摔下来。好在老婆体贴，选了最低档的880元的套餐。这样，速度快了一些，汗水少了一些，我心痛也少了一些。我逃命似的跑出影楼，感谢阳光，感谢空气，让我不再窒息。谢谢老婆。如今，那张婚纱照幸福地倚着墙壁，日日夜夜守着我们，送我们出门上班，等我们回家吃饭。

救 命

儿子近来自学成才，自学什么？研究手相！前天他抓过他妈妈的右手，研究生命线、爱情线、事业线。他忽然说，妈妈，你的生命线和爱情线在这里重合了，肯定是爱情救过生命。

一句话，激起了我们的回忆。

我对老婆有过救命之恩，真正的救命之恩。那是爱的奇迹。

我的膝盖上为此至今还有明显的疤痕。那是爱的见证。

当年我家很穷，结婚无房，经过协商，在小舅子的房子东边的空地上，紧贴山墙接了一间平顶房子。地基下沉，接缝处缝隙明显。一旦下雨，房顶就渗水。

婚后那个暑假的一个午后，暴雨倾盆，屋顶积水多，屋内渗水多，雨水顺着长长的那道接缝处均匀铺下，顺着墙壁渗漉，虽不说行如瀑布，但一缕缕的水头快乐地奔腾而下，委实瘆人，屋内地面也开始积水。

平顶排水本来就慢，而排水孔又被堵住了，浇淌出来的水，不顺溜，一副尿不净的样子。必须清理排水孔！我只穿了短裤，从梯子爬到屋顶去。天空还是阴沉的，房子边上的高压线也是阴沉的，380伏，那三根裸线，银灰色，闪着诡异的暗光。

句容人民喜事多，人逢喜事精神爽，精神一爽就爱放炮仗，横飞的炮仗残渣不以人的意志为转移地四处横飞。我家屋顶已经积压了老多半截子炮仗残渣，它们被积水泡胖了身躯，大大咧咧地横斜在排水孔前面，一副慵懒的样子。

我捡了几根，从高压线上扔出去，一根击中了裸线，裸线就像“纤夫的爱”那样荡悠悠起来。最讨厌的是那些泥土，捡不得，吹不起，捅不走。我一边清理一边诅咒，一边诅咒一边清理。

诅咒，清理；清理，诅咒。我不是一个有耐心的人，更何况水满山墙。老婆听到我的抱怨声，也爬上梯子在墙头看。她嫌我做事慢，要过来帮忙，我看到她在墙头露出了脑袋，叫她别上来。她没有理睬，径直朝我旁边的一个排水孔走过去。

诡异，就是诡异！她竟然鬼使神差地碰上一根高压线！

就在那么一瞬间，她被电晕过去，失去了知觉，没有了意识，脑袋朝下，仰栽下去。

我立马傻了，好在那时二十几岁，反应很快，心念一闪：要救回她，不管有没有电！

我俩之间隔了三四米远，我硬生生扑过去！幸运的是，城区通信拉线常常寄身在供电线杆上，就是这根拉线把她回弹了一下，缓冲了一把，也就在这一刹那，我扑到了！两只手同时抓住她的两个朝上翻翘的脚脖子，往怀里拼命一拉，心里也做好了被电击中的准备。不过并没有受到电击，我把她拉回了屋顶。这一切发生得太快了，哪里有我斟酌这段文字的从容呢？“说时迟，那时快”，我终于理解了这句话的真意。感谢乱搭乱挂，要不是乱挂的通信电缆，纵使我的身手再敏捷，恐怕也无济于事了。

在屋顶上，我把老婆抱坐在怀里，她一点反应都没有，完全处于昏迷状态。我唤了好几声，她终于醒转过来，我心里才释然。既而她突然大哭起来，趴在我的肩头哭，足足有五分钟，泪水也如下午的雨水一样汹涌。我轻轻拍打着她的后背，呢喃着哄她、安抚她。她终于哭定下来，瘫软无力，仍在抽抽泣泣。我倒有一种重生般的喜悦。这时她注意到我的膝盖上的鲜血，红红的，擦破的皮肤，白白的，还有一些糊肉，很瘆人。我也开始感觉到了钻心的疼痛。

随后的事情就简单了，下梯，就医，搽药。晚上她什么菜也没做，余悸犹存。留下的，还有膝盖上永远的两块疤痕。

真的，那一次要不是我，老婆就没命了。试想，不省人事，脑袋朝下，倒栽葱，哪里还有救？

儿子听罢故事，抓着他妈妈的手说，我看的手相没有错吧！我们夫妇都笑起来。

是的，爱往往可以创造奇迹！

受　骗

老婆开了一个店，做中介生意。所谓中介，就是在中间介绍一下，介绍房屋买卖是主业，偶尔介绍工作是副业。呵呵，搞副业，副业也不好搞呢，这不，招工的副业还搞出过副作用呢。

一天，老婆打电话给我说，有客户请她吃饭，让我别等她了。我吃饭了，午休了，下午准备上班了，这时接到了老婆的求助电话，让我马上赶到某大酒店，情形很急迫。

后来才知道事情的详细经过。

当天早上，有客户来招工，说是急招。老婆就找来两个人备招。那个客户说中午邀请朋友吃饭，叫老婆直接带人随他去某大酒店的包间，他和他的朋友当场面试，录取的话就留下吃顿饭，宴请新员工。老婆如约带人到了指定的包间。那位客户让等一下，说正在联系赶过来的朋友，一边打着电话，一边出了包间。

后来，老婆和她带去的人在等待时，服务员进来问是不是可以走菜了。大家说要等老板来。可是怎么也等不到老板来。老婆就打算带人离开了，但是大堂经理拦住了他们，说是先结账再走。老婆恼了："没有吃你的饭，没有点你的菜，凭什么给你钱?"经理急了："你们占用了包厢，按标准点了菜，在吧台拿了两条高档香烟，就这样甩手要走，莫非骗子不成?""你才是骗子，我们根本不知道那个人的名字，是他带我们进来的!""你们是一道来的，我们当然认你们说话，给钱!"

老婆气晕了，岂有此理，一分没挣，赔进去不少时间，竟然还向我们要钱！经理很郁闷，菜没有下锅，将就不收钱了，可是烟钱问谁要？老板要是听说饭店出了这种事，不仅要狠狠批评自己，而且可能会扣奖金。

争执的结果是：老婆不给饭店钱，饭店保安拦着，不准老婆离开。老规矩，有困难，警察叔叔帮你忙。警察到场，双方还是不肯退让。老婆无奈之下，拨打了求助电话，打给谁？打给我！了解了情况，我指出，这么高档次的酒店，居然会上当，应当承担责任，当然我们也有失误，可以讨论商量。警察见状，舒了一口气，先撤了。根据协商，我们承担四成损失。我当场掏了钱，走人。老婆还没有吃饭，我带她去吃点东西，安慰她、开导她，平复她的情绪。

我觉得一个女人再强，有时还是需要一个男人来开导的。

女人是锁，男人就是开锁的钥匙，而且往往一把钥匙开一把锁。

我就是老婆的钥匙，打开了她纠结的心锁。

送　礼

去年暑假后期，一天中午，饭桌上菜肴丰盛，我也没在意，和儿子开怀痛吃。老婆幽怨地说，今天是她40岁生日，都没有人记得。老婆的生日，是个难题，农历的三十，就像阳历的2月29日，不是每年都有，所以我们很难把握。她的眼神，是小女人的那种撒娇、不满、委屈。我长叹一声，丢下饭碗，走进书房，从旮旯里摸出一个盒子，取出一只坤表，罗西尼情侣表的女款，双手奉上，祝她生日快乐。

这块表是这么来的。暑假我们去了一趟北京，在王府井，我故作无意中带她去看手表，引导她做些评论，了解了她喜欢的那款女表之后，我就牵着她离开了。很快，学校犒劳毕业班老师，来个北京游。我找了机会，二去王府井，指定款式，用自己慢慢省下的“私房钱”买下。回家后偷偷藏起来，准备在她生日的那天，请她的同学聚餐，席间拿出来，给她戴上，让她小幸福地眩晕一下。哎，多么精美浪漫的设计，被性急的老婆给破坏了。后来，她总想给我配上男款，我说延期吧，机会总是有的。

现在，这款女表，是老婆的最爱。

家　务

老婆做菜很是美味，儿子都不愿意去排档吃饭，非要让她在家做菜吃。老婆主打家务，我在家也做家务。我做家务不行，主要就是洗锅洗碗，速度还慢。人说，男儿无能，洗锅抹盆，我认为没有道理。我洗碗，是一种姿态，表示男女平等，家务不分多少，能做就好；是一种情怀，老公疼惜自己的老婆，主动分担辛苦；更是一种享受，老婆在旁边看我洗碗，陪我唠嗑，一脸小幸福，我这是“幸福着你的幸福”。现在，因为骑摩托车摔伤，至今还未痊愈，她很少让我动手，总是让我多歇歇。养伤期间，她学会了照顾我，让我像女人坐月子一样休养，如今，我长了十多斤。老婆啊，不能再喂养我了，我要减肥才行了。

时光匆匆，我们已经携手走过很多风风雨雨，爱的鲜花也因经历风雨的洗礼而越发鲜艳。我想，好好维护和经营，每个人的家庭之花都会更加艳丽。

（写于2012年3月8日）

写在儿童节

今天又是一年一度的儿童节。42岁的我，把QQ签名改为："六一到了，祝我节日快乐噻。"网友们纷纷喷饭。我以为，每年那么多的节日，真正能说快乐，或者应该说是最快乐的节日，还就是这个儿童节。

应该是应该，不一定是事实。

我童年时，有一次过儿童节，新华书店为照顾小学生，降价售书。我是很喜欢看书的，颠巴颠巴地向妈妈告了假，要点小钱，跑到镇上，找到书店，挤在一大群孩子中，选购连环画小人书，高高兴兴拎回家。第二天到班上，大家面面相觑，晕死，看起来有一多半同学买了书，但总共也就那么四五种，因为图书种类实在是少，根本满足不了孩子们阅读的需要。现在，可爱的天线宝宝们，可以和蓝猫一起，在金刚葫芦里，找寻神奇宝贝，去打灰太狼了。

那时去一趟镇上，要步行好几公里，真不容易，我就请叔叔帮忙。他比我大五岁，已在镇上读初中。他被老师评价为不务正业，因为喜欢看课外书。我们达成协议，我出钱，由他在书店代买小人书，他可以优先阅读。合作了几次，还比较顺利。一次，他带回来一本《秃秃大王》，很厚，大概100页，比小人书来劲多了，当然价格也是不菲的。这事我记得特别清楚，为写这篇文章，我百度了一下，此书竟然是著名儿童作家张天翼的优秀作品。当时我有点心痛，毕竟太贵了。拿到手，我一个晚上就读完了，可以想象那本书的吸引力。第二天，我找到叔叔，说书不好看，我不要了。那时商店都是国营的，根本没有退货的说法。他急了，和我争吵，我就威胁他，说要向大人揭发我们之间的秘密协定。最后，他妥协了，双眼冒火，恨恨地拿回了书，退给我钱。我们后来也就再没有了合作。对于此事，我记忆特别深刻。

那时农村已经包产到户，儿童节正好在农忙季节，要么割麦，要么插苗，劳动力紧张，放假的农村儿童正好帮着农忙，一会儿给忙碌的父母烧水喝，一会儿拿瓢舀水浇新栽的棉苗。总之，芒种到，无老少。

骄阳似火，热浪翻涌，火风烙脸，万物都泛着一层白光。父母割下来的麦子，一摊一摊的，散布在麦田里，麦茬戳脚，麦芒刺挠，孩子们帮着抱起穗把，堆在一根伸展开来的草绳上。父母双手抓牢草绳两端，将绳子勒紧，有时右膝盖狠狠抵进去，帮忙挤压结实，再双手把绳子的两端拧成麻花状，绕好绳子接头，下塞进麦草间，捆紧两个大麦把，扎进尖担（比扁担长，不用毛竹，而用杂树，两头箍上三角形铁片，尖头朝外，便于扎进捆紧的草禾之间）。挑者蹲下身子，右肩荷担，右手扶托前捆，左手拉拽后捆，岔开双腿，深吸一口气，挺起腰，站直身，就把麦捆给挑上了肩。随着挑者的步履，麦捆上上下下、晃晃悠悠，有节奏地一颤一颤。农夫微弓着腰身，右肩上耸，嘴里"哼哟、哼哟"地为自己打着号子。汗水从发间渗出，一颗一颗流淌下来，顺着赭黑的脸庞，滚过嘴角，汇聚在下巴，轰然坠落，摔碎在干燥热腾的土地里；或者顺着脖颈滑落后背，洇湿破旧的衣裳，在风吹日晒蒸发后，结晶出细粒，闪着白白的、晶莹的光。

农夫喝水的架势，简直是一种行为艺术。硕大的杯碗里，边沿一圈一圈的深色痕迹，那是长期浸泡劣质茶叶而形成的老茶垢。所谓茶叶，像秋天的老树叶一样，硕大无力，漫不经心地耷拉在碗底，就像是在沤肥，水色深黄，面上还有一层莫名的油渍，偶或有一个瓢虫之类的在水面挣扎。农夫走过来，草帽扣在头上，几绺头发溜出来，沾着汗水，巴巴地黏在额上。他们斜歪碗口，嘴里吹气，将昆虫连水一起吹出去，然后，一仰脖，"咕咚、咕咚"，男人的喉结上下滑动，女人的青筋更加明显，那架势不逊于美国的西部牛仔。有时汗珠子就跌落碗中，被收回肚里。看着父母这样劳碌，我实在不忍心要求享用自己的假期，就一边猫在灶膛烧开水，一边遐想城里的孩子在如何快乐着。一年有365天，我实在不知道为什么要把儿童节安排在这个时候。

我的儿童节都是在农村度过的，很辛苦、很辛酸，但是也很充实。那时，天很蓝，云很白，山很绿，水很清，劳累中，蹲在塘边，用手掬上一捧水，舌尖感受到清洌清甜，浑身轻松，根本不用担心闹肚子。可以疯狂地在田野里奔跑，追赶惊走的野兔，骑乘悠闲的老牛，烟熏喧嚣的蚊子，呼吸清新的空气，群殴欢笑的水花。然而，我们的孩子，远离了自然，远离了土地，感受不到万物萌发的汹涌气息，而是龟缩在室内，挣扎于无尽的题海，专注于虚拟的网络，在麻木中成长，在冷漠里彷徨。

我的孩子在农村没有待多久，我为之惋惜。他的美好记忆里，只有细嫩小手抓玩过滑腻的黄鳝，笑骂声里拔起奶奶刚栽的菜苗。

农民都懂得，没有深深的根，就长不大，长不壮。我的根，就在家乡那深厚的土地中。

（写于2012年6月1日）

走出自己的世界

一花一世界，一叶一菩提。走出自己的世界，天会更高，地会更远，心会更清。我就走出了曾经自卑的内心世界。

暑假送儿子到二中报名，看到咨询台，就在那棵苍劲又沧桑的银杏树下。老树依旧，物是人非，我已不再是当初那个自卑的少年。

这棵老树清晰记忆着我的酸楚。当年我在这儿上高中，父亲经常骑着那辆“老爷车”到学校来看我。车，又旧又破；父，又黑又瘦。父亲的到来，于我而言，不是喜讯，因为他不会带我去馆子撮一顿，也不会带点熟菜来犒劳我，倒经常在我们学校食堂凑合一顿。那时要自备餐具，我只有一盆一筷，必须匆匆吃完，洗刷干净后再给他买一份饭菜。他才开吃，同学们已经吃罢，纷纷来往在食堂和宿舍之间，必然会经过这棵银杏树下。我的父亲就端着饭盆在树下给我训话。他的声音很高，过往的同学不时投来一瞥，那一瞥就像刀一样剜着我的小心脏。

小时候家庭贫困，常随母亲去宝埝老街卖豇豆、鸡蛋，感受着挑剔的目光和傲慢的语气，低人一等的心理就像手里的秤砣，沉甸甸的。我们共兄弟三人，父母负担重，母亲常常奔走在大卓、句容、荣炳、汤山等几个献血站之间。我每接到一笔生活费，自卑感就重一分。父亲嗜好训话，于我是极大的折磨。青春期的我尤其害怕女生的眼光，什么话也听不进去，只觉得两腮发红、两耳发热。经历多了，我终于摸索出了办法，边陪他讲话，边慢慢踱步，父亲不知不觉被我带到一个角落处，此处少有人来，我才暗嘘一口气，心里顿时轻松：你就慢慢讲吧，我不急。

后来，高考不顺，母亲又骨折，父亲又车祸，家境惨淡，几近崩溃。我师专毕业后，工资甚少，连个对象都找不到，甚至入赘都没人要。一个男人的心，被自卑的毒蛇牢牢缠定又吞噬，只有哀怨的神色，只有忧戚的魂灵。

后来，走过崎岖，又后来，走过沼泽，终于在1998年迎来儿子的出生。那一声嘹亮的啼哭像是在为我呐喊，为我助威。在儿子一周岁时，我终于努力还清了债务，用他的周岁贺礼更换了一副新眼镜——我三四年都没钱置办的，眼镜下也终于有了一份笑意。

再后来，我写论文，获奖；搞课题，立项；公开课，好评；办期刊，精致；带班级，人气旺。我大专毕业，大弟随即进了东南大学，他毕业，小弟接读本科后又读研，家境也随着国家的发展而走出困窘。自卑的阴影如同衣服上的油渍，越洗越淡。

一枚青色的树叶镶着一道金边飘落在脚前，我拾起来，捏着叶柄，望着这个问候我的精灵。她知道，我已逐步走出了自卑的世界，她也知道，我现在特别重视教育开导学生，不要沉沦于自卑，不要重复我痛苦的心路历程。

儿子推了我一下，原来他已在校园里跑了一圈。欢快的步子，欢愉的笑脸，如同挂在银杏树梢的阳光，灿烂异常。望着他的笑脸，我不禁微笑了。

我小心地把那枚叶子放进衬衫口袋，这叶子代表着一个世界，一个自卑少年的内心世界。我仰望那棵沧桑又苍劲的大树，心说，谢谢你的见证，今天的我不再自卑了，我的儿子也不会自卑的。

（写于2010年10月10日）

死相的名字，悲催的分数

一是命，二是运，三是风水，四是姓名。据说，命中注定，命里有时终须有，命里无时莫强求。据说，大富由命，小富由勤，说白了，大富大贵还是由命安排的。女性遇人不淑，常常感叹女人都是菜籽命，只能怪自己命不好。运气，各人不一，有人天生福将，比如牛皋，打仗的关键时刻总有人相助；又如“冯唐易老，李广难封”。风水这个玩意，玄乎，所谓“一坟山，二住地”，即一是看阴宅，二是看阳宅，这个马虎不得。最后，就是姓名的问题了。这个似乎是可以由自己来主宰的，其实不然，有时候，是由父母决定的，因为名字都是由父母代我们向派出所登记的，更改不易。

我们村上有个男孩，父母给他起名“史海洋”，大家都说人贱名大，镇不住，也就养不活，最好起名腊狗、冬狗之类，叫得贱，小鬼不在意，不会拿着绳索拘命。他的父母不听。终于在一个夏日的午后，这个好水性的少年尸浮小河。比如我，父母起名“史祥”，谐音“死相”，这是骂人的轻蔑话。死相样子，就是不耐看、不顺眼、运气差。可能我的运气也真的受到了姓名的牵连，常常就缺那么一点儿。

我的运气不好，集中体现在我的考试历程上。

小学时代，父亲教导早，我的成绩也佼佼，但小升初考试，每门只考了七八十分，虽不影响升学，却让以我为豪的恩师气得喷血。中考完毕，那时中师录取分数高于普高，我以2分之差进了普高。要知道，20世纪80年代中期，一旦被中师录取，就转为国家户口了，家里负担就轻了，地位就高了。

那就上高中吧！三年下来，先预考，那是一个非常残酷的资格淘汰赛，现在的学生根本无法理解。简单地说，好些高中生，读了三年，甚至四年、五年，却先被预考斩落马下，都摸不到高考试卷。我读的是当时的县中，本地最好的高中，全班五六十个同学，预考通过12人，我是第12名，超过半分。

堂叔闻之,感叹说:“超过半分,很好,下面的高考,就怕差1分哦。”高考那年,是1989年,高校招生受到一些影响,大学录取名额锐减,我考了459分,最低录取线460分,那年录取比例是1∶1,也就是说,达线就会被录取的。我表现出无奈,一副死相样子。

进补习班吧!继续预考,差4分,正好是一道没能顺利解答的立体几何求二面角题目的分数,我没有能被提前招录的镇江师专录取。继续高考,录取线425分,我考了435分,超过了10分,满以为一定录取了。因为填报了连云港财经学校,所以自己在家开始训练珠算,可谓信心满满。可是,这年开始了1∶1.12的录取,我被命运抛弃了。一个比我少四五分的同学还被徐州财经学校录取了呢,说是因为我的志愿填写不当!获知消息,如遭棒击,父亲被烟头烫了手指而无觉,我差点精神崩溃而出事。死相,命运不济哦。

这一年,叔叔替我扶乩问神灵,看看我能考上大学不。问了一遍,没有反应,又问一遍,还是没动静,他叹口气,感叹我命该考不上了,最后又幽幽问了一遍,那个针头终于在沙盘上划动了一个莫名的图案。于是,又一次走进补习班,我连想死的心都有,整日憋屈着,看见谁,眼睛都发绿光。性格大改,莫名就会暴怒。特别听不得别人说我成绩好,事实上,我在那儿成绩确实排在前面。预考虽然残酷,但是凭头年的高考成绩,我有资格免除预考,直接参加高考。全县文科生,拥有这种资格的,就俩,我是其一。镇江师专依旧在预考环节提前录取,我只有参考达线才能录取。综合考虑后,我还是参加了预考,总算进了镇江师专。高考,历程很长、很艰难,真可谓一塌糊涂,考出一个死相样子。

1993年毕业参加工作,我1994年春天就报名参加了南京师范大学的本科函授考试。没有人支持,只有人奚落,说我吃饱了撑的,多花钱又不涨工资。同事打牌人不够,常常来拉我,鏖战岁月蹉跎。结果,差了3分!第二年再来,终于过了。就在1995年,提升学历已经成为潮流,因教育局的要求,参考人数猛增。函授本科,头年还免收学费,从这年开始成了部分高校创收的阵地。

2007年,在职研究生报考。“心理学”,过了;“教育学”,过了;“文学概论”,过了;专业知识,过了;英语,33分,最低要求35分,没过。总的结果是,没过!死相样子,当时只是一点遗憾而已。2012年春,有个机会,某学院办公室想要一个写手,相中了我,前提是需要有研究生学历,最后的最后,是眼睁睁望着机会舍我而去。

没奈何，找点事情做做，我报考了国家心理咨询师，二级。这个还真的比较难，我做了笔记，听了网课，晚上熬夜，中午苦读，5 月份，默默地参加了考试。然后是期待，隐隐有些担忧，自己的考运一向不佳，这次能否来个例外？等到 6 月底，终于盼来了分数，带着热切的希望，迎来了注定的失望，有 1 门没过，58.1 分，还差 1.9 分。呜呼，我无话可说，死相样子，就永远是死相样子？

死相的名字，悲催的分数，相伴到何时？

（写于 2012 年 7 月 3 日）

后续：

上文所写的悲催，还没有结束。心理咨询师的考试，在 2012 年秋天又搞了一次，两门考试，只需要补考未通过的实际操作科目。这次，我也通过了，就准备好答辩的论文，等待培训机构通知我提交。结果，这个机构只注重考试培训收钱，哪里管我后事通知答辩？居然过期作废！我两眼发黑，徒唤奈何。来年春天再战，补考答辩，不意遇见比较严苛的一个老专家，提问刁钻，搞得我落败而归。秋季，还有最后一次机会，如果不能通过答辩，之前成绩全部清零。几次三番，我已心冷，专业知识储备，忘记很多，也没了继续全盘复习的兴趣和决心。这次，主考的是一个和蔼的老太，问了几个浅显的问题和数据，反而搞得我没有准备，乱了阵脚。哎，如果以备考时的知识储备和精神状态来回答最后那次老太的提问，可以说绝对高歌猛进、证书到手！结果，一身疲惫，两年时光，三千大洋，白白泡汤，欲哭无泪。还说什么呢，死相样子，关门打烊，洗洗睡吧。

哎，永远的死相！

（写于 2015 年 4 月 12 日）

父父子子

暑假,公路,艳阳,微风。

摩托车上,父子二人,笑声朗朗;踏板上,雪碧、蔬菜;后箱里,桃酥、腐乳、烤鸡,还有维磷补汁等一些药品。

那个父亲就是我,那个孩子就是我的儿子,小名雷雷。本来他是不肯下乡的,舍不得电脑、电视,经我命令和教育,才随我下乡,看望我的爷爷奶奶,他的太爷和老太。

公路很平坦,两边的葡萄架层层叠叠,写着家乡人的勤劳和富裕。玉米长得旺盛,水秧活得滋润,一只白鹭在河边悠闲地单足站在牛背上,几只野鸽子不时起落在公路边上,又不紧不慢地踱起步来。

进了村庄,亲切的气息扑面而来。在村子的一个拐角上,就是我家的老屋。老屋衰颓,院落荒芜,杂草丛生,几株水杉倒是长得茁壮,多年的落叶枯朽斑驳。水泥稻场的边角和缝隙里,逍遥着几茎野草,探头探脑,好奇地迎接着陌生的主人的到访。我对他们按响了喇叭。

年近九旬的爷爷奶奶听到动静,坐在老屋里询问。我们父子边应答边下了车,进了那道从来不上锁的屋门。屋里阴暗,地面潮湿,杂物凌乱。一张旧桌,蓬头垢面,就像老旧老旧的衣服,已经看不出原色,两张条凳横斜,端头挂着一块抹布,几个竹篮东倒西歪,其中一只拎把已坏,缠着塑料绳子,灰灰的、松松的,里面装了七八个土豆,黑黑的、蔫蔫的,就像我的爷爷。

爷爷赤着上身,一条布带系扣着蓝色卡其布裤子,一双塑料拖鞋豁了底、裂了帮。他驼着背,脑袋向前倾垂,几十根灰白的头发还有点倔强,坚守着阵地,混浊昏花的老眼努力向上挑起,无力无神地张望。赤褐色的皮肤缀着一些老人斑,松松垮垮,明显下垂,倒像是穿了一件印有深色花纹的松松的睡衣。左手偏向右侧,协助右手握住拐杖,一根杂木棍子,上头磨得锃亮,像是上了釉，又像是抹过桐油，底端沾满灰土，沁成乌黑色，在软泥处一拄一个圆眼。奶奶不用拐杖，头发还算茂盛，纯白如银。奶奶耳背，听力不如爷爷。两人都是满嘴假牙，不过使用习惯不同，就像眼镜，有人天天戴着，有人使用时才戴。这也就怪不得平时不戴假牙的奶奶说话漏风了。

爷爷奶奶先是寒暄，感叹小雷雷都长这么高了，自己怎么不老呢？我把带来的物品一件件拿出来，一样样交代，奶奶忙着收起来，洗了手，颠颠地去撕烤鸡吃了。爷爷则问了我父亲的情况。我父母亲因为要替在北京工作的我的二弟弟带孩子，一去两年了。去年的养老费已经结算过，爷爷说今年我叔叔家已给了养老费，但现在不够用，让我帮他去银行拿一下他的最后存款，2700元，他说那还是在稻子几十块钱一担的时候存的，他叹息一句："钱，不是钱了！"我忙掏掏口袋，塞给他300元，让他先用起来。他说就用这钱顶一部分应由我父亲支付的养老费好了。我转告他，我的父亲也很想念自己的父母亲，下半年肯定要回来一趟，那时再补养老费吧。他忙说"好好好"。

我下乡来，一则看望爷爷奶奶，感受亲情，慰我心灵；二则也是受我父亲之托，代他到他的父母亲面前走走看看，代他尽尽孝。奶奶身体弱，药品全是给她的。爷爷身体无大碍，只是年轻时经常泡在冷水中捞水草喂猪而落下病根，右腿肌肉萎缩无力，像是患了小儿麻痹症后的那种细细的腿。

我拨通了北京的电话，父亲在那头，爷爷在这头，他们的语气都有点激动。我的眼睛有些湿湿的，掉过头去，摸出纸巾拭了拭。这还是那个扛着我去赶集的爷爷吗？这还是那个牵着我的手去挖嫩藕、荸荠吃的爷爷吗？这还是那个为了抢水栽秧而和人干架威风凛凛的爷爷吗？这还是那个绘声绘色地给我讲新四军火烧鬼子炮楼故事的爷爷吗？

父亲在电话里又对我说，你做得对，这就是在积德，也是在给下一代做榜样。我含泪应答，也祝他身体健康。我已经两年没有见到他们了，只是在电话里听听他们的声音。爷爷让我转告父亲，等他过世后，记得给我的太爷树个碑。现在他信基督教，听说教会上是不作兴祭祖树碑的。

爷爷奶奶要留我们吃饭，说实在的，我已经吃不下他家的饭菜了。雷雷想着城里的网络、电视，不爱农村的庄稼、蔬菜，在逗玩一阵小猫小狗后，百般无聊，催我回城。我便加以训斥，爷爷则说孩子还小，该由他去玩。奶奶在一个陶罐里摸索出四颗鸡蛋，让我带回去给孩子补补；又抓来一小袋黄豆让我打豆浆喝。我的眼里全是泪，努力着没有掉下来。我让儿子谢过太爷，装起来。我想，有时候，愉快地接受老人的一点馈赠，又何尝不是一种尽孝呢？

我掏出手机，让爷爷奶奶端坐好。爷爷披了小叔找来的一件衬衣，我们一起帮他扣好扣子，他费劲地挺着腰，我给他们分别拍了照，一张，两张，三张。他们一生勤劳节俭、夫妇和睦、健康长寿，却几乎没有拍过照片。我酸着鼻子想，也许这些照片将来就是他们的遗照了，便指挥他们"坐正一点""再笑一点"。我要把他们最幸福的笑容定格在手机里，定格在我的心房里。

我告诉儿子，这里是根，无论长得多高，走得多远，都不能忘本。我又想，正是祖辈父辈们的努力，才让我和儿子走在城市的街道上。无论乡村还是城市，无论家乡还是北京，永恒的是亲情，永恒的是父父子子的亲情。我家如此，估计大家也都是如此吧！

（写于2010年9月5日）

外婆

昨夜网上发贴，求助为外婆寻亲，没有想到能得到大家的支持和帮助，网友“容大”打电话给我，并联系句容电视台来进一步帮助我，本人甚为感谢。电视台联系我，说明天来了解情况，所以，我临时草草写了一篇文章，真实地、大致地写写外婆的情况。

我的外婆，名字叫吴桂珍，华阳镇徐巷人，家境贫寒，家里兄弟姊妹六个，有一个兄弟是盲人，最小的妹妹给了镇江乔家门一户杨姓人家做了童养媳。在这种家庭里长大，外婆自然不识字。

如同那个时代的很多女孩一样，外婆早早就嫁给了一户人家，记得好像在朱窑上，才生了两个女孩子，丈夫就得了伤寒而死。

行香镇的纪窑村上，有户地主，老婆生了一个女儿。他便娶了我那守寡的外婆做妾，很快生了我的舅舅。那是新中国成立前两年的事情。由于延续香火的功劳，外婆过上了好日子，并一连又生了三个女儿。新中国成立后，开展一夫一妻运动，我的那位大外婆考虑到自己没有生男孩，便主动提出自己另行改嫁去了白兔镇。又没多久，土改开始，外公家田地被收，房子被分，财产被抄。一家人开始凄惶度日。三年自然灾害开始，外公成分不好，身体不好，最后胃出血，倒在耕田的犁耙旁，留下孤儿寡母，撒手而去。外婆再次成为寡妇。

时代特色，村上人尽情欺负我的外婆。外婆为了生存，不得不再次忍着心酸和屈辱，带着四个儿女，改嫁到春城纪盖，嫁给了一个国民党老兵。这位刘姓老兵，是一位远征军战士，去过缅甸、印度，家里有一双从那边带回来的象牙筷子。我读初一时，曾经寄宿外婆家，用了一年的象牙筷子。可惜，后来改建房屋，筷子不知所踪。这位老兵，既有军人的阳刚之气，也有旧军人的军阀作风。他已经40多岁，还没有成家，他嫌弃外婆带这么多孩子来。

母亲和外婆

他的母亲，也就是我外婆的婆婆，是个十分厉害的女人，没啥同情心。我外婆虽说嫁了过去，也就是有个地方住而已，日子还得自己单独过，设法养育四个儿女。

据我舅舅和我爸爸告诉我，那个时候，按照政策，外婆可以通过改嫁而摆脱"地主婆"的成分，可是村上干部很毒辣，不肯给我外婆摘去那个帽子，让她一直生活在水深火热之中。那个时代，人性已经基本丧失了。

这个帽子，让外婆辛苦无比，辛酸无比。听妈妈说，外婆也多次想过自杀，可是，一看到嗷嗷待哺的孩子们，哪里还有勇气？除夕，大家都在忙过年，我的外婆被干部们命令去其他村送通知，顶风冒雪，艰难跋涉，留下几个孩子在家眼巴巴地等着母亲回来。风一程，雪一程，等到完成任务回来天已放黑。她的老公和他的妈妈、弟弟、弟媳一家热火朝天地忙过年。外婆只能弄一点麦麸子给几个孩子吃。吃东西，也是尽量给我舅舅吃，外婆教育他的三个女儿，说"你哥哥是给纪家做种的，你们少吃一点，让点给他"。

外婆实在撑不下去，把第二个女儿，我妈妈的大妹妹，送给了茅西一户人家，又把小女儿送到句容福利院门口，买几个荸荠塞进孩子手里，对她说："顺英，你就在这里坐着，不要乱跑，我找你姐姐去，马上就回来。"孩子天真而顺从，咬着荸荠，幸福地点着头，"哎哎"地答应着。

徐巷在句容城东，并不远。外婆哭着回到娘家，把事情告诉了自己的娘，老娘批评她心怎么这么硬？外婆赶紧跑回城里找孩子，孩子已经不见了。苦难的生活磨砺了外婆的耐心，她没有再细细打听，而是重新回到纪盖去了。少了两个孩子的拖累，那个老兵也终于接纳了外婆，在他 47 岁时，外婆帮他生了一个男孩，也就是我的小舅舅。

我和外婆的感情，分三段来说。一是，在我小的时候，爷爷奶奶并不关心我，今天来看，也不奇怪，我的小叔叔才比我大五岁，爷爷奶奶还在照顾自己的小儿子，哪里会顾及我这个孙子？我小时候先天不足，经常头疼脑热的，妈妈就背上我回娘家求助，外婆就会陪她背我去医院。当时我小，记不得，这些都是妈妈告诉我的。二是，我小时候，特别爱去外婆家，她会摊面饼给我吃。饼子黄灿灿，饼面油汪汪，有时还有一点糖，吃起来特别香，吃不了还会兜着走，回家吃。我和弟弟去外婆家，那是过节一样的欣喜。第三段记忆，是我读初一，在外婆家寄宿。1983 年的冬天，特大暴雪，交通断绝。我放学回去的时候，是依靠那些坟头上还裸露的一点土色，才摸回去的。靴子踩到深雪里，力气小，拔起来费力，我就干脆拎着靴子走回去。第二天早上，我起床，照例吃了搁在灶上的外婆预先做好的早饭。开了门，天地一片茫茫，门口已经铲出一条小道，我感到好奇，顺着道便走了过去。小路拐了两个弯之后，我看到，我的外婆在前方，正在用铁锹挖开积雪，离公路只有几米远了。这条小道，有二三百米远的啊！外婆已经脱了棉袄，把原本裹着头的防寒的蓝色土布方巾摘下，系在腰上，呼出的热气一团一团，在寒冷的空气里蒸腾出明显的水汽。那条大白狗，兴奋地跑来跑去，我经常偷偷拿自己的饭食跟它分享。那个铲雪的场景，让我终生铭记。后来，我对外婆多有报答，即源于这里面的恩义。

如今，我妈妈身体多病，远住北京，心里记挂她的妈妈，我也一直深爱自己的外婆，所以我经常去看望外婆。每次过去，她都告诉我，身体好着呢，不要让你妈妈担心哦。

前两天，我下乡，下午三四点了，她还睡在床上，我喊她，她睁开眼睛，立马就认出我来了。我搀着她起来，她还是说自己好着呢，还向邻居炫耀说，我这个外孙哦，动不动就来看我，给我买牛奶、买零食、买药品，还买个电视机给我看呢。惹得邻居艳羡地夸奖，外婆很得意，我心里也很温暖。每次，她还要颤巍巍地给我摘点蔬菜，我就由着她，让她也觉得心里舒坦。

这次，她的久睡，是以前不曾有过的，我还发现，她比以前蹩缩了一点，又干瘪了一点，犹如水分越失越多的茄子。我问过她，还想那个小女儿不，她幽幽地说了一句，哪里还能找得到呢？

我含着眼泪，想，我一定要帮她找一找。

几年前，我曾考虑，以外婆为原型，写一部长篇小说，来反映几十年来她个人的和这个社会的生活和变迁。可是，我的社会阅历不够，驾驭能力不足，加之偷懒的因素，这事就暂时搁置了。

小说是艺术，距离外婆的生活还太远，我帮她找一找小女儿，才是最要紧、最急迫的事情，这离她的生活最近。

外婆的苦难，其实还有很多，出于种种考虑，不再赘述。但我总还会拿起笔，写写她老人家的。

（写于 2014 年 11 月 17 日）

后续：

我带着电视台的记者去采访，拍摄了画面，说及小姨妈，外婆浑浊的眼睛，流出几颗泪珠，记者抓拍了这个感人的场面，还播出了新闻，并帮忙去了民政局，但因时代久远，资料匮乏，无果而终。我又循着一条据说的线索，打听寻访，虽多奔波，终究无获。2015 年年初的一场雪，虽不很大，却也银装素裹，打湿了舅舅家门口的地砖。外婆拄着拐杖，去给那只拴着铁链的狗喂食，摔了一跤，将硕大的胆结石摔碎，日日疼痛，医院拒绝手术，又因一些人事原因，未能坚持挂水用药消炎，终于不支，她让舅舅召回我那远在北京的父母。弥留之际，她头脑清醒，摸出钥匙，让打开柜子，取出全部存款，3700 元，分成四份，一一做了安排，然后圈上人生的句号，从容地撒手西去。外婆再也没有可能与那个被遗弃的女儿相见了。

关于外婆去世的事情，还是留待我将来再详细写写吧。

（写于 2015 年 4 月 12 日）

第 2 辑
生活 · 旅痕

办公室

今天得空,匆匆走了几处,散发了几本摞在办公室里的我写的小册子。

我们学校承担了生源高峰期的入学压力,资源少,地方小,办公条件只能算凑合。有的办公室还是厕所改造的,在背阴处,冬凉夏暖,座位之间也一直挨挨挤挤,原来素白现在发黄的墙,雨渍的痕迹就是写意的装饰,歪斜的蛛网就是朦胧的吊顶,没有窗帘,只用报纸糊着窗户遮光,一旦天气稍阴,就只好开灯了。

我去的首站是镇江农科所。和徐珊珊同班的陈露同学,在农科所实验室里工作,曾接待过我组织的暑期活动小组。一行人参观过实验室,看过像果冻一样、用来培植优质草莓种子的营养液。今天她正要外出,很意外我的到来。我匆匆丢给她一本小册子,也就没去她办公室坐坐。对于她的办公室,我感觉农业气质很浓,农科所的绿化已经超好,在浓郁的绿色背景下,办公室还养育着盆景。不过,她每次招待我的茶叶都还不错。她的办公室总体感觉比较朴素,就像朴素的农民。留给我印象最深的,是一个带柄的圆网,不甚大,学名是捕蝶网。傍墙的书橱塞满了专业书籍,我曾经浏览过书脊,没有一本能激起我的兴趣。

再去第二站,河滨路小学,我的 2002 级学生徐珊珊在那里工作。这是个新建的学校,崭新、亮堂,南面就是句容河,沿河的绿色将河流写成浓浓的、长长的"一"字。学校北面是别墅区,一大片琉璃瓦屋顶,闪耀着贵族的深黄。秋高气爽,天空很蓝,丝丝白云如同纱巾,把湛蓝的天空渲染得有点缥缈。

之前,我已经问明她的办公室在哪,进去后,看到有两个女教师正在聊天,一人脸朝里,一人脸朝外。我不作声,试试她们的反应。脸朝外者面显困惑,用探询的眼光看着我;面朝里者受了影响,回头看我,突显惊喜,迅捷地站了起来,满脸笑意,喊一声“老师”。她和她的老公预先在网上向我索要过小册子,也打算放假自己过来拿,哪里想到我——这个当年的班主任,会给他们送过去呢?我给他们夫妇签名赠送了两本,男女平等嘛。

这间办公室布置得既温馨又富有情调,教师节收到的诸多仿真花束,沿墙摆放。教师的办公座位,被半透明的玻璃隔开,统一规格,安置在相对分开的空间里,有三四米的长度吧,呈现出缺一个长边的长方形的样子。电脑的液晶屏幕,统一摆放在长和宽的拐角处。分隔办公,我并不陌生。十多年前,我在某个乡下中学教书,学校就安排了硕大的办公室,也是统一规格,为正方形,每人一个多平方米,被白亮、刺眼、不透明的铝合金材料围挡起来,围挡得很高,站起来也只能看到隔壁人的后脑壳,不仅三面围挡,剩下的过道那一面,还遮起来半个宽度。围挡区域大小是根据办公桌量身定做的,就那么大,你自己折腾去吧。办公室里需要整天开灯,空气也不流通,当时没有条件装中央空调,有限的两个柜式空调,望着浩荡的空间发呆叹气。格子里面只能享受到夏天的闷烧热、冬天的透心凉。若是实在受不了,有些老师会聚在空调面前纳凉,就如夏天河边柳荫下,常常聚合的鱼。格挡很多,又不透明,你根本不知道里面藏着多少老师。学生个子更矮,进去交作业,也就像龙虾进了地笼子。经常有学生苦苦询问某某老师在哪,找不到人问,只能大声喊,可是空间太大,喊声被迅速吞噬,变得渺茫而遥远。实践出真知,要想找人,拉灯!“拉登”(灯)才能引来“奥巴马”(哎哟妈),老师们就有了反应:“哪一个啊?”

那个学校和这个学校,办公室布局都是格子间,给人的感觉为啥不一样呢?呵呵,所谓后发优势,这就是。河滨路小学,好样的。我对他们的办公室布局感觉很好,特地拍了好几张照片。徐珊珊和我合影,一脸灿烂。这是整整10年之后的见面,她还能认得我,我也能辨识出她的模样。仿佛又回到10年前,她、赵丹、潘莉三个来自白兔镇的女生,经常聚在一起,喊喊喳喳的方言声音犹在耳畔,神情飞扬的稚嫩模样如在眼前,倏忽之间,已然10年。

时间有限,匆忙而归,徐老师送我出来,隔窗看看教室,教室布置也有特色,我一时无法记住太多内容,只是觉得很美,很有气息。听说,学校鼓励每个班级都努力做出自己的特色,我觉得非常好。有的学校喜欢追求统一,觉得江山一统,以为壮哉、美哉,其实一旦过于统一,必然失去了参差之美,自由状态下的竞争才是最有活力的。绿化是好事,如果只用一种植物来完成绿化,那绝对是一种灾难。

校园里有一块气象信息发布牌，用稚嫩的字迹，写着天气信息，也写着人文关怀。教育，本质上，是爱！

转了一圈，回到自己的办公室，正午的一束阳光，滤过玻璃上的旧报纸，挣扎着拱进来，抚摸着素白泛黄的老墙，叹息着墙角的蛛网，又被旋转的电扇打落一片昏黄。墙上没有字画，可“作息时间表”“辅导安排表”“教师值班表”等，倒是贴得满墙都是。

正好下课了，一群学生拿着英语默写本蜂拥而入，办公室内立刻嘈杂不堪，我赶紧随手抓起一本杂志，躲到外面去了。

（写于2013年9月30日）

别了，亲爱的小桑树

今天，因事偶然路过南门，我大吃一惊。

华阳南路建成后，加上原来的宁杭路、南大街的延伸段，构成三路交会为一的格局，宛如三江合流。几棵大树巍峨地矗立在合流的路口，荫蔽着行人，指挥着交通。

几年前，我每天晨跑，都喜欢沿着南大街一路南行，跑过老的南门桥，桥横跨在老句容河上，现在的句容河是经过裁弯取直改造后的河道。然后，一个小丘峦横在前面，道路也被抬升成一个长长的上坡道。道路两边被曾经的村民开垦成旱地，一垄一垄的，种着豆类、花生，甚至油菜。垄地再往外，比较陡了，长满了灌木杂草，一些多年生的藤蔓顺着水泥电线杆爬上去，又沿着各种缆线横着爬行，把缆线缠绕得墨绿而臃肿。每次跑上坡顶，就是我晨跑的一个节点，再向前，是一个下坡，轻轻松松，一个冲锋就下去了。

下到平地，路边就是小块的水田，一块一块的像台阶一样慢慢低平下去。一般来说，春季是撂荒的，头年的稻茬灰灰地喘息着，滋润的杂草尽情享受着阳光雨露，在晨风中摇曳。路边还有一个小池塘，插秧时节，农人拎着小电泵，搁在菜篮里，篮子沉在水塘里，阻拦着池塘里滋生的水藻。白花花的水头欢快地奔涌上来，扑向那一块一块的小水田，把土黄黄浸渍成白茫茫，很快，白茫茫的水面扶着新栽下去的稻秧的细腰，这些绿色一行一行地落了脚。

池塘边上有一小垄菜地，种着时令菜蔬，菜地就高高地凌驾成水岸。一棵野生的小桑树，没有被人修剪成灌木，自在地伸展着苗条的腰身，婀娜在水边上，娇羞地欣赏自己美丽的倒影。春天，还有蛙儿坐在塘中的水草叶上放声鼓鸣，一副自得其乐的神态，悠悠然，唱着汪峰的《春天里》。

有一年春天，实验小学的学生忽然流行养蚕，儿子买了四只小蚕回来，养在肯德基纸盒里，需要天天喂桑叶。南门桥边的河堤上，有棵硕大的桑树，从河堤长上来，漫长的枝丫与桥面相齐，近处叶子已经被人们拽得枝损叶残，远处桑叶又够不到，无法保证供应，而且叶子上灰尘也多，需要清洗晾干，才能喂蚕宝宝，比较麻烦。

这棵小桑树的叶子又嫩又大，叶面洁净，汁水很多，采下来后，叶柄处流出少许液体，白白的、黏黏的。我有时利用晨跑的机会，有时也会抽空骑车带儿子去，偷偷地、迅速地采几片桑叶，生怕主人来骂，因为每次都会踩上菜地，伤了一些作物。有时，也会摘几粒桑葚嚼嚼，还没有等到紫红色，往往是大红色夹杂些青色，但是口味要比专门栽种的桑葚甜得多。人工不是万能，天然才是正宗。我带儿子一起去，是希望他能认识什么是桑叶、什么是桑树。

这棵桑树为我们滋养了四只蚕，直到蚕儿上了山。儿子体会到了养蚕过程的喜悦与成功的快乐。从中，我也感受到了陪孩子成长的幸福滋味。

感谢你，小桑树。

可是，今天，我看不到你了！

铁丝网、彩钢瓦，圈围住一大片地方，灰灰的水泥柱子，密密地戳进大地的胸膛，推土机隆隆作响，肆意蛮横地前进、前进，撕碎表层的绿色，把底下的黄土拱出来。土地就像被剥了皮的动物，下面的肉层都翻卷过来，用“皮开肉绽”来形容，再贴切不过了。

指路的荫凉的老树不见了，巨大的虬枝在天空消失了。

池塘不见了，相对低洼的轮廓，暂时还在，形如坟墓，无言述说着它的悲戚。

那只青蛙早已绝唱，青蛙的子孙也没了幸福的天堂。

最让我失落的，是那棵婀娜的小桑树。

鸡鸣桑树颠，那是陶渊明的惬意，是清高的寄托。如今，母鸡都在养鸡场的食槽前快速膨胀。因为配种的需要，寥寥几只公鸡，才得以拥挤在一起求活，哪里还有桑树供它们飞跳，让它们歌颂山水田园的绿色生活？

桑梓，在中国文化里，别有一番深意，弥漫着故乡的气息，濡染着亲人的温馨。如今，梓树已经稀少而珍贵，桑树也在渐渐远离日常的生活。当桑树、梓树都离我们而去，我们的家园在何处着落？我们的故乡情结、土地情怀在何处皈依？

我怀着惆怅，向我记忆里的小桑树告别。

（写于2012年6月9日）

饼

上午去菜场，顺手买了几小块烧饼，圆的，很小，在铁桶炉子里面贴着内壁烤的那种，色泽焦黄，很漂亮，个别地方还有点焦煳，散发着面食的香气。有一种小烤饼，做得很精致，圆形，中间隆鼓，边缘收扁，有点像飞碟，飞碟里面还会加点荤油起香，或者弄点白糖提味，有的还加进去些许肉松，体现了江南细腻绵柔的风格。还有一种饼，叫馕，我在电视上看过，硕大、厚实、硬朗，从炭灰里拿出来，我还以为是个大而圆的砧板呢。望着那个块头，我心里就发怵了。别说吃，光看看，心里就没了底气，整那么大干啥呢？北方喜欢用大碗，粗瓷，少有青花做修饰，那份粗犷，简直就是唱响高原的秦腔；江南的细瓷小碗，弧线柔美，身材玲珑，釉色光洁，晶莹剔透，纹饰淡雅优美，圈起两手的拇指和食指呈圆状，各自轻轻托起一只小碗，轻轻对敲碗边，声音清脆、余音清雅，一如翘着兰花指，浅吟低唱的黄梅戏。

我不会唱戏，也不会评戏。我只会吃，吃饼。街上买来的饼，再好，也少了妈妈的味道，总比不上心里那块饼的甜美和麦香。

小时候，生活条件差，很喜欢去外婆家。我的外婆家，没有外婆桥，没有澎湖湾，只有和我家一样的贫寒。去奶奶家，不会把我当客人，爱来就来，爱走就走，没有客套，没有热情，也没有招待；去外婆家，她会问长问短，问爸问妈，热情招待，尽量整点吃的东西出来。我想，这大概就是很多人亲近外婆的原因吧。起初，外婆也没有给我多少吃的，我回家后找妈妈，妈妈在生产队挑塘泥，上工的人很多，就扯话，问我在外婆家吃了啥？我说没啥，大家就笑话，笑得妈妈脸上挂不住。妈妈背后责怪外婆，见外婆也为难，妈妈就偷偷掏点东西给她，让我的外婆下次再给我吃。再后来，不知道底细的我，很喜欢去外婆家，临走还有馈赠，我到处讲外婆的好话。村人再问，我底气十足，我的外婆不一般。我的脸上，妈妈的脸上都有荣光，小小一招，满足了三个人的心理,这是多么奇妙的循环?

外婆,给我吃得最多的,就是饼,我们那边叫“摊饼子”。

挖一坨面粉,倒在小盆里,稍加清水,筷子搅匀,要不硬不稀。烧热铁锅,撒点食油,给铁锅敷上一层油膜,防止面糊黏锅,油量要不多也不少。待烟气袅起,油香扑鼻,把面糊浆倒入锅底,迅速拿起锅铲,铲底压着面糊,朝四周拖动,摊铺在铁锅上。面糊太硬则推动吃力;太稀则容易往锅底坍塌,造成四周如纸薄、中间厚馍馍。油量多了,太滑,面糊挂不住锅,而一头栽到锅底去;油量偏少,则无法敷全铁锅的面积,面糊挂上去,容易枯焦发脆,败味。

我在大灶的锅膛里添柴火,根据外婆的指令,配合着控制火量,时而伸过头来,观察外婆做饼的流程,眼神是贪婪的,口水是“吸溜”的。

外婆的技术很好,摊饼子,厚薄均匀、黄而不焦、嫩而香糯。有时把饼子来个反扣,做成双面焦黄,可以蘸着稀溜溜的黑酱吃;有时在饼面敷些白糖,烘化后在面皮上流淌,这种机会少一些,毕竟,白糖还是很贵的。饼子出锅,稍微凉一凉,我的双手已经分工合作,撕扯开去,大快朵颐。我记得好像自己从来没有客气过,也没有主动分点给外婆。我们都会批评现在的孩子自私,不懂礼让,看看我,那时候也就是这个德行。“仓廪实而知礼节”,没有充足的资源,教育孩子礼让他人,是不容易的。

吃不了?兜着走!回家,继续。

那是我不灭的美好记忆。记忆不灭的,还有妈妈摊的饼子。

说实话,妈妈做的饼子,并没有超越我的外婆。如果说外婆的饼子是美妙的艺术,那么妈妈的饼子就是必需的生活。我上初中了,每天的早饭是个问题,稀饭不顶饿,炒饭会口干,零食也没有。妈妈会为我摊饼子,我不再是为了享受美味,而是为了填饱肚子。最要命的是冬天,天寒地冻,房屋空旷,早起很冷,妈妈有时会焐床,让我自己起来摊饼子。我已经会摊饼子了,可是天寒难熬,真心不想起身,看到妈妈还睡着,心里不舒服,可是嘴里又不好讲,就用锅铲把铁锅敲得叮叮咚咚,一会骂锅一会骂饼,声称不摊了、不吃了,妈妈心急睡不着,披衣起身为我做早饭。唉!我是充分调动了她的母爱,用我的全部自私。今天,借这个地方,好好反思一下,向她表示歉意。妈妈给我甚多,我回报甚少。暑假,我去探视暂住北京的妈妈,其时妈妈腿脚严重不好,屈膝困难,我终于得到一个机会,为妈妈剪脚趾甲。抱着阔别多年的那双脚,已经很难忆起上次抱它是什么时候,我慢慢地剪,慢慢地修,眼泪不时模糊了我的视线,母亲的唠叨也模糊了我的耳朵。“啪嗒”,敲锅;

“咔嚓”，修脚。40多年了，这是我真正的一次尽孝。这样趴在母亲膝前给她剪趾甲，给了我极大的心理满足。我把此事发到QQ空间“说说”上，引得一位大学同学流了眼泪，他说羡慕我，因为他永远没有这个机会了，子欲养而亲不待。临别时，我想再为她修剪一次，妈妈说才剪的，不需要。我后悔当时自己沉浸其中，忘了提醒儿子拍下照片，既可留下纪念，也可教育孩子。孝养有限，母爱无边。妈妈就这样摊着饼子，把我摊进高中，摊进大学，又把两个弟弟先后摊进大学，也把自己摊到了北京。

现在，我做了父亲，我的妻子也做了妈妈。我儿子大概是基因使然，竟然也爱吃摊饼子。这事，就落在他妈妈身上了。

妻子的手艺比我外婆差得更远了，但是却赶上了好时代。以前是大灶深锅，摊饼子的困难在于：一要不时地跑到锅膛添柴火，费事；二要抓紧摊开面糨糊，否则，它就会自动滑进锅底。妻子打开燃气灶，根本没有锅上锅下乱跑的烦恼，她拽出一只平底锅，不慌不忙的，根本不用担心面糊会自动堆积锅心。右手很随意的淋些色拉油，左手握住锅，稍微晃动几下，熬油结束了。面粉也是精面了，真正的白面，以前叫灰面，从名字上就可以知道差别呢。调制面糊，加个鸡蛋，口感上来了，营养也上来了，白糖改成蜂蜜，有时再撒点葱末，香气顿起。

时代在变，妈妈给孩子摊饼子，没变；那份温馨、温情的母爱，没变。

明天，明年，妈妈是不是还要给孩子摊饼子呢？

我的内心深处，摊着一块饼。

（写于2013年9月20日）

红烧肉

中午路过食堂，见一群学生挤成一团，一打听，才知道是争着买红烧肉。晚上吃饭的时候，妻居然也做了一碟。

说起红烧肉，大家都不会陌生。当初毛主席就特爱吃红烧肉，如果配上辣子，就成了“国菜”。三年困难时期，中南海的篮球架爬上了丝瓜藤，一国之主的主席居然曾经三个月不得肉味，遥想当年全国形势之困难，由此可见一斑。

我曾住过校，那时一份红烧肉四毛钱。有一位同学欠别人二毛钱，“债主”来讨时，他满不在乎地说：“不就是两毛钱吗？有什么了不起的。”“半份红烧肉呢。”那位债主理直气壮地说。

学校的红烧肉烧法可能最简单了，大概除盐之外，酱油是唯一的调味品，但那时吃得特香。连汤带肉一起倒进饭里，一搅和，三下五除二便下了肚，能抢买到一份红烧肉，简直是一种造化。来得迟的学生，食堂师傅便卖肉汤，一勺一毛钱，美其名曰：营养都化在汤里。听来好笑，然而却是亲身经历。有一次，我得了最后一份汤，汤汤水水一饭盆，惊喜之余大呼上当，搅和后的“红烧饭”里全是骨头屑儿，简直难以痛快地扒上一口，最后非常可惜地倒了。

吃红烧肉最好的机会是吃酒的时候，亲友家有什么红白喜丧之事，乐颠颠地随了大人，在桌上过把瘾，有时甚至一口气能消灭大半碗红乎乎的肥肉。本人较瘦，都说瘦子一定要多吃肉，久之，我似乎专爱拣“肥差”。一大块肉含在嘴里，如果烧得好，时间又充分的话，慢慢地用力，舌头和上颚合作，香腻的油水顿时溢满口腔，喉咙口的摩擦系数也大为缩小，那种香味令人心旷神怡，绝对是一种享受。

岁月流逝，自己从小不点长成大人了，然而消化脂肪的功能却在逐步退化，上街买肉也很不愿意拣“肥差”，对这种油水渐渐失去了昔日的兴趣。

“我才不吃这烂肉呢。”儿子一边嘟囔，一边将一块夹肥带瘦的肉劈头扔进我的饭碗里。儿子啊！我应该以怎样的方式来使你懂得“红烧肉”呢？

（写于1995年10月）

注：

其时，我还年轻，没有对象，更没有结婚。此为指点学生如何写好国庆征文之范文，即小切口，大主题。另外，文章讲究艺术的真实，而不必拘泥于生活的真实。

烤薯飘香

元旦放假，休息在家。天宇清朗，空气凛冽，北风割面，背阴处的积水非一日之寒，早已化作冰晶，硬邦邦的，硌着人的脚，还泛出惨白的光泽，冷眼又冷心。这样的天气，窝在家里最是惬意了哟喂。

同学某，下午将他儿子送来练写作文。我一琢磨，干脆叫上儿子，又打电话让内侄也赶过来，凑成三人小组，进行合成训练。他们三个都是同校的初三学生，容易拧到一处。把孩子放到群体里锻炼，效果会更好，在心理学上，这叫社会促进。

目标，中街某路口，那儿有个烤薯摊，烟气缭绕，香气四溢。我已经踩过点，街上好几处烤薯摊，数这位老汉慈祥而健谈。

孩子们发育很好，个子都很高，加上一个矮矮瘦瘦的我，将烤薯摊围去了半个圆。我们说明来意，老汉表现很热情。老汉姓裴，袁巷人，祖籍河南，60来岁。他戴顶长檐帽子，遮着半个脑壳，两爿耳罩子呈弧形绕到脑后，尖尖的鬓角延伸下来，溜出斑白。面部慈祥而安详，说笑之间嘴角外张，眼睛睁大，努力把富余的面皮外扩，形成皱纹，挤压在外眼角，开出两朵菊花。土灰色的围裙，上沿套在脖颈上，中带系在腰间，前面纳一个口袋，口袋里揣着一只按键式小手机，露出半个脑袋，蓝色，就像调皮的小袋鼠伸出头来看热闹。围裙捆着的棉衣，一色，藏青色，很纯，没有任何修饰，很有一点以前的家织布的质朴风范。帆布手套已经多孔，腕部的边沿还能看出素白的原色，手指处沾满了生山芋的黏汁，熟烤薯的皮灰，斑斑点点。

烤薯摊子，香气就是招徕顾客的名片。实践出真知，摊主很聪明，不断改进，铁桶两边焊着自行车轮子，每个轮子连接着钢管扶手，形成板车式样的把手，可以一推就走，又轻巧，又方便。扶手之间的空当，挂着箱子，搁着袋子，内装生山芋、备用木炭、捅炉膛的长铁杆、盘秤等，当然少不了钱盒子。

废旧的铁皮桶改装成一个火炉，有通风口，还可以出灰。底座上中间是红亮的火炭，正在暗火燃烧，渐次到周边，是燃尽后的死灰，呈现灰白色。木炭没有烟雾，没有污染，很清洁。另一个大一号的旧铁皮桶罩在炉子上面，内空，形成炉膛，沿着圆周焊接了两层铁架子，就像是上下铺。生山芋先睡下铺，接近热源，不久，烤得"吱吱"冒汁，在热烫的铁杆上袅娜出白色的水汽，携了香味，飘散在空气里，诱得行人驻足、嗅鼻。生山芋的浆汁在铁杆上继续翻滚涌动，欲滴还休，越缩越小，最后在铁杆上凝聚成一个黑斑，慢慢隐去了。

裴老汉戴着手套，动作麻利，翻捡着每一个山芋，看着火候，不时拈起一个，从下铺移到上铺，给它翻个身子继续睡。待到烤薯绵软松酥了，部分外皮枯黄了，老汉便把它们提溜出来，搁在案板上，供顾客点选，然后上秤、装袋、收钱。

天气很冷，场面很热。看着三个小伙子在旁，老汉边干活，边热情讲解。孩子们好奇心重，老汉情意也浓，不断回答孩子们的提问。为什么冬天才卖烤薯？为什么山芋有的扁圆硕大，有的身瘦腰长？为什么生山芋硬，熟山芋软？为什么冒出来的烟气不熏人？老汉说，淀粉变成糖分，山芋身上有气孔。这让学生很惊讶，这么专业的名词，老爷爷也能知道啊？

四个人围着健谈的老汉，热情热烈，将寒意驱散不少，形成旺盛的人气，带动了销售，顾客一看这么多人围着等待，也过来争着购买，老汉的笑容更灿烂了。我们也帮着他上秤、装袋，他连连表示感谢。他盛赞我的这种教学方法，称我是一个好老师，又夸奖了几个孩子。他有着山民的质朴、憨厚、爽朗，热情对待顾客，也有一点农民的狡黠，却没有所谓乡下人的卑微低贱和逢迎做作。我告诉孩子们，靠劳动挣钱，腰板就可以硬朗。

又一锅山芋出炉了，老汉亲自选了四个，称重收费了三个，坚持免费送我一个。虽然也就块把钱的事情，但是，我接受了热乎的烤薯，也接受了热乎的人心。扯开山芋皮，黄黄的、软软的、香香的、甜甜的，入口、入心。黄心山芋，黄土地的黄，黄种人的黄，纯而粹、绵而长。咬一口烤薯，真香、真甜，香的是生活，甜的是人心。

带着孩子们走在回家的路上，忽然想到一句话：没有生活，何来写作？

烤薯飘香，香飘满街。

（写于2013年1月3日）

老朱

开学总是很忙，忙碌的一周里，心里总觉得缺失了一点什么。今天偶然有闲暇端详学校草坪，望见疯长茂盛后已显倾颓残败的杂草，我才明白，我是想老朱了，尽管我并不知道自己想他了。

老朱是学校的花工，负责维护学校的绿化。我们学校是绿化先进单位，有两三个校区，面积也大，自然木森森、草茵茵。乔木倒易处理，草坪尤难维护。农村出身的人都知道，尤其是春夏季节，一场雨水一场草。杂草的生命力远远超过景观草坪，老朱的重点工作自然就是除草。老朱的养花技术一般，除草技术却很高超，有时喷洒除草剂，有时挥舞锄头，翻整一片地，有时斜坐在低矮的凳子上拔取新生的小杂草。还有一次，我竟看到他在用除草机，一股清香的草腥味弥漫在空气中。如此说来，老朱不算是花工，而是草工了。

老朱大多一早就出工，一个人寂寞地做着自己的事情，剪平景观树丛的枝叶，移植自生的树苗，收集一些花籽。有时周末我们补课，也能看到他在辛勤地、寂寞地劳动。我们补课另有收入，而他纯属义务，义无反顾。雨天，他有时穿着雨披，坐着小板凳拔草，拔掉一片挪一下小板凳。在雨中，他静默地劳作，如同一头老牛，默默耕耘，没有抱怨，没有怠工。有一次问他为何冒雨拔草，他说雨天泥土松软，拔草容易。是的，小时候我们拔除过山芋地里的杂草，有过这种记忆和经验。我们在为自家拔，而他在为公家拔。

老朱真的很老了，70岁光景，头发不长，一寸左右，边圈多为银白，头顶多为灰白，还没完全褪尽黑色，不怎么秃顶，但头发颇为稀疏，在头发的间隙里可以看到头皮。额头上沟沟壑壑，脸庞略黄偏黑，眼睛里闪着浊光，牙齿脱落殆尽，上下不对位地各留着一颗黄黄的牙，尖而大，套用“硕果仅存”，可谓硕牙两存啊。他向来穿着劳动服，大概是卡其布做的，耐磨、耐洗，尽管已洗得发白,但也未见有几个孔洞。高中学生多穿牛仔服,故意用机磨过,有斑驳的痕迹,还特意夸张地磨出几个洞,扯拉出几条缝,一副劳苦大众的味儿。绿漆漆不出铜锈,学生怎么也扮不出老朱的沧桑。就像一些古迹,新近选用的石料,再怎么使用做旧技术,也做不出古旧石料在历史风雨中流淌出来的黑灰色。那黑灰,就是老朱的沧桑,是烈日晒出来的,是暴雨淋出来的,是寒风割出来的。

我和老朱关系很好,算得上是老乡。我喜欢交往所谓"底层人",尤其是年长者,老朱就是其一。他们不做作,不矫情,不虚伪,我们之间不必提防,不必讲究,也不必客套。历练人生风雨几十年后,老者往往豁达淡定、乐天知命,这一点正好可以宽慰我们这些正在激烈竞争、拼搏生存的中年人。有一次我问他要不要我桌旁积存下来的废旧书本资料,为这些东西甚至有人抢得打架呢,可是他说,不要。这更令我肃然起敬了。我抽烟不多,偶有烟时会想起他来,与他分享。我找到老朱,把他从劳动中叫停,奉上香烟,与他闲谈一阵。他有些局促,赶紧摘下破手套,在洗白的衣服上擦擦手,才接过去,看我打开火机,赶紧凑过来接火。也许是寂寞久了,有人与他聊天,他特别高兴。

学校面积大,草坪自然多,他一个人累得够呛。有时学生宿舍里搞水痘消毒什么的,也是他背了机子去喷药;有时把桌椅装上三轮车,骑上,从一个校区送往另一个校区。老朱是退伍老军人,有着特别的耿直、率直,好说话,好相处。老朱是临时工,待遇并不高。美国有人种歧视,中国有工种歧视,同样的付出,临时工的工资只是正式工的一个零头。美国有民族歧视,中国有民工歧视,好像农民工就应该低人一等,多苦而少获。他跟我说过,他要回家养老去了,靠儿子。他说自己并不是贪图多少工资,只是在校园里能看到青年学生,和他的孙子孙女差不多年纪,看着就舒服。有一次,我们正聊得欢,我把路过的一个爱画画的女生叫到面前,笑说能不能给我们来张合画。老朱笑眯眯地对这个女生说,你们老师是个好人,你们要好好学习。可惜老朱没牙,说话漏风,用的又是我们那边的方言土语,那个女生听不懂,求援似地看着我,我挥挥手叫她走了,我和老朱接着聊。

老朱还会"以权谋私"。有一次,他大规模地修剪芭蕉叶子,我请他剪一根叶柄给我做教鞭用,后来他剪了五根送来,还把边沿削平了。我分送给别的老师了。以前过年,学校都会分发些物品,最令人头疼的是两条大草鱼。带回家吧,套房,地方小,展不开,而且腥气;在学校弄吧,又没有工具。我没有这种烦恼,因为我有老朱的帮助。老朱会热心地为我翻找两条大一点的，拖到食堂水池边帮我宰杀干净，最后清除去鱼鳞内脏，让我把清清爽爽的、装着鱼块的袋子拿回家。今年三月，正在除草的老朱看到我，把我拉过去，从树根处拎出一小袋带壳花生，说是多余的花生种，自己也吃不动，就送给我。推辞一番后，我收下了，老朱才满意地拎着镰刀到别处割草去了。

老朱，如今你不来学校了，校园多了各种杂草，而我少了一个好友。

老朱，我想你。

（写于2008年9月8日深夜，思之难寐，起而记之）

绿色心情

梅雨一过，天气炎热，酷暑难耐。今天，回家路上，特地去批发一点冷饮。

蒙牛牌的绿色心情冰棍，是我的最爱。清凉的名字、清凉的包装、青绿的色泽、清爽的口感、平民的价格，实在有太多的选购理由。撕开简便的包装纸，捏着原木加工成的白色轻巧木棒，很快，一些细密的小露珠便伏在晶莹的棒冰上了，白白的，有点霜的质感，放到嘴边，一股轻微的凉意直扑面颊，然后投入舌头温暖的怀抱，腻腻的、黏黏的、甜甜的，沁入了每一个味蕾，又涌入腹中，心神为之一振，全身洋溢起一种清凉，此时此刻，真正是所谓的“绿色心情”了。

我询问价格，老板一指墙壁上的价格牌，“1.2 元/支”的价格在品种繁多的冷饮中羞惭地排在后面。生活中开大会排名有先后，没想到，冷饮价格排名居然也有先后。

我有点狐疑，记得这“绿色心情”零售 1 元，批发 8 毛的。老板淡淡地说，涨价了。是啊，涨价了，这个时代，什么都在涨，就是工资不涨。老家来人说，农产品价格虽然也涨了一点，可是日子过得依旧凄惶。我那 80 多岁的爷爷，还守着 2000 元的存折，那是 10 多年前存起来的，那时散养的呆头鹅每斤 5 元，如今廉价的烤鸭都每斤 15 元了。他守着它，心里觉得舒坦可靠，我们却知道，一头牛已慢慢缩成了一头猪。

都说老师会算小账，不知是职业天性，还是收入原因，如今我也是这种德行。早读课的辛苦费还是稳定在每次 3.5 元，5 年没变，稳定压倒一切。早上的面条从 3 元涨到现在的最低 5 元了，发展才是硬道理。周末在校看管辅导学生自习，每节课报酬 15 元的标准，8 年没变。爷爷老了，不懂恩格尔系数，我虽年轻，也不懂消费者物价指数，只能记得这些数字，谁叫我们生活在数字时代呢?

店里温度不高,让我的思绪漂浮在翩翩的天空中,自由翱翔一番、感慨一番;一出店门,热浪亲吻着我,热情奔放,迅速把热能转换成生物能,塞进我的每一个毛孔。绿色心情,好像将很快融化似的。

进了小区,轻巧的电动自行车一溜,闪过公寓楼的阴影。一边的石阶上坐着一个老妪,是在小区打扫卫生的老妇人,年纪和我母亲相仿,花格子长袖显得宽松,灰色的长裤已经泛白,塑料凉鞋扣着肉色的袜子,把一双脚收缩在里面。她低着头,硕大的旧草帽罩在头顶,一条看不出花色的旧毛巾带着湿意,悬垂在脖颈两侧,形成一个倒 U 型。一个稍小号的红色塑料桶装着小半桶脏黄的水,倚靠在她脚边;一块抹布骑在桶壁上,张望着地上的油漆工常用的那种小铲子,铲子生了锈,无聊地睡在那儿。燥热的午风掠过,裹挟着知了的单调抒情,在灌木尖上打个滚,往楼后奔去。

我的车已经溜了过去,心里忽然一动,刹住了车,回头张望。她听到动静,也仰起了草帽,帽绳圈住一张脸,慈祥、沧桑,溢满倦意,深陷的眼窝里弥漫着浑浊的目光,落在松垮的眼皮下。我招招手,示意她过来。她怀着狐疑走过来和我打招呼,毕竟彼此眼熟。

我撕开纸盒,掏出一支"绿色心情"递给她。她的老脸一阵悸动,连说三声"谢谢";我的心里一阵难言的涌动,连说三声"不谢"。

我折返身子,骑车而去,只把绿色心情留给了她。

晚上,我告诉了妻,妻告诉了子,让他跟爸爸学学,儿子点点头。生活固然多有琐碎烦恼,但是,只要种下绿色心情,就会收获绿色心情。

(写于 2012 年 7 月 23 日)

默默有『蚊』

初夏夜,暖而不热,很是宜人。

此刻,夜深人静,却未万籁俱寂。窗外,蛙声不再一片,只以凄凉的独唱表明其仍活在人类的空间。屋内,“马达”声时隐时现,那是生物界的幽灵——蚊子牌隐形轰炸机。

文内何时初见“蚊”,蚊子何时初咬人?中国文人素来传统,凡事都爱在古籍中寻根,有考据癖的人应当由此写篇文章,供大小报纸热热闹闹地传抄摘引、共享资源,权当有闲之士的消食片,说不定又添一个世界之最,以振国威。

经史子集,浩如烟海,或雅或俗,或畅或涩,花木草石,鸟兽虫鱼,歌咏者甚多,而蚊诗独不盛(只依稀记得大文人周树人曾对袭击他的日本蚊子嗤之以鼻),究其原因:蚊子方面,第一,古代无蚊吗?这不可能。第二,古蚊重义,亲兽不近人吗?未必,要知道“人道”主义乃是西方近代文明,古蚊未得消受和熏陶,自然少有美髯公与“及时雨”之义。第三,当代蚊子与时俱进,智商已属现代化,情商指数也居高不下,它们热爱生活,亲近人类。人的方面,所谓进化有时无疑是退化,粗厚的猿类毛皮日益蜕化为细皮嫩肉,长城壁垒损毁严重,“国防能力”大大削弱。

说及军事,自有爱好者神侃“玉皇大帝牌开天导弹巡游空中擒飞贼,阎王爷型劈地捣蛋深入地穴毙顽凶”,狂人狂得很。今天生物技术突飞猛进,“多莉”已成克隆的代名词,这种复制技术很实用,地球毁灭了,再克隆一个呗,脏一点、乱一点、差一点有什么关系?人类发动过许多次战争,却不屑与蚊虫作战,许是动物保护主义者和国际绿色和平组织工作卖力之故吧?又或者在于蚊子未领“绿卡”,流窜犯太多,某地“蚊口”密度一小,就会产生移“蚊”风潮。当局明知它们非法入境却又无法将其驱逐出境,外交抗议无非耍耍嘴皮子，向来解决不了根本问题。

既然联合国未形成灭蚊决议，大家就各显神通，各人自灭家中蚊了。“枪神枪神”，吹得神乎其神，蚊子窒息了，可人也闷得够呛，有时还会蚊香中毒。“必扑必扑”，一阵乱扑，今天蟑螂死光光，明日自有后来蚊。防盗门窗，防君子不防小人，纱门纱窗，防大蝇不防小蚊，尖嘴蚊崽早已从燕子李三处偷学到了缩骨神功，无孔不入。棺材样的蚊帐扣在头上，也扣在心里，在帐门的结合部，蚊子们常常曲径通幽，吻你没商量；有时还会守株待兔，等到睡者翻身帐边，它们挺枪便刺。

心中转念多多，却不能“福满多福满多，欢喜多多”，右耳边马达轰鸣，无奈，擎右掌，“叭！”飞掌直下一尺多，毙入侵之敌于领空，捍卫国家主权，右脸已是燃烧的青春。雷达有盲区，人耳也有搜索半径，为提高命中率，需要凝神屏气：盼望着，盼望着，蚊子来了，蚊子的脚步近了，叭……叭……

来日上班，头昏眼重，欲寻火柴棒给眼皮搭个脚手架，一摸，火柴已进了博物院，只有防风火机，点支烟，红点闪烁，烟雾腾起，忽然一眼瞥见对面广告牌——蚊香一点红。不，应该是蚊子一叮红啊！

（写于2000年5月）

年少轻狂

开学了，中小学生们宛如春笋一样，呼啦啦冒出来，又像春夏阵雨后，沟坎里欢快戏水的鱼儿，骑着车子，肆意说笑，汹涌而过，也有坐在车后座的学生，扮着鬼脸和尖叫，让路人侧目。听着路人的诅咒，我笑了，因为我们也年少轻狂过，也疯过，也闹过，那是青春飞扬的旋律，那是舍我其谁的气度，虽然青涩莽撞，但不可压抑的，是活力，是富有朝气和冒险的活力。

上初三，我终于有点发育了，骑着大号的自行车，笨重而结实，支撑后座的两边的铁杆上，还用解放鞋的底板抠眼系绳固定上，防止车轴的轴头捅破车子驮运的蛇皮袋。袋里一般装着粮食或化肥，一旦捅破，颗粒状的物品就会抛洒出来，让人心疼。其时，由于分田到户，家家日子开始好过起来，自行车也纷纷入户。上学五六华里，再不用徒步，车轮滚滚，速度要快得多。

我们中学位于丘陵的半腰，出门就是下坡，很容易提速。学校位于集镇西侧，我们家住东边的乡下，这给了我们很好的飙车机会。放学后，我们这些骑车的学生，呼啸着、欢笑着，穿过小小的集镇，在众人张望的目光里，感觉风头十足、轻狂快意。用心理学来解释，这就是典型的观众效应。

同村有一人，比我大一岁，名字叫本福，和我同级，跟我很熟稔，他老爸是我们村的专业剃头匠。一次放学后，他冲到了前面，嘴里喊着“杀呀！杀呀！”车子率先进入集镇，我们一群男孩，像蝗虫、像洪水，随后掩杀过来。我记得自己跟得最紧，前面的情形看得最清楚。在储蓄所门口的街道中央，安卧着一只老狗，脑袋朝北，尾巴向南，一副不设防的样子，惬意得很。那时车辆很少，连狗都把公路当作自家的打谷场。我的这位本福兄，以快速、以高歌，直接冲向那条老狗！老狗，毕竟不是死狗，迅速做出反应，站起来就往北逃，丝毫没有犹豫。本福兄毕竟是活人，活人的特点就是灵活机动，就在他快要冲撞到狗的前两米，迅速左拐让狗！于是，“砰”“汪”“啊”“哧”

“哄”！自行车和老狗发生了猛烈的碰撞——“砰”；老狗被撞得在地上滚了好几圈，夹着尾巴，瘸着四肢，落荒而逃——“汪”；本福兄滚鞍落马，痛苦尖叫——“啊”；倒伏的自行车随着惯性，划过粗糙的石子路面，摩擦开去——“哧”；紧跟在后面的少年们惊惧、立停、喘息、开心——“哄”。有人下车，把他扶立，查看伤口，虽然那时衣裳还多有补丁，不过比较耐磨，本福兄无非受点皮外伤，擦去皮肤的地方洇出些血迹也不在话下，农村娃，不娇贵。然后，就是重新来过，再次冲锋，无非是本福兄从先锋改为殿后。

我自己也曾遭遇过一次惊心动魄的“事故”，让我对这种冲锋有了畏惧，从而退出了战斗。丘陵地带的特点，就是路面随地势而起伏，也就有了上坡、下坡。有的坡陡，有的坡缓，下坡都容易，上坡都吃力，这就需要技巧，那就是，下坡死冲，争取冲远一点，上坡也死冲，借助惯性省劲一点。乖乖，总结下来就是“冲、冲、冲”。那是一个秋季，阳光明媚，和风温煦，稻田已经收割，有的人家已经把稻草堆垛，腾出地方，以便秋耕。同学们中午在学校代伙，憋了一天，傍晚，又到一天放学时，一群孩子，一片喧嚣，看看谁先冲上去。为了冲前面的上坡，我从之前的下坡就开始加速，耳边的风声是最美的乐章。冲到底部，我感觉良好，干脆来个高难度——双手脱把！心里陡生豪情：“谁敢横刀立马，唯有本大将军！”这是少数分子才敢玩的游戏，全身紧张，双手握拳，半收着贴近两肋，腰身坐正，双眼前视，两脚随着脚踏板，一圈一圈使劲踩。开始冲坡，我不知道把他们拉下了多远，心怀得意，就稍稍回头看一眼。我们知道，事情往往就坏在得意忘形上！我稍稍回了一下头，自行车前进的方向抖了抖，我再转回来看前头，自行车正笔直扑向路边的水沟，我赶紧用双手重新握紧车龙头，想要急刹脱险却为时已晚。车被急刹，停了；人随惯性，飞了。就在电光火石之际，出于自救的本能，我选择了一个草垛。当一切都安静下来后，我发现我的小伙伴们都惊呆了，围着我看。我四肢张开，全身呈一个“大”字，趴伏在草垛上，像被掼死的、伸长了四肢的青蛙！自行车龙头歪扭在田边的水沟里，车轱辘仰望着天空，似乎意犹未尽，还在无聊地旋转，轻轻地、悠悠地切割着美丽温和的夕阳。小伙伴们纷纷投来艳羡的目光，帮我矫正车龙头，扶我上车，俨然贴身侍卫们簇拥着他们的得胜将军，骑行得缓慢而有秩序。他们不知道，我的身体没有受伤，但我的心灵严重受挫。此后，我再也没有激荡起冲锋的念头。亲，还是悠着点好哟！

不敢搞快，搞慢总行吧？那时有自行车慢骑比赛的项目，我们村上的林建中同学慢骑水平很高。我不服气，就要挑战他，他要证明比我强，我要证明不比他差，就进行了较长时间的拉练。他在前面骑，我在后面跟，这个实在没劲。转移场地，他骑行田间小路，我倔劲大发，紧随其后。二人都是紧握车龙头，根本不敢分神，有时两边就是深沟，掉下去可不是玩的。最后的最后，两个人不走寻常路，他累我也累，这个项目，也没有小伙伴们做观众，没劲。有一次，他通过了一丛灌木，我一个懈怠，栽进去半个车轮才停住。那是一种植物，带有尖利的芒刺，乡音叫"扎刺"，它放了我的车胎气，我嘴上赌气，心里泄气，最后彻底认输了，由林兄夺得慢骑老大的地位，他也不允许别人挑战我的"次帅"资格，哈哈！什么叫双赢，什么叫丛林法则，是也！我考上师范从教，事业编制，几个老师挤一个办公室；他当了多年村干部，后来考上公务员，进了政府，行政编制，一人用一个大办公室。嘿，大哥就是大哥，不服不行哎！

"让、让、让"，放学后，一群少年从我身旁呼啸而去，裹挟着欢声笑语。我这个步行的中年人又往路边靠一靠，眼含深情、嘴带微笑，唉，孩子们，年轻真好。

莫笑年少多轻狂，青春朝气正飞扬。

（写于2013年9月1日）

周末在家，上街买菜，买菜也烦恼，吃什么是好？

有个摊贩，面前摆满了藕，一根根长长的，藕身整齐，还用红绳子系了两端，便于提拎，说是中秋节送礼用。哦，我的嘴角泛出笑意，好吧，就买藕吃。

前两天，看到这个“藕”字，我的鼻子还酸酸的。师专毕业20周年同学聚会，我发力写回忆录《师专生活》。为了找寻素材，我仔细翻看了那些年的日记，查到我在去读大学的头天中午，家里给我饯行，特地买了一节藕。全家都喜欢吃藕，但因为家贫，平时是舍不得买的。一节藕，今天看来，多大的事儿？如果不是日记，我早忘了这一茬，哪里会记得吃藕居然也是一种奢侈。

藕，往往有好几节，前梢偏嫩，适宜生吃，嚼之生津；而中段适宜做菜，沉稳厚实，颇有嚼劲。我买了中段而归。

暑假去探望父母，他们年纪大了，天天准时收看“养生堂”节目，特别推崇藕，说有个老太保养很好，秘籍就是终生多吃藕。藕，白白嫩嫩，形态优美，营养价值高。母亲俨然是个行家，告诉我，藕有七孔、九孔之分，七孔多丝，九孔多粉，市面上大多是九孔。稍懂些医药的父亲，则强调，藕其实还是一味中药。好吧，回句容后，我遵“医”嘱，也常常买藕吃，留心看看，每次数数，几乎都是九孔呢。

切藕有讲究。藕外表易氧化，会变红发黑，俗称生锈。可以用削苹果的刨子刨一下，露出晶莹的肉质；洗净，菜刀切片，既不要太厚，又要均匀；切好后，迅速置于冷水中适当浸泡、淘洗，洗去部分淀粉，藕片就不互相粘连了，而且不至于很快氧化变色。

儿子喜欢吃糖醋藕片，这道菜在我家就做得比较多，先糖后醋，不难。现在，他经常在校代伙，我和妻子就换做一种口味，加辣。孩子在青春期，吃辣会长痘痘,我们不会,所以就敢吃辣,有味。按理,藕性凉,辣性辛,不宜整合到一处,可是现代人哪管那么多,好吃就行。

辣味炒藕,我还是从同学孙白平那儿学来的。那时,我们还在茅山中学教书,他有个外甥,在我班,我是班主任。这位孙同学也喜欢炒藕片,他特别强调要用铝锅,说要是用铁锅的话,炒着炒着就会变色了,所以我也备置了铝锅。他喜欢在藕里放色泽鲜艳的红辣椒,我也学会了这一手。某次,我俩比赛炒藕片,评委就是他的外甥,我的学生。以我今天的记忆,那次的藕片刀工粗糙,色泽不艳,味道不醇,那时条件也差,哪里有现在的审美要求,能吃就行了。两碗藕片左右横在这个初一学生面前,他需要做出一个艰难的选择。他朝我望望,吃一口班主任的藕;朝孙看看,吃一片舅舅的藕。我俩都瞪着眼,等着他。他再吃一口我的藕,又吃一口孙的藕,忽而加快了吃藕的速度,在我们的疑惑中,他说:“都很好吃呢!”我俩释然,又愤然,这个小东西！也就没有分出个高下来。

以我现在的经验,用铁锅也无妨的,关键是要泡凉水、洗淀粉。打火、浇油、下藕,藕里放事先切好的绿色菜椒片,翻炒;再投料,辣料,那种瓶装的腌制红辣椒片,翻炒,略加盐,泚水,焖锅,装盆。红的是辣椒,绿的是菜椒,白的是嫩藕,略微黏黏的是汁汤,看看就要流口水呢。

我们都吃过糯米藕。在藕的孔洞里塞满(不是装满)糯米,白糯为次,红糯为佳,孔洞两端尽量封闭,防止在煮制过程中因为糯米伸腰而挤胀出来;投入冷水之中,没顶;煮开,再煮,一直到煮熟为止,有藕的清香,有米的糯黏。可以热吃,可以冷盘切片,牙齿上可能拉挂起长长的藕丝,也可能嵌着一坨糯米饭,反正是口齿生香。以前在农村赶集,就常常看见有人在街上支着大锅煮藕卖,腾腾的热气、浓浓的香味,就是最好的招揽。

我第一次吃藕,印象中那时还很小,跟着爷爷,40 多岁的爷爷精明强干,经验丰富。生产队里种有藕田,爷爷带我过去,让我趴在埂上放哨,他快速下去,分开荷叶,两脚一阵猛踩,探手下去,抠出一节藕来,立马撤兵,毫不恋战。顺势摘一个荷叶,倒扣在我头上,一则遮阳,二则遇上队长可以扯谎说是摘叶子的,摘叶子无非口头警告下不为例,偷抠鲜藕,那是破坏集体财产,罪名大了去了。那时的藕,如同那个时代一样营养不良,长得瘦弱短小,但我吃得很香很甜。偷来的东西,滋味就是好。难怪孙悟空会偷吃王母娘娘的蟠桃,他吃的不是桃子,而是快乐吧。如今,爷爷已经作古,藕田早已砌了房子,那节藕的形象却无比清晰。小孩子嘛,就记得吃。

吃藕,湖北人最有发言权。我在“舌尖上的中国”节目里看到,可以把藕块放在排骨里炖，便炖给妻儿吃，他们觉得也就一般般。前年，我去湖北仙桃，那儿是体育之乡，也是莲藕之乡。在汉江大堤下，有一溜大排档，我们喝啤酒、拽龙虾、剥莲子，吃好几种做法的藕制品，可惜我无法一一记住，不能转告诸公了。

吃不完的藕，可以制成藕粉，藕粉是物美价廉的补品和礼物。

藕梗，现在也成了桌上的佳肴。

荷叶，曾经被《水浒传》里的郑屠户用来包肉馅，砸鲁提辖；如今用来制作荷叶饭，很是清香环保。现在几乎看不到有人用荷叶来包裹卤菜了，但古人常常这样做。那才露尖尖角的小荷，还能间或博得蜻蜓的伫立。

只有荷花，永远是文人雅玩的对象、摄影师关注的宠儿，连观音菩萨都拿来做了宝座。

不说那么多了，赶快吃藕吧，再不动手，藕都快被老婆吃光了哦。

（写于2013年9月15日）

纰漏的尴尬

昨夜聚餐，群师荟萃，好久不见，氛围热烈非常，酒宴标准还比较高，自然食物丰盛，佳肴迭出。

酒过几巡，菜过多味，虽然冬天未尽，还没有到“正是河豚欲上时”，可是并不影响河豚的上桌，乳白的羹汤里横着白嫩嫩的一只河豚，加了一些秧菜，色泽清亮。由于难得一吃，我慕名多喝了些河豚汤，人传鲜美异常，我觉得也就那么回事。是古人食谱有限，还是没到河豚的最佳食用季节，还是家养河豚品质退化？左吃右吃，腹已半饱。

不久，五花大绑的螃蟹披着红色的盔甲被端上桌，趴在大大的碟子里还是那么挨挨挤挤、层层叠叠。我向来是不喜欢在酒桌上吃螃蟹的，因为费工，双手沾油，还腻手。所以要么放弃自己的那一份，要么饭后揣回家慢慢饕餮。今天依旧推让不啃。

圆桌不小，每次都是从对面上菜，然后慢慢转过来，我左手的兄弟正啃得有味，扒拉着寻找打坐的法海，红色的袈裟被牙齿撕咬得粉碎。这时桌上转过来一只精致的玻璃碗，腰身呈瓜棱辐辏型，碗口呈波浪起伏状，碗里清澈透亮，盛大半碗水，上面飘着十来段绿色的如同河豚汤里的秧菜，绿绿的，诱惑人的眼。我没有看出来这碗里是什么东西，就向右手的一位兄弟低声咨询，生怕别人笑我没有见识。难得这兄弟还不近视，性格一向爽快，看了看说，大概是什么菜汤吧，就撩起筷子夹了根绿菜，高高抬起右腕，让绿菜挂得直直的，再把嘴从下面迎上去，一点一点往上吞，边含糊说话边咀嚼，似乎有点示范的意思。我一向奉行不懂就问，觉得还是不怎么像那回事，又回头问左手的兄弟。螃蟹油、调料渍沾在指尖，洇在嘴角，他搓捏着十指，腾空了口腔，朗声说是吃过螃蟹后洗手用的，见我讶然，他又重复了一遍。好在他当时正在大战法海，没有看到我右手兄弟将秧菜塞进口中的情状。这时桌子已经转去对面，有餐友正在那只精致的玻璃碗里撩水洗手。别人越洗手，我心里越想笑，那位兄弟越难堪，哎，吃的哪里是菜，分明是纰漏。我也很尴尬，要不是我的好奇发问，他哪里会那般动作地去吃一根菜？我轻轻说，我们都是乡下人，没见识。我在宽慰他，也在自我解嘲。等到玻璃碗再次转到面前，我仔细看看，终于发现水面上有了一点油花，碗沿上耷拉着一小片生姜丝，螃蟹调料里切碎的那种。现在，我终于明白了。

忽然就想起来一段故事，出自《世说新语》："王敦初尚主，如厕，见漆箱盛干枣，本以塞鼻，王谓厕上亦下果，食遂至尽。既还，婢擎金澡盘盛水，琉璃碗盛澡豆，因倒著水中而饮之，谓是干饭。群婢莫不掩口而笑之。"这位王将军虽也是豪门，可是娶了公主，照样是土鳖，把如厕时用来塞鼻子掩臭气的干枣当点心，把"饭前便后要洗手"的水当了果汁饮用，这个纰漏贻笑至今。不知道那时候是不是已经有了"囧"这个字，但是可以肯定，自以为聪明的王将军从公主那儿得知真相，既恼羞成怒，又发不得火，其表情肯定就是这个汉字的象形版。

又想到林黛玉初进荣国府，处处留心，时时在意。"今黛玉见了这里许多事情不合家中之式，不得不随的，少不得一一改过来，因而接了茶。早见人又捧过漱盂来，黛玉也照样漱了口。盥手毕，又捧上茶来，这方是吃的茶。"小心驶得万年船，还是谨慎为好啊。吃饭有风险，举筷要谨慎。

王将军早已走进历史，林黛玉仍旧徘徊在书里，我又想起我的一位舅爷爷来，虽已过世，却也曾经在 80 年代因炒卖煤炭而暴发一时。我亲耳听他说过一则轶事，我没有机会去考证，这里算是引用。有生意朋友请他吃西餐，他事先打听了一下怎么用刀叉，还特意实习了一下，怕出洋相。端坐桌前，系好餐巾，侍者给每人上了一份膨酥丰满的法国面包后离开了。他正好有点饿，就抓起来吃了，也没怎么在意其他人异样的目光。侍者转回来，发现少了一份，以为自己疏忽了，抱歉着给他重上了一份。舅爷爷思忖，这外国人真好，知道自己食量大，特地加了一份。等到真正开吃的时候，他看到别人把面包移到各自面前，任由西餐的汤汁滴落上去，最后像抹布一样处理掉。他说自己当时真想找个地洞钻进去，因为自己把一块"抹布"吃了！

我是老师，也喜欢把自己的经历教育给自己的孩子和学生，希望他们多学点东西，少出点洋相，多长点心眼，少来点臆断。我想，不懂就问，应该永远是真谛吧。至少要知道，吃过螃蟹要洗手……

（写于 2012 年 3 月 4 日）

青春的期盼

这是我们学生要做的期末考试的作文命题，阅卷中，我心生一念，欲写一篇下水作文，于是想到了一个人，一个老人，一个老人曾经有过的青春期盼。

我手头收留着他的三份遗物。一份免费优待车票，上面写有这些文字，“台南市七十岁以上老人乘搭市区公车”“弘扬敬老尊贤，倡导社会福利”，印有 30 个“福”字，每次乘搭，就剪去一次。上面写明老人已经 72 岁，但没有写明车票年份。

还有一份，“大陆同胞来台探病用诊断书”，永康荣民医院。登记年龄 79 岁，民国建立前一年 5 月 5 日生，按照农历来算，当是端午节，团圆、热闹、喜庆的节日。民国 78 年(1989 年)2 月 22 日就诊的，诊断书显示他两年前因脑中风、高血压、心脏病而行动不便。如今纸张斑驳泛黄，印章字迹因为水渍而模糊，篆刻的医院公章、院长私章，字数多，难辨认。

还有一份，是张 25 年前的旧照片，一位老者坐在轮椅上，无发无须，方脸大耳，端庄俊朗，白衬衫，蓝裤子，赤脚拖鞋，双手交叉，凝神前望，似有期盼，面现愁容，若有所思，怅然若失。

他，叫丁大富，是国民党老兵兼军医，1949 年去了台湾，1989 年回句容探亲，几个月后作古。我没有机会见过他，虽然理论上可以，那年我高三，还是小屁孩，根本不认识现在的妻子，而妻子的嫡亲爷爷，就是这位老者，丁大富。

爷爷年轻时，是个帅哥，身材高大，穿上军装，英气逼人，而且是个国民党军医，算是专业技术人员，一生都把自己收拾得很整洁。我妻子好收拾居家，好装饰自己，也许就有遗传基因吧。

关于爷爷的情况，我是结婚好久后才听说过的。爷爷娶奶奶，那是相当隆重的场面，奶奶出自大户人家，嫁妆很多，两人一组，抬一口箱子，一组一组的，绵延两里路。我估计这里有夸张成分，每组的间隔大小不知，所谓两里路，也就是个估计，但场面的壮观是肯定的。这位大小姐，也是相当漂亮，我见过晚年的奶奶，慈祥、和蔼，透过她布满褶皱的皮肤仍可遥想当年的美貌，就像看电影《泰坦尼克号》中的老奶奶而去推想年轻的少妇。奶奶还读过书，认得一些字，在那个年代的农村，已是相当的不容易。爷爷奶奶的婚事，在当地传为美谈。

男才女貌，家境殷实，很快添了一女，又添二男，和美幸福的生活徐徐展开，似乎在印证着“大富”的预言。我的岳父是爷爷的小儿子，5 岁的时候，迎来了人生巨变。

1949 年 4 月，解放军兵锋南指，横渡长江，国军人心涣散，仓皇逃窜。爷爷被命令护送军官到南京机场，军官们乘飞机远逃台湾。爷爷事先被告知到机场完成任务即可返家，他也如是告诉了奶奶，让她在家一定要等他回来，他一定会回来的。奶奶泪涔涔地点着头，答应了，她一定等着他回来。

然而，就在最后一刻，军官们看到还有一个空位，也就不顾爷爷的哀求，好心地、硬生生把他拽上了即将滑行起飞的飞机。他很不情愿地享受了一次免费乘搭飞机的福利。从此，音讯全无，爷爷一直在天上飞，奶奶无助的眼泪也一直在飘飞。仍然青春，活力正旺的爷爷，期盼着有朝一日能飞落到奶奶眼前；依旧青春、美艳四射的奶奶，期盼着总有一天爷爷会乘风归来。

奶奶从幸福的云端，陷入了苦难的深渊。这位年轻女人，夫走儿幼，嫁妆被抄，还戴上了沉重的政治帽子，再也无法抬头，只能忍受屈辱，惨遭欺凌。

活下去，把孩子带大，这是奶奶的不二选择。今天，如果有人来责备她的操守，我认为此人要么无知，要么无良。后来，奶奶怀孕改嫁给了一位已婚男子。男子弃前妻迎后妻，他长相一般，是个生产队长，手里有粮食，可以帮助奶奶及孩子们填饱肚子；身上有贫农光环可以对冲奶奶“低贱”的政治身份。她需要他，改嫁了，尽管在今天看来是下嫁，而在当时，这位队长以施恩者的姿态主动拥有了她，并且让她生了一个儿子。放眼全国，这绝对不是孤例。我今天来写作此文，实在难以想象奶奶当初的选择和心理状态，是庆幸，是安然？是无奈，还是哀伤？尽管这样，我岳父的学业还是受到了阻碍，他哥哥的参军成了泡影。唯一可以庆幸的是，爷爷奶奶的三个孩子都顽强地活了下来。

时光荏苒，岁月如梭，这是说书人的口头禅，可真正在这时段中煎熬的人，也许是另外的感受吧。我只知道，爷爷在台湾，仍然爱整洁，一生未娶，坚守着当初的承诺，一年一年，又一年，整整40年后，他终于有幸坐着轮椅，搭乘飞机，飞到大陆，飞回家乡，飞去又飞回。他时年79岁，这次乘搭飞机是不是又一次享受了免费的福利，我已经没有必要再去考证了。

他的三个儿女，都已经成家立业，儿女双全，只是刚刚解决了温饱问题。爷爷罹患中风，已经无法说出多少话了。人，已经回来了，落叶归根了，只有简单的行李随身。据说，爷爷本想带走一个孙辈去台湾的，毕竟那时候的台湾，是人们向往的地方。但一次见面，彻底消解了他的打算。

他一直催促着，要见奶奶！多次拖延后，家人安排了见面。据说，奶奶出场的时候，那位队长也来了，带着他自己和奶奶的亲生儿子，我岳父兄弟俩也陪同见面。今天的我，在玄想，那不是“新闻联播”的画面么？我们的某某某和哪儿的某某某，在客厅进行了亲切的会面，双方就一些问题友好地交换了看法，陪同人员有A，B，C，D。这，哪里是失散40年的恩爱夫妻叙谈的地点和氛围？我不能详知当时的细节，细节也不是在场的当事人的关注点。我听说，爷爷看到这个场面，什么都明白了，也没再多说什么，见面会就匆匆结束了。

爷爷拿出了所剩不多的积蓄，大家都不曾见过的美元，分发一空，再也不提带孙辈去台湾的事情。那是暑热天气，爷爷经常坐在轮椅上，把自己撂在太阳下晒着，默默地不说话，几个月就把自己撂进棺材，撂进故乡的土地，一片落叶在外漂泊40年而终于归了根。爷爷是幸运的，他的遗体，入了家乡的土。他的战友们，曾经和他一样怀揣着青春的期盼，有的骨灰装瓮终回故里安葬，有的魂魄游荡在台湾的山沟，看不到故乡的月亮。

当年，多少青春的期盼，伴着凄迷的泪水，和着苦难的尘埃，砌成了历史的高墙，把我们这些后人隔离在外。今天，我用笔掏出一个小孔，叙写一段无言的悲哀，奉献给各位读者。

最终，奶奶没来得及表态和谁合葬，她的小儿子做主安排，和他的父亲——那位老生产队长合葬在一起，让老军医再没有了任何的期盼，期盼成了绝唱。

（写于2014年6月28日）

孙然，走好

昨天，和句容热线网的网友们，在一家咖啡屋给网友“容城印象”庆祝生日。人多，话题就多而杂，闲聊中，“容城印象”说孙然去世了，我简直不敢相信，最后还是证实了。

听说，孙然被查出患了肝癌后，三天，就走了，才47岁，正是一个文人的创作旺盛时期。孙然者，句容土著作家也。

今天，偶然遇见杨颖，句容的一位女作家，她告诉了我一些情况。孙然从去医院检查到过世，一共仅仅四天。杨颖第一次去看望他，他还说等康复了，回家请大家吃饭。茅山道院杨会长等人也去看望过他。杨颖第三天去的时候，孙然已经神情大变，胡子全白了。想来，当年伍子胥一夜白头，也非虚言。可能是亲友闻讯得知真情，纷纷去看望告别，去看望他的人多了，或许有人掩饰不住自己的悲戚和同情，泄漏了对他隐瞒的真相。况且，孙然也是一个感情细腻、丰富、敏感的人，他可能无法接受这个事实，精神崩溃了，所以匆匆走了。

“孙然”这个名字，我老早就听过，或者说是看过。那时《句容日报》还在，我是一个投稿者，自然比较关注这份报纸，报纸上常常有他的名字。只是不相识而已，因为一直没有机缘。

2007年，我在学校任高一语文备课组长。《镇江日报》每年都搞“增华阁”作文竞赛，孙然是句容片区的负责人，需要发动组织学生报名，在我校许扬新老师的介绍下，我们相识了。

那年秋天，我们参加作文竞赛后，孙然还让我去参加了这次竞赛的评审工作，得以与新朋友认识交流，至今印象很深。虽然，学生觉得我还小有才气，但是，由于校园生活的相对封闭，在外面熟悉的人不多，而我其实也很想多参加一些社会活动。孙然给我这个机会，我很感谢。

孙然的人脉比较广，通过句容文联牵头，在 2008 年 4 月，组织了一次“文友采风”活动，去茅山。茅山本来是我的根据地，游历次数多了去了，但是一二十个文艺人聚合在一起，就雅趣而热闹多了，也能互相激发才情，常有妙语脱口而出。那一次，我拍了一些照片，和大自然很是亲近，后来放到自己的空间相册，有的被学生粉丝评论或转载，有几张照片，就是孙然拍的。我的相册里，也有他的身影，蓝灰色西装敞开着，淡红和白色相间的竖条纹衬衫裹着壮实的身躯，皮带赶上来把下半截衬衫收进长裤里。他个子不高，敦实肤黑，视力很好，步履有力，脸上总是笑容，左肩挎着一个包，包里就装着相机，右手里抓着一瓶矿泉水，嘴里有时叼着烟。

那次采风，收获不错，我认识了好几个文友，这其中就包括杨颖、戴玉娟。回来后，还写了文章《远上茅山石径行》，印在我校的《晨光》杂志上。

不多久，孙然和杨颖又组织了“宝华山采风”活动，我们踏勘了秦淮源头，祭拜了已故住持的灵塔。在丁沙地文化遗存，我们还发掘到几片先民制作的粗糙的碎陶片，我还找到一个陶鬲的脚，鬲是古代炊具，样子像鼎，足部中空。那次，大家玩得很开心，得到了不少野趣，也长了知识，增了见闻，收获了友谊。

其后，孙然要出书了，他听说我的校稿能力很强，就委托我帮他校对。我感动于他的信任，想帮他出精品，遂全力以赴，按照长期职业训练的文字规范，包括标点符号，进行高标准地校对。等他出了书，我发现后记里没有感谢的话语，也没有口头的表示，甚至都断了联系，我不明所以。后经高人指点，我才明白，自己做过头了，伤了他的自尊心。他个性要强，又是军人出身。而我们科班出身，在教学中又得了职业病，喜欢以挑剔眼光来审视文字，不免有点吹毛求疵。为此，我曾有过小牢骚，杨颖劝慰了我。如今，伊人已去，我心里的那点小芥蒂，也随风而散了。

同是小文人，自当惺惺相惜才对。

风萧萧兮，孙兄一去不复返。

孙兄，走好。

（写于 2012 年 6 月 11 日）

心底的油菜苗

老家来人，说到农忙，自然少不了栽油菜的话题，记忆之门洞开了。

1991 年秋天，本人就读镇江师专。这一年，是个灾年，无论是我的祖国，还是我的家庭。华东大水灾，令人揪心，灾害程度甚至超过 1998 年洪灾。油菜收割在田里，未及收籽，持续暴雨便将其裹挟而去，飘浮水面，聚集桥边。洪水合力掀梁夺坝，汪洋东行。那小麦硬生生在挺立的麦穗上萌芽，好几厘米长哟，农业损失惨重。不久，母亲阑尾炎发作，动了手术，在家休息半月，被父亲接去他所在的矿山单位将养。在休养到第 35 天的时候，父亲在公路上又被斜冲下坡的拖拉机伤了脚踝。这样，父亲反过来被母亲接回家将养。好在我提前录取到了镇江师专，算是跳出农门，给了艰难的家庭一些精神支柱，也算为就读高中、初中的两个弟弟树了一个榜样。

秋天，是收获的季节，也是播种的季节。我带着收获的喜悦，与几个考上高校的同学相约，周末去赴以前一位同学的宴会。同学相逢热闹欢悦，酒席虽然简陋，却不扫众人兴致。酒足饭饱，脸红耳热，爬上汽车。同学父亲让我们各自带上两根甘蔗。酒后咀嚼，津津有味，谈笑风生，相约多聚。

有一柏姓校友，就读数学系，和我同村。他这个周末回家，我委托他去我家要些生活费。回到学校后，他把一点钱和几颗煮鸡蛋放到我手上，并描绘了他去我家时的情景。

父母亲都在田里忙碌，栽油菜。母亲用锄头勾出小凼子，父亲腿脚受伤无法行走，便一手抓一只小板凳拖着伤腿匍匐前行，在小凼子里先后放上复合肥和油菜苗。母亲再来一棵棵地覆土，又去挑水来一棵棵地浇灌。我的眼泪一下子涌在眼眶，当我夹起一块肉的时候，父亲正抓起一把复合肥；当我端起酒杯愉悦地咂嘴的时候，母亲的那勺水正滋滋地浇在菜苗上；当我手握甘蔗的时候，母亲正手握扁担把水桶灌满；当我嗑瓜子的时候，父亲正坐在灶膛烧火为我煮鸡蛋……

从那以后，只要家里农忙，我周末必定回家，收割、打场、除草、挑粪。我，是一个农民的儿子。

十年后，我把自己两三岁的孩子寄放在乡下，他的爷爷奶奶带他去栽油菜。他满地里爬滚，偶或把他奶奶栽好的菜苗拔起一二，折断，在奶奶的笑骂中憨憨地流着口水，将小手上的泥土抹在嘴角。

之所以提及小儿拔菜，是因为在以后说及栽油菜的话题时，我总是只笑说小儿拔菜，而从不提及那最让我心恸的往事，不是已经忘却，而是太过沉重。今天上课教育学生时说及其事，难以释怀，遂挥笔写下点文字，暂释心灵的重负。

如今父母亲随二弟去了南京，田里已不再栽油菜，但那片油菜苗永远摇曳在我的心底。

（写于2008年6月19日）

夜骑

吃过了晚饭。夜色四起，月光朦胧，儿子写着作业，老婆去跳广场舞。我洗完了为老婆打米糊的豆浆机和为儿子烹制羊肉汤、炖牛丸的砂锅，还有炒锅、电饭锅。晚饭好吃锅难洗，做完家务，看到狼藉的餐具整齐归位，心情也会整洁、清爽起来。

自由时间，我且自由支配吧！戴上头盔，推出单车，装上手电，夜骑！由于夜晚偏凉，我们的单车骑行运动协会还没有恢复今年的夜骑，那么，我自得“骑”乐吧。

城市喧嚣，路口众多，最好回避；城郊荒凉，视线很差，不安全；还是走熟悉的机场大道吧，路况良好，车辆稀少，路灯高照。

一个人骑行，自由也寂寞，最适合吼几嗓子来抒豪情了，于是扯着嗓子唱“寂寞的鸵鸟，总是一个人奔跑，孤独的飞雁，总是越飞越高”“我是一匹来自北方的狼，走在无垠的旷野中”，契合心情，合乎氛围，把心里的杂念抛出去，任夜风裹挟、撕碎，扔到无垠的旷野中。

没有群骑的喧闹，没有群骑的较劲，只有自由的随性，兴致一来，前3后9，以最大齿轮比冲锋一阵，让码表痛快地跑到36，既而前2后6，优哉游哉，开始放牧心情，任思绪飞扬，数数路边黑魆魆的树木，望望远处的点点灯火。禄口机场的飞机，偶有盘旋飞过，我就可以仰头看它闪烁的航灯，想象它的优雅姿势，想象或安详或兴奋的乘客们，我自己的嘴角不由袭上一弯微笑，生活，在平凡中诠释着美好。不远处的赤山，默默坐在那儿，赤山湖在搞退田还湖，附近村庄已经拆迁完毕，据说山上要修庙了。哎，一切都太匆匆，我还没来得及回味，那个村子就没了。六七年前，我骑摩托车带着儿子去赤山，挖红土，回家腌制鸭蛋，去过那个村庄，古朴、简约。

一排宫灯引导着我进了一条岔路，那是我们句容的一张名片——新坊村，这里沿路有好多农家老鹅馆，慕名而来的食客络绎不绝。一只老鹅烩一大锅，汤汁浓郁黏稠，偏咸偏辣，口味很重。还有一张农村大锅烤出来的大大的凹形锅巴，反扣在硕大的盘子里端上桌，形如蒙古包。用筷子戳捣戳捣，拽下一小块，蘸了老鹅汤，又咸又辣，那叫一个爽啊！新坊村出名了，政府也重视，贯通全村的公路两头，都建有牌坊，簇新的，楹柱上刻有古朴的篆文对联。新坊新坊，新建的牌坊，文字再古朴，都无法掩饰我们民族的缺点：昔日辉煌很多，如今遗存甚少，欲想考察究竟，回家古籍翻找。

老鹅馆，一家挨着一家，显得拥挤而热闹，门口地方狭小，偶有甲馆顾客将车停到乙馆的地盘，就会引来争执纠纷。我好久没有来了，突然发现，有家新建的老鹅馆，地盘大，门前的停车场比人家的店还大；气势足，两层楼，包间多，玻璃立面，透明锃亮；拱门高大，闪着红色大字“队长庄园”！众里寻他千百度，“土豪”就在灯火通明处！“队长，别开枪，是我！”小品的经典名句告诉我们，队长也是长，何况手里拿着枪。又忽然想起冯巩演过的一部电视剧来，套用一下，可否说“别拿村长不当干部”？

看到过一个男子站在路边恣意尿尿，听到过一对母子骑着车说说笑笑。夜风习习，凉爽着行者的脸颊；蛙鸣声声，鼓荡着春天的气息。

一个小时，十余公里，通体发热，背心微汗，运动健身，筋骨舒坦，热水冲澡，温茶已泡，沙发一躺，且看《非诚勿扰》。

富贵本难求，幸福可创造。出去夜骑，心情更好，趁着容颜还未老，尽情投入大自然的怀抱。不要辜负好春光，随性尽逍遥。

白天不知夜的黑，坐车不懂骑行乐。

（写于 2014 年 3 月 16 日）

一个即将谢幕的女生的真情告白

各位朋友：

你们好！

我叫叶安慧，再过几天就是我的25岁生日了，人生的鲜花正在绚烂开放，却不料突遭风雨的摧残。本命年，本应该是幸运年，穿上红内衣，可以带来红运的，不料大片的黑色笼罩在我的头顶。去年7月，我被诊断出小细胞肺癌晚期，属于分化度低恶性程度高的一种癌症。很少有人知道这种大病，但很多人都知道大病要花大钱。化疗，化去了我白嫩的肌肤；放疗，放逐了我美丽的容颜。前后八次，密集的治疗，给我带来巨大的身心伤痛，却没有带给我健康，每次治疗后肿瘤都会复发，糟糕的是脑部也出现了肿瘤，直接压迫脑神经。三周后将是我的第九次治疗。每个生命都是一个奇迹，为数不多的无机物，加上水分，竟然可以形成一个生命，还是富有性情的万物灵长，可以看花赏月，可以听风闻雨，可以呼吸新鲜的空气，可以仰望蓝天白云，可以沐浴圣洁璀璨的阳光。朋友们，你们要珍惜自己的所有，健康才是人生的第一财富，此刻，我的感受尤深。我可能不久于人世，但我要把笑容留给这个世界，来感谢它给我的一切美好，感谢父母亲友，以及社会爱心人士给我的呵护和温暖。

爸爸，你是一个农民，老实巴交，默默无闻，在集镇上扛包做苦力，但你自食其力，养活了我们，我为你感到骄傲，你虽然平凡，却很伟大。还记得，多少次，我骑在你的肩上，俯视大地，把自己得意成世上最幸福的小公主。可惜，我带给你太多的负担和痛苦，我可能没有机会回报你了，亲爱的爸爸。来生，我还愿意做你的女儿，做你的小情人；今生，还没有来得及挣点钱，给你买瓶好酒、买包好烟。

妈妈，你在玩具厂打零工，你的辛勤汗水让玩具有了灵性，把快乐带给孩子们，让他们开心成长，笑靥如花。你灵巧的双手，为我们家编织了幸福的生活，也将自己的青丝编织进了白发。还记得，多少次，我张开嘴，笑着闹着，让你把好吃的零食投喂进去，你总是笑骂我是个吃货。妈妈，可能我没有多少机会再幸福地做个吃货了，到那时，你还会想到我吗，我的好妈妈？来生，我还愿意做你的女儿，做你的小棉袄；今生，没有来得及给你织过毛衣，甚至一副手套。

姐姐啊，我们本来可以一起开出漂亮的姊妹花的，可惜，今后只有你守着爸爸妈妈了。亲爱的姐姐，我把他们交给你了，我就可以放心走了。

我的亲友啊，感谢你们，借钱给我看病；我实习的黄梅医院啊，感谢你们给我的帮助，我还没有来得及成为一名正式的医生，就成了一个病人，这是怎样一个讽刺啊？简直是个黑色幽默！白衣天使，是我的梦想，我执着于艰苦的学业，如愿考上了南京中医药大学的中医定向专业。在大学期间，我多次获得奖学金，并且加入了中国共产党。我正想救死扶伤，却不料自己先躺倒在病床上。现在我更能理解一句诗的感慨："出师未捷身先死，长使英雄泪满襟。"

前后花去20万元了！20万元，对于富翁，也许就是汽车的几个轮子，对于我，却是生命。感谢大家对我的帮助，其实，我是多么留恋这个五彩的世界，多么希望能再穿上我飘逸的长裙，戴着迷你耳机，听着《江南style》，徜徉在林荫道上，背对着夕阳，把影子拉得很长很长。这一切，都成了奢望。

好心的朋友，有谁愿意拉我一把，把我的影子拉得更长吗？

（写于2013年10月18日）

注：

2013年10月18日当晚，受句容三中2015届毕业生成帅同学恳请，写了这篇文字。成帅同学是我的好学生，资深粉丝，富有爱心，我感于其诚，连夜成文，希望能借此获得一些实际帮助。此文一经网络传播，感动了很多人，还上了腾讯；凌国兵同学现就职江苏教育电视台，也发力帮忙。在众多媒体帮助下，叶安慧获得关注、帮助，最终走出困境，获得新生。我甚为欣慰，认为这是我众多文章中最具有社会效益的一篇。借此地方，表扬成帅和凌国兵两个学生，大有爱心！

（写于2015年4月16日）

一片红土

周末得闲，闲来无事，换装骑行，来个说走就走的旅行。

我一向被老婆批评猴子屁股坐不住，喝酒不行，抽烟呛人，打牌不问，钓鱼不等，没有个像样的爱好，还叫男人？这个国庆节，先是热线网组织骑行，俺借了一辆自行车，还是坤车，跟着骑，很努力，但转眼就被甩出去老远。一发狠，搞个山地自行车，再来个全套装备，多少像个样子。人靠衣服马靠鞍，技术不行样要装。

遛遛，就到了南部新城，看看建设中的贾纪山公园，热火朝天，工人推着小车，安全帽、工作服上沾满灰渍。期待公园给南部新城带来新气象、高品位。

虽是自行车，速度也快，加上这一带还没有多少居民，路上行人少，车辆稀，真合适骑行，小脚悠悠地踩，轮子飞速地转，转眼，就到了御东国际。遇到红灯，干脆下来推行，看看风景。

御东国际是个大楼盘，唱响了南部新城开发的序曲。当初，我们还鄙视它的偏僻，但随着南部新城的大开发，御东国际转眼成了领跑者。士别三日，当刮目相看；楼过三年，当重新评价。

我绕到南围墙，想寻找一处地方。去年春天，我骑摩托车下乡，在这处墙外的路边，看到很多红土，其时正是端午节之前，我便停了摩托车，装土。要这土有什么用？腌蛋，腌制鸭蛋。端午要吃五样红，红心咸鸭蛋就是其中之一。小时候，家后就有一座红土丘陵，妈妈让我挖些红土回家，她给搁在罐子里，下盐水，腌制鸭蛋，很有效果。成家后，自己曾经去赤山挖过红土，搬家时给扔了。御东国际开发，将红土挖出，也挖出了我童年的记忆。咸鸭蛋，蛋壳是淡青色的，蛋白略微发黄，而蛋黄根本不再是黄，而是红，殷红，还会流出红色的油。原来，通过腌制的工序，蛋黄的脂肪聚集液化成了红油，特别好吃，真正是精华。去年，我上网搜索，决定不再用妈妈的水腌法，改为泥裹法，即水化食盐，稀释红土，做成泥巴，给每个鸭蛋穿上红衣。可惜，每次试吃，都没有腌制到位，等到效果好了，蛋也没了。

然而，南围墙又向南了，原来，御东国际又向南开发了一片楼盘。把我的红土都给圈占了。售楼中心前面，彩虹门已经鼓足力气，竖直的红色鼓气立柱，腰身粗壮，就像老板一样财大气粗。红色很醒目，耀武扬威，十分招摇。门前是台阶式的水池，层层水花泼溅下来，碎玉一般，白花花的，声音也很悦耳。沿着水池一带，地上铺设了很多草坪，绿绿的，很养眼，很惬意。

楼盘外墙是深红色，大气、庄重，与彩虹门的艳红、泥土的殷红，互相照应，构成一个红的主色调，配上白水、绿草，有着别样的情调。一座座塔吊，形如巨人，傲视苍穹。驻足在新盖的门面房前，眼前一亮，原来，工人师傅们正在浇筑水泥地，门面房前面的场子超大，可以跑得马，可以转得车，好！时代发展了，汽车增多了，好多店面门口逼仄、拥挤，根本腾不开手脚。这一点，做得不错。

最近看热线网的论坛，说南京地铁正在向句容延伸，终点站必然会与新的客运中心衔接，届时这里又将是怎样一种热闹哦！这片红土地，就在客运中心附近，希望你能借助地铁的延伸，展开自己腾飞的翅膀。

我感觉自己也像张了翅膀，跳上自行车，戴正头盔，弓着身子，有力踩踏，沐着艳阳，迎着秋风，把快意洒向路旁。

（写于2013年10月20日）

注：

热线网的一个小编，曾听过我的几节课，说很喜欢我的教学风格。人嘛，就这样，爱听好的，心里舒服。之后，其开口请我帮忙，自称网站任务，为御东国际举办一次征文活动。我不愿为商家鼓吹，况且这家楼盘曾邀请我们去搞过一次活动，主事者是我们一个同事的学生，这位同事带我们过去，信心满满，声称开发商会给我们提供晚餐，结果敞开供应饮水，吃饭之事没有。搞得这位一向很有面子的同事失了面子，自己掏钱请我们吃饭，还被我们奚落。小编自己觉得说话分量不够，又请网站资深编辑鲍鲍恳请我。我很无奈，今天下午特地骑摩托车去看现场，结果车胎也被扎破了，真是晕菜。晚上赶稿，努力淡化商业色彩，多少加点记叙生活的味道。所以写成这么一篇文章，散文不是散文，广告不是广告，真像个怪胎。

幼儿园

手中有份资料，需要送给王梦云。我就去了崇明幼儿园，事先也没有打招呼，算是突访。

她是我目前教过的学生中最年轻的一届，2010年才高中毕业。幼儿园的建筑就是别有特色，大老远就能认出来，楼下色彩绚丽，楼前陈设着各类露天玩具，都是动物造型，做得很卡通，充满童趣。楼梯走道里大多贴着儿童画，画中的孩子们往往都是大头小身，很夸张也很可爱的姿态，富有想象力。走廊靠墙两侧，排放着很多塑料篮子，色彩鲜艳，里面盛放着玩具，花样繁多；呼啦圈们也斜靠在墙上静静休息；墙上也不空着，不是字，就是画，简单明快，屋顶也或悬或贴着好多装饰品。我的嘴角漾起微笑，脚步也轻快起来，一边欣赏，一边拍照。努力回想上一次参观幼儿园的时光。几年前，我去过开发区幼儿园，孙建霞在那儿做副园长，她是我最早教过的一个学生。那时，开发区幼儿园正在后期基建，装修尚未结束，遑论开始招生，所以印象并不深刻。再往前，就是我儿子上幼儿园的时候了。

儿子在行香幼儿园上了一年小班，园长是我同事的妻子。记得他哭鼻子不肯上学，园长亲自过来哄他，他瘪着小嘴，委屈地跟园长讲话，一开口竟然就是“干妈”，把我们做父母的逗得大笑，就让他以后喊“干妈”，这干妈一喊就是一年，一年后就转学到句容实验幼儿园了。行香幼儿园在乡下，条件有限，儿子玩得最多的就是沙坑。放学后，学校收回玩具，只有沙坑可以继续供逗留的小朋友玩耍。沙坑很大，边上长着杂草，还有好些小洞穴，儿子曾经从洞里拎出来一只蛤蟆，得意地看它挣扎，向我们炫耀，在被我们警告有毒后赶紧扔了，后来再不敢去惹它们了。沙坑装满江沙，很细，细沙装进玩具厢斗里呼呼地从漏孔里落下，带动塑料螺旋桨转动起来。沙尽桨停，儿子再用小铲子盛沙装进去，傻傻地呆看着又落完后，再次盛装，乐此不疲，小手上沾满细沙。有次放学后,继续逗留学校玩沙,他妈妈陪着。我外出听课回来,正好路过,就去看看他们。突然,一个孩子在用铲子挖沙的时候,用力过猛,姿势不稳,身子后仰,屁股坐地,手中的铲子跟着划出一道弧线,铲飞出去的细沙恰好飞进儿子右眼。儿子捂住右眼,大哭。我急忙抱起儿子就跑,跑到镇上医院,眼科医生已经下班。医院后面就是医生宿舍楼,紧急情况下,一个电话医生们就会赶过来。几分钟的等待,让我倍受煎熬,一边安慰儿子,一边催促咆哮,完全失态。眼科医生赶到后,一番冲洗,就让哭闹的儿子安静下来,专业就是专业,不服不行的。我这才发现,跑得太快,把老婆扔得老远,自己浑身是汗。一直奇怪于那天我也去了幼儿园,现在儿子一句话给了解释:"什么叫父子连心啊!"

实验幼儿园,当时是句容最好的幼儿园了,现在想来,也就是一般般。幼儿园要求学生自己带些玩具过去,名曰小朋友之间交换,其实也就是补充学校资源之不足。城市人多地少,幼儿园也没了大大的沙坑,改在墙上画出恐龙模样,嵌上几块疙瘩,供抠手蹬脚用,这就是攀岩了。儿子胆小,每天放学后,就被鼓励去攀岩。

再往前想,就想到我上幼儿园的事情了。爸爸对我很重视,很早就开发我的智力,教我数数、计算、十位数加减,我学得很溜,我爸很自豪,我上幼儿园也很积极。那时还是生产队体制,幼儿园就设在村上某个人家,老师就是一个大村姑。某次,老师出了10道题,个位数加减,给同学们做;另外给我出4道题,十位数加减。同学们有的能得到60分呢,老师却给了我40分,我着急询问,老师说,对啊,你看别人对了6题得60分,你对了4题不就是40分么?想想老师说的也对啊,我搞不懂原因,只是觉得委屈,就哭,拼命哭,哭得很伤心。老师哄也哄不住了,向我的家长表示歉意,说明了情况,本来想逗我玩的,哪里知道我会这样不堪一击。我能算对加减,却弄不懂分数。后来过了好久,爸爸才让我明白,我的确应该是100分。哈哈,这孩子,太实诚了。

王梦云老师,是的,应该称呼她为老师了,穿着牛仔背带裤,印着卡通娃娃,俨然就是工作服,舒垂着齐颈的头发,露出正脸,就像中文的"门"字,英文的"n"形,走路也是蹦蹦跳跳的,欢快得就像她的学生们。孩子们的好奇心都很重,当着我的面,直接就问,王老师那个人是谁?王梦云还沉浸在巨大而强烈的惊喜之中呢,马上说,"他是我的老师"。孩子们嘁嘁喳喳,又问,你的老师又是谁呀?孩子们冒出来的问题往往让人无法回答。我被他们的可爱和稚嫩逗乐了,回答说:"我是你们的大老师。"他们感到奇怪,"我们没有大老师啊”。我要给王老师拍张照片，她点名两个得意弟子来陪着，结果有的小朋友主动举手要求参加，有的直接就冲到前面来，围了一大片，镜头意识很强。哪里像我们这些以前的孩子，呆呆的，怯怯的。孩子们还摆出造型，甚至有个娃娃搂着前面孩子的腰，只让一圈胳臂出了镜。

老师的办公桌就在教室的一个角落里，桌上的电脑亮着，望着对面的墙，墙上打着吊柜，比较整齐，没有装门，每个格子里或多或少都摆有各式玩意儿。钢琴在教室另一个角落，开着盖，键盘静静地等待着召唤。孩子们精力充沛，童声高亢，穿透力很强。教室有三间房，两间教学，一间排满床铺，是上下铺，午休用的，正好把相邻班级隔开，以免互相嘈杂影响。孩子们吵着，讲话都听不清，老师用木棍敲击办公桌面，“梆、梆、梆”，孩子们稍微安静后，很快又吵起来。这时主教老师跨上凳子，张开十指，欢快的音乐从键盘里跳出来，吸引了孩子们的注意力，都跟着音乐唱歌去了。都说，音乐是世界上最优美的语言，看来，此话不假。王老师和我合影的时候，也摆了造型，我是怎么看怎么都想笑，感觉她的成熟度比高中那时还下降不少了呢。环境很重要，影响很微妙，天天和烂漫的孩子们泡在一起，哪有不天真、不呆萌的？

想念幼儿园了，下次再去玩一次，我答应过王梦云的，我肯定会去。王老师告诉我，我的另外一个学生包维阳也在这个幼儿园呢，今天得讯后也邀我下次去玩。我还有一个学生黄心雨今年也做幼儿老师了，她曾是一个认真而有爱心的好学生，也必然会成为一个认真而有爱心的好幼儿老师。我第一年教的杭玲老师已经是幼儿园园长了。明年，彭琪凡就大学毕业了，也是幼儿老师，彭老师正在加强锻炼各方面的才干，很好。我祝福她们，同样祝福她们的学生们。看来，我可以吹响幼儿老师集结号了。

从孩子抓起，真好，应该给他们最好的条件，让他们画最美丽的图景。

我再也回不到童年的时代，但是，我们的子辈孙辈，会从童年时代走来。

让我们好好努力，迎接他们一批一批地到来。

（写于2013年9月30日）

船到桥头自然直，爱到桥头家自成

——写给蔡阳平、王娇的证婚词

尊贵的各位来宾：

晚上好！

受邀作为证婚人，我深感荣幸。

华阳镇中秋赏月，葛仙湖国庆观灯，普天同庆，盛世龙年。今天是个特殊的日子，也是一个美好的日子。10月，代表爱情的实实在在；4号，代表家庭的事事如意；星期四，代表小两口承上启下，继往开来，努力培养中国的下一代。蔡阳平先生和王娇小姐在这样的日子里喜结良缘、吉祥如意，预示着：国强举世瞩目，家和万事兴旺。

蔡阳平先生和王娇小姐，都是下蜀镇桥头人，初中就是同学，上世纪相识，跨世纪相恋，如今修得正果，走向新时代，十指相扣，携手跨入婚姻的美好殿堂，营造自己的温馨小家。谁说早恋会是无花果？他们用缘分摘得三千年人生果。谁说一山不容二虎？同龄的他们都属虎，如今，他们虎虎生威，虎虎相爱，耳鬓厮磨，虎父虎母生虎子。对他们的结合，我用一句话概括：船到桥头自然直，爱到桥头家自成。

蔡阳平先生从事移动通信业务，移动很强大，通信很发达，发达和强大的背后，是默默坚守的基站，蔡先生鞍前马后勤劳动，向王小姐发送的电波很强大，这背后，就是他对爱的执着，对情的坚守。桃李不言，下自成蹊，蔡阳平先生将用自己一生的阳光，来为王娇小姐和将来的孩子经营平平安安的人生。这是男人的责任，这是男人的光荣，这场婚礼之后，蔡阳平先生不再是男孩，而将是男人，肩头将扛起沉甸甸的责任，他有这个能力，更有这个勇气。

王娇小姐从事教育教学工作，谁说女子不如男？学生尊敬她、爱戴她，亲切地喊她姐姐；同事佩服她，她的成绩总是像她的名字一样，骄人；领导欣赏她，委以重任，班主任接重担，实验班掌教鞭，高考时播报时间，把准确时间掐到分分秒秒。她是语文组的一朵奇葩，必将开出更为娇艳的花朵。国家靠良将，家庭靠贤妻。贤妻王娇，金屋藏娇，人生最美好。

阳光男人，娇美女人，这样的组合，可谓金童玉女，也叫黄金搭档，必将演绎春天的故事，唱响"明天会更好"。

作为证婚人，我要告诫两位新人，爱情需要维护，婚姻需要经营，你们要用爱做润滑剂，用情做充电器，互相体谅、互相关爱，孝敬双方的长辈，经受住生活的风风雨雨。

作为证婚人，我祝愿你们，在金婚纪念日，再次牵手，牵手走在夏威夷的金色海滩上，吹着和煦的晚风，看着美丽的夕阳，闻着椰子的甜香。

各位来宾，我也祝福你们合家幸福、美满健康，和两位新人一样，难忘今宵，今宵难忘！

谢谢！

（写于2012年10月4日）

金镶玉，鹏归巢

——写给许鹏、陈钰琪的证婚词

各位嘉宾：

你们好！

受新郎许鹏、新娘陈钰琪委托，我荣幸地为他们证婚。

1998年，我就认识了陈钰琪，她那时还是小学生，我看着她长大。后来，我教她高中三年，我可以作证，这是一个优秀的女孩。

当初，男生许鹏就坐在女生陈钰琪的后面，待到长发及腰，少年心思微妙，青春诱惑，耳鬓厮磨，默默播下了爱情的种子。

世界上最为纯真的友谊是同学情、战友情，他们以前是男女同学、同窗好友，今天是新婚燕尔、同床战友，两情合一，天下无敌。

一对新人，一栋新房，安置在幸福花园，这是美丽的幸福，这是爱情的伊甸园。我祝他们永驻花园，永享幸福。

我要告诉钰琪同学，你要用自己镶金嵌玉的美好操行，打理好温馨的爱巢；我要告诉许鹏同学，鹏飞万里，还要按时归巢，飞回自家的鸟巢。

我要督促你们，孝敬双方长辈，互相体贴照顾。

最后，我要给你们布置家庭作业：早生双胞胎，像你们一样成才。

各位嘉宾，各位朋友，证婚完毕。谢谢。

（写于2013年10月6日）

两只蝴蝶

——写给熊国瑞、徐洁的证婚词

各位亲朋、诸位好友：

我受新人委托，做证婚人，致“证婚词”如下。

今天，现在，最美的是新娘徐洁，最帅的是新郎熊国瑞，他们都是80年代的新一辈。

徐洁曾是我的得力助手，担任团支部书记。她人如其名，性情舒缓，不躁不急，待人犹如春风拂面，长相甜美，品性贤淑，冰清玉洁。

新郎熊国瑞，熊门翘楚，国之瑞器，沉稳踏实，忠诚厚道，俊朗帅气，聪明能干。

冥冥之中，缘分已定，新郎一路跟着新娘，初中追到高中，高中追到大学，终情定南京林业大学。大学城里有座伊甸园，伊甸园里有片芳草地，芳草地上蝴蝶飞。

国瑞与徐洁就像两只幸福的蝴蝶，雄飞雌从绕林间，一见钟情不分开。飞来飞去春光美，一路飞回句容来。选定花园大自然，共筑爱巢生小孩。夫妻勤劳又恩爱，不尽钞票滚滚来。

我特意抽空给他们刻了一对印章，一枚阴刻，一枚阳刻，祝他们阴阳合璧，万事和谐，幸福相伴，浪漫一生！

各位嘉宾，各位朋友，证婚完毕。谢谢大家。

（写于2015年4月30日）

职业病

教书20年了,职业病已经很重了。由于教学语文学科,培养了改正错别字的敏锐语感,看到文字,马上就检查错别字,成了我的职业病。

昨天去火葬场为姑父送行,司仪提示家属亲友可以买一束鲜花献于逝者的灵前。灵前置有架子,像酒店大堂的书报架,置放鲜花花束用的。隔板上印有美丽的隶书文字,“一束鲜花,一片祭文”。姑父年轻时,曾经多次为我家帮忙秋收,挥汗如雨的样子至今难忘;我曾经自己建造了一个小屋子,他也来帮忙过。在做人上,我们要多记别人益我之处,多忘损我之处。老表们买花献上,我也跟着过去,掏了20元,买花,为姑父送行。我对那个殡仪馆员工悄声耳语:“一片祭文,写错了,‘片’字应该是‘篇’字。我是语文老师。”那人点点头。本来想把那个错字拍下来的,可是那种肃穆的场合实在慑人,就免了。你看,我在哀伤的心境下,居然还去关注什么错别字,这不是职业病么?

有一次刚走进教室,准备上课,电话铃响,我赶紧接听,我越听越眉开眼笑,最后连声说好。收起电话,学生们怀着好奇,用探寻的眼光看着我,我临时决定改变课堂走向,就让学生猜猜是谁给我打的电话,学生的回答五花八门。我提醒说是女声,学生顿时来了精神,议论纷纷,猜测种种。稍顿,我又说不认识那个女的,她还让我去拿礼品。不等他们去猜测,我假意宣布停止讨论,改上课文。学生不干了,纷纷要求说明白情况。我连问两遍“真的想知道?”学生高亢而齐声,答“是!”好奇心浮现在一张张渴求谜底的兴奋脸庞上。吊足了学生胃口,我才讲了事情原委。我去移动公司充值,看到“意见薄”,就坐下来挥笔写下自己的意见,“堂堂移动,征求意见,簿薄不分,有损形象”,值班女经理看到后,打电话给我致谢并请我去领取小礼品以表感谢。就这么简单!学生们恍然而“哦!”我教育他们,写作文,也要学会吊读者的胃口,如果从前到后,一路讲来,你们哪里会这么有追问的兴趣?这节课临时改为作文课,就按照我刚才的顺序来写这件事,一定要能吸引读者的阅读兴趣。

我并没有去领取小礼品,但我认为移动公司是好样的,有承认并修改的勇气,很快,“意见薄”就改成了“意见簿”。并不是每个单位都有勇气承认或愿意及时更改错误的。以前句容车站有个巨大的宣传栏,把茅山的“九霄万福宫”写成“九宵万福宫”,我给站方指出来,过了一阵子,我看看还是“九宵”,问之,答曰谁会去看那个?搞得我比他们尴尬,他们一点也不被动的。

我就曾经找过错别字,让一些人很被动的。县城中街,步行一条街,照例要倾情打造,提升形象,自然要搞点文化品位。老街的两头都新建了牌坊,请人拟写楹联,镌刻上去,以显示古邑的文化悠久而厚重。东门牌坊上,有副对联:东迎旭日,泽古邑千家福址;门纳吉祥,增容城万户金辉。“福址”应该是“福祉”,尽管错处并不明显,但语文老师很敏感,总觉得刺眼,幻觉中看到外地人过来,指指点点,在笑话咱。于是,我又做了一回拍客,拍下来,传到网上。谁知,影响颇大,贴子被设置高亮,议论汹涌,有的讽刺,有的慨叹,有的追责,都表现出强烈的爱乡之情,我真切感受到网络力量之大。后来,听说事情终于解决了。我特地现场考察了一下,原来阴刻的“址”的土字旁,被修改成示字旁,由于字形接近,修改不是很困难,尽管留了一点痕迹,但是,远望没有感觉。此事遂息。我还因此被网站奖励 15 元话费。

并不是每次辛苦都有报酬的。怀着宗教情结,我曾经为茅山道院义务校对《茅山道教志》,37 万字,里面颇多古文。对这些文章校稿,我自有优势。古文功底好的人,往往缺少道教专业知识;道教人士又往往古文功底薄弱。这两头我都懂一点。我花了一个暑假,精心校稿,力求为之出精品志书,以合我向教之心。每每改出一些专业术语的错舛,我心颇悦。翻开初样,上面有很多我校对的红色字体。等到志书出版发行,杨世华会长在一次笔友会上分发,特地为我签名留念。我翻看后记,居然有感谢我的文字,可是原文是这样的:“史祥先生对书中个别文字进行了改正。”词语“个别”,就像一只苍蝇,堵住我的咽喉。呜呼,个别乎?!37 万字,一个暑假,战高温,斗酷暑,牺牲休息,花费那么多心血的精心校对,为什么要强调效果只是“个别”?况且还是完全免费,还是自己花车费屁颠屁颠去茅山拿来文稿,之后又屁颠屁颠送还。哎,我的小心脏,很受伤!

这次好歹在“后记”中还有一个名字,另外一次辛辛苦苦帮忙校对,不仅没有费用、没有“感谢”、没有请吃，甚至还得罪了作者，从此不再来往。我一直不知原因，精心修改、费时费力，何以至此？后有高人点醒，人家已是领导，所谓请你帮忙修改，其实要的是你的夸奖和景仰，你当真去修改校订？傻！呜呼，文人迂腐，信矣！吃一堑，长一智。后来，再有人求我审阅之类，我察其诚意如何，一般也就“好好好，是是是”了。

但是对学生，我是不客气的。学生错别字多，现在帮他们多改正一点，将来他们就会少被别人笑话一点，也不辱没为师我的形象。何况，还有高考这道坎。当初我在县中读高一，年级举行改正错别字竞赛，全校 8 个班级全员参加，我是第二名获得者。我要把往日的荣光传递到我现在的学生身上。校刊《晨光》，往往由我最后总校对两遍，才会印刷，这样就可以几无错误，领导放心，编者安心。

被我批评，学生不会反诘我，至少不会当面反诘我，但是，我的儿子就会。他有时拿了作文来给我看，我习惯性地先圈错别字，把他的热情扫去一半。有时干脆不等我看完，他就悻悻地把本子拽回去，不让我再看了。呵呵，儿兮儿兮奈若何？

无可奈何的不仅是儿子，还有我自己，职业病已经病入膏肓了，病兮病兮奈若何？

（写于 2012 年 4 月 4 日）

水波荡漾的小河，河边郁郁葱葱的芦苇荡，弥漫着粽叶的清香，又一次袭入我的心房。

中考不远，外婆记挂，让妈妈带我下乡包粽子，说“粽”就是“中”，吃了粽子，肯定考中。

一大片芦苇荡里，芦苇们秀着苗条的腰身，在河风里招摇，唱着“沙沙”的小夜曲，把我备考的烦恼消解得无影无踪。清晨的露珠时而从芦叶尖上随风吹落，落在脖子里，清凉一击，让人神清气爽。我迫不及待，抓住芦叶就拽，把芦苇秆子拽得东倒西歪，叶子还不肯下来。最后，叶子破损了，我的手也被锋芒如锯的叶边划破了。外婆在旁边看着我，一直在笑，看我恼怒的样子，一边给我贴上事先预备好的创可贴，一边语重心长地说：“娃娃，做事都要讲究技巧，蛮干是不行的。”她示意给我看，捏住叶子蒂部往下轻轻一压，顺着苇秆重重一拽，又迅速往上一提，一张肥硕、完整、青绿的粽叶，就乖乖地躺在外婆手里了。我学了几次，虽不麻利，却也可以摘叶而不伤手了。

采好粽叶回家，外婆又把粽叶放到开水里烫一烫，说是消消毒，也去掉一些青涩的苦味。外婆包粽子的技巧也是一绝，在我眼花缭乱中，她已包好了一只，形状规整，绿叶滴翠，红线吉祥。我嚷嚷着也要学习，可是叶子不听话，总是扭来扭去，好容易打成了窝，可以装糯米了，可是糯米也不听话，到处跑，处处漏；等我聚拢了米粒，想用筷子捣实，可是外面裹米的叶子又穿帮了，那叫一个狼狈啊！外婆说：“熟能生巧，你做熟了，手就巧了，什么难题都难不住你了。”我连连点头。

今天，看着碗里的粽子，闻着粽叶的清香，我又想到了那次劳动的收获，收获了外婆的话语，是啊，做事讲究技巧，熟能生巧，我肯定也会中

（粽）的。

粽叶，真香。

（写于2012年6月14日）

注：

此篇是某同事约我为其女儿写的中考范文。谁知那年中考，一道语言表达题，竟然正是考粽子的寓意。获悉此事，我自夸神人也，小嘚瑟了一把。

我和英语的爱恨情仇

高中老师的暑假，这次只有短暂的25天。闲居在家，就搞了一下家庭教育，专门教育11岁的儿子。

儿子是个小学生，即将上五年级，英语特别差，在班上考了倒数。他妈妈很着急，勒令我好好地帮儿子搞一搞英语，不要只是一门心思忙着教育教学，不能“肥了别人的田，荒了自家的地”。这次家教，就主攻英语。

进行英语训练，主要就是做讲义，每份讲义前三题都是听力。这卖书的也真绝，不卖听力磁带，只有听力题目，要人工当场读题才行。这可苦惨了我这个汉语老师。有些单词不认识，有些单词读不准，常遭儿子讥讽，“切”“切”声不绝，严重“切”着我的信心，损耗着我这个老师家长的威信。也难怪，我和儿子有代沟，我学过的英语和现在的英语也有了代沟。

我们初一才学习英语，那时不是语言的概念，而是学科的概念，自然淡化听、说、读、写，而讲究练做题目。我有一个小叔，在我读初一前的暑假里教我写字母，学单词。他的字母写得极漂亮，我的兴致很高，仿写得也漂亮，我至今还收存着当时练写的部分材料呢。内容简单，纸张朴素，一些英语单词旁边标记着“弄死”“拜得”“克老克”。我学习兴趣高涨，英语成绩优异，是学校里的尖子生，在比赛中还获过奖的。嘿嘿，乘风破浪，直挂云帆，舍我其谁啊！中考得意地进入当时的县中，摸底考试也在班级前5名，心里那个拽劲啊。

高一班主任，就是英语老师，刚刚毕业，科班出身，水平明显高于初中时的代课老师，我很高兴。高兴？高是高了，却兴不起来！我高兴得太早了，这位老师的水平太高了，真受不了。她讲完几句就来一下“Do you know?”我们马上异口同声“No”，她就重讲一遍。一段时间下来，同学们便“Yes”“No”地产生了分化。再后来，似乎只有我还在“No”了，老师也有些不耐烦了,“No?”我一看,大家齐刷刷都对我望过来,啧,干脆赶紧闭上臭嘴吧。这以后班里的英语学习分化明显,有人越来越兴奋,有人越来越沮丧,我就是后者之一。兴趣既失,成绩自落,像熊市的股票一样,跌到及格线上,长阴不起,怎一个“惨”字了得!一年后换了老师,全县有名的英语老师,他的风趣睿智终不能扶我于已倒了。自暴自弃,破罐子破摔,也不指望好了,从而产生了厌弃和排斥英语的心理。差生有我,差生也不仅仅有我,我们这些差生互为同盟军,也就少了一份愧疚,多了一份坦然。我居然爬进了师专。其时培养师范生意在速成,二年制的大专,头年“开幕式”,次年“闭幕式”,英语设为选修。修你“因格尼稀”个大头鬼,有多远滚多远。总算摆脱了英语的魔咒。

2006年,我心血来潮,参加在职研究生考试,英语必考,没办法,交培训费,硬着头皮听,那种无奈、痛苦、绝望、煎熬,让我深深体会了差生听课的艰辛,让我充分理解了学生上课打瞌睡的苦衷。考试时写作文有字数要求,我把题目所附写的青藏、青藏高原、青藏铁路等几个词语重复又反复,反复又重复,串写进去N遍,再弄N个初级单词在其间苍白无力地黏合一下,简直就是豆腐渣工程。再多努力终虚幻,其他科目均良好过关,唯有大英帝国死死扼住我命运的咽喉。考不上也好,再不用进行“抗英”斗争了。

“快点报听力!”儿子写完英语讲义的笔试部分后,对我嚷起来。我赶紧收回思绪,收拾心情,叽叽呀呀,结结巴巴地“报”起来。英语啊英语,我们之间有太多的爱恨情仇,我什么时候才能对你说“拜拜”呢?

(写于2008年8月4日)

阿婆茶

暑假里去了一趟苏州，住了几天，玩了几处，记忆较多，难以一一记述，唯在周庄待了一天，印象深刻，记忆较为完整。

从同里古镇去周庄，倒也便捷。周庄的牌楼高高地矗立在头顶，挥洒出一种气派，一种气度。我们茅山人习惯称之为牌坊，这里的人们都说牌楼，为了问路方便，我们自然也就说牌楼了，这就是入乡随俗吧。

这次旅行，我们是散客，套用教学散文时的"形散神不散"，我们是"客散兴不散"，没有导游的领跑，没有导游的聒噪，我们或快，或慢，或走，或坐，自由自在，乐得逍遥。累了，河边石板上坐一坐；饿了，风味小吃来一点；渴了，找个茶座喝一口。然而这一坐，这一喝，就留下了此行最美好的记忆。

出门看稀奇。沿河有街，街边有店，店里有桌，桌上有纸，纸上有字，写着：咖啡、可乐，稀奇的是，还写着"阿婆茶"！什么意思啊？就点它，看看是怎样的一个阿婆，怎样的一道茶。店主在河边另支起遮阳伞，下面放了三四张桌，桌旁四张方凳，简洁、清洁。临河观景，看艄公修篷，看阿婆摇橹，随意、惬意。河对面的杏黄旗上飘着一个"茶"字，旗下一个童真的孩子把钓钩垂入河中，钓起无限的乐趣。

阿婆茶

阿婆茶上来了，架势有点像旧时官爷用的青花瓷杯，下有托底，上有盖面，质地细腻、光洁柔和、釉色清亮、惹人怜爱,不觉已生好感。我本粗人,向来是端起茶碗牛饮,现在望着这样的茶具竟有点不知所措。小儿十岁,为我解围,用盖面划动茶水,他说是看电视剧学来的。看来电视剧在传播文化中还有意想不到的效果。我们也看过许多古装剧,最后在到底是向前划还是向后划上产生了分歧,但分歧归分歧,并不影响我们品茶的兴致。

茶水面上漂浮着一层还没有浸透水渍的茶叶,茶叶一颗颗呈团状,不像我们老家做的扁形的旗枪或者手工揉制的蜷曲的碧螺。茶中还散有一些干花儿的配料,杯盖一掀,袅袅的水汽拂面,幽幽的绿色爽目,淡淡的茶香扑鼻,微微的甜味怡舌。啜入热热的茶水,愉悦的享受腾腾而起,每一个毛孔都长舒一口气,叹说"好啊"!

既然没有人催促,我们且自由地喝,自由地看,自由地聊,自由地想,这也许才是旅游的真正境界吧。许是职业关系,我有考究词语的毛病。我个人觉得"旅行社"这个词语比较贴切,以前参加过几次旅行社组织的团队游,每次都是一线游,有时穿梭几个省,N 个景点,回来后对着照片左看右看,自己也弄不清在哪里拍的。导游的顺口溜很精准也很经典:上车睡觉,下车尿尿,到了景点赶紧拍照,回家一问什么都不知道。时间、精力都花在"行"上面了。此次,我们不是旅行,而是旅游,就来细细品味闲散的味道好了。一天就泡在周庄,有的是时间。可以让孩子兴致盎然地、慢慢地在池边喂色彩斑斓的观赏鲤鱼,他看鱼吃食,我看人喂鱼,人知鱼之乐,鱼焉知人之乐。还可以闲坐在古戏台下听一段昆曲,现场感受那腔那调,有种说不出的美妙,难怪导演张艺谋在奥运会开幕式上选用了昆曲。拍照、留念,将图像摄入相机,将声音收存心田。

孩子要求坐坐船,我们一家就坐坐船。游船,供游客游玩之船,正合我们旅游之意。按照鲁迅作品来理解,这里的船应该就是乌篷船了,可是有些塑料遮雨棚布蒙在船顶,少却了一份绵长而厚重的古韵。船上附赠有瓜子、水果、梅子,居然还有"阿婆茶"!撑船的是个 50 岁的女人,可以说是船娘,我觉得还是称阿婆贴切。许是阿婆茶已深深沁入我的记忆。水乡的路,水云铺,进乡出乡一把橹。阿婆头戴斗笠,双手把橹,轻拍水面,水声潺潺,宛如眠歌,舒缓有致,恍惚中把我摇进了《清明上河图》。这时候,吴侬软语的歌声唱起来,"摇啊摇,摇到外婆桥,外婆家里有个小宝宝",声音柔软悠长,甜腻浓酽,就如这里的棒棒糖。50 岁的阿婆竟有这般好嗓子,水乡养育的江南女子就是不一般啊!

陶醉中端起阿婆茶,茶未入口人先醉,茶刚入口人后悔,这船上附赠的阿婆茶全然差矣，败人胃口。有了这份经历，后来在饭店就餐，服务员端上所谓的阿婆茶，也只能将就将就算了，此阿婆非彼阿婆矣。就像锦绣江南，既有大家闺秀，也有小家碧玉，更多的还是布衣女子吧。

后来看到一段文字介绍，才知道这阿婆茶的来历：竟是农妇们闲聚一处，边做针线活，边聊家长里短，面前放一茶碗解渴用，在实践交流中，泡出了她们特有的喝茶之道。既然是农妇，估计所饮之茶也就普通。那么，茶座的制品也绝非阿婆们所能天天享用的了，她们充其量享有冠名权而已，阿婆茶不阿婆啊。

那小桥，阿婆走过；那流水，阿婆舀过；那人家，阿婆住过。

那茶水，阿婆喝过，我也喝过。

走过江南，我将满满一杯阿婆茶灌进心房。

（写于2008年8月26日）

宝华旅思

我是一个中学教师,教语文,文采一般,拼凑过几篇小短文而已。市文联搞了两次笔会,不意竟都点了我的名。此行赴宝华,参访隆昌寺。

沙地寻宝

我们在向导的指引下,寻到一处工地,寻找先民的生活遗迹,这儿在考古上被称为丁沙地文化,以这个村庄的名字冠名。遍地沙石,可谓名副其实。同伴中有高人,竟觅得砍砸器一块,并不显眼的石头,拿上手再看看,竟是斧头的造型,妙绝、妙绝。遥想7000年前,先民用了许多力气磨制了这块石头,然后用这个工具,砍开野兽的肌肉,砸碎野兽的骨骼,将原始社会由旧石器时代砍砸进新石器时代,写下了人类进化的一页。离此处不远,向导带给我们更多惊奇。公路边上因为筑路取土而挖出的深坑,坑岸壁立,还残留着挖土机的爪痕。经向导的指点,我们也看懂了文化层。最下面的还是丁沙地文化,土层赭黄,我们家乡称为生黄土。上下层界线明显,上层发灰,平展地横开去,这一层属湖熟文化层,以南京湖熟的地名冠名。大家从土中抠出几块残陶,还有一块黑陶,可惜绝难找到完整的陶器。有人扔给我一个残陶,尖圆体,尖端向上,像牙,尖端向下,似脚。他告诉我那是像鼎的东西的一个断脚。鼎是神圣的重器,问鼎啊,鼎立啊,鼎力啊,鼎大多是青铜做的吧。可我不敢贸然称之为鼎脚。忽然想起去年参观陕西省博物馆时看到过的介绍,有一个“鬲”的概念,好像读 gé 吧?回校后查字典,才知道我这个歪秀才念错了音,应该读 lì,古代炊具,样子像鼎,足部中空。思及此,我一看那残陶,果然是空的。呵呵,这鬲脚上不知淌滴过多少肥美的羹汤哦。向先人致敬,向先人创造的灿烂文明致敬!

秦淮之源

秦淮水榭花开早，夜泊秦淮近酒家，十里秦淮风流地，桨声灯影夜秦淮。秦淮河名气之大，绝对品牌。句容河在新中国成立之初还是称为秦淮河的，茅山以西，宝华山以南，水流西南行，是为秦淮水系。秦淮河的两个源头，一在句容，一在溧水，如果按照河源惟远的原则，宝华山是当之无愧的秦淮之源。可惜句容属镇江，溧水属南京，自家人好办事，再加上经济挂帅，溧水早就扛起了"秦淮之源"的旅游大旗，捷足先登，声名远播了。宝华山的某处山巅也立了一块巨石，石上刻有"秦淮之源"四字。正面朝北，立意倒也正确。试想，山雨淅沥，汇聚小溪，溪水潺潺，在北山水库这个驿站稍作休息，随后徜徉沟渠，一路欢歌，越过房家坝，走进句容河，看罢赤山遍地的红壤，沐浴了赤山湖的鱼虾，穿闸过埭，最后将秦淮明月揽入怀中，那是何等的惬意！不知同行的辞赋名家"手缺一指"先生是否又有了圣妙的灵感和创作的冲动。

清规戒律

宝华山的深幽处藏有一座1500多年的古寺——护国隆昌寺，如今号称律宗第一名山，有乾隆皇帝亲题的匾额。本次活动的主题为"宝华问禅"。在这里，"禅"只能理解为"佛"的代名词，因为这座古寺属律宗，是天下佛门弟子受戒处，沙弥戒、比丘戒、菩萨戒，严格来说，这里没有禅师，而只有律师——律宗的大师。既为律宗，清规戒律自然就比较多。

感慨于校园课间的喧嚣，感慨于现代学生的跋扈，我对佛门斋堂的印象尤其深刻。千把和尚，高矮胖瘦，齐聚一堂，分坐在长条桌的两边，没有一点走动，先随方丈念经，提醒自己吃的是百家饭，当予珍惜。开饭后，绝对不能有碗筷碰撞之声，不能有咀嚼咂嘴之声。各人饭量不一，未饱者将筷子置于碗上，放一只筷子表示需加半碗，放两只筷子表示需加一碗。也可用筷子在碗中划拉一下，巡堂的和尚会根据这种暗示走过来添饭。能烧制800到1000人饭食的大锅还在，锅深一米光景，铸铁的材质，如今虽然锈迹斑斑，却无声地述说着昔日的辉煌和鼎盛。与此相对，学校食堂则嘈杂拥堵，喧哗笑骂之声震人耳膜，富有中国特色的食客，将一个个饭店大厅吵成一锅粥。怎么说呢，清规戒律多了固然不好，但缺少规矩和教养也不行。我们为什么不能从中得到一些启发呢？

佛门清静

看破红尘，才会出家，才能出家，信念支撑人，信仰支配人。天下名山僧众多，以前弃绝红尘，隐身化外，选地多原始荒芜；如今红尘滚滚，烟尘滚滚，车轮滚滚，滚出沙尘暴，滚出泥石流，滚出太湖蓝藻，滚出臭氧空洞。滚滚红尘，扑向幽谷，扑向古寺，用现代的污浊侵吞、蚕食着这所剩无几的原生态。

文化搭台，经济唱戏，旅游揽客。为了地方经济，出家人不得不开始作秀，改变原来正常的早晚课时间，不再是念叨给自己的心灵听，而是表演给游客的眼睛看，在满足游客的好奇心后，得到大把大把的钞票。很快，他们就被这花花绿绿的纸弄花了眼，开始设法瞄准游客的腰包。俗心一起，信仰渐失，清静之所焉能清静？好在方丈心静大师，心静如水，淡泊自律，不忘自己作为受戒净坛的神圣和庄严，不以追求经济效益为努力方向，自然不会仿效教育产业化而弄出个什么宗教产业化的东西。隆昌寺还是那道小小的山门，还是那道高高的门槛，保住自己的一方净土，保持着佛门清静。回头想来，社会恶俗日生，校园常遭侵凌，学生日益骄横，教师难耐煎熬，我感到深深的悲哀，感到隐隐的担忧。曾几何时，这校园也是一方净土啊！多么希望这最后一块净土能和谐一些，能长久一些。

整个旅程，时间不长，行踪不远，但记忆不少，也多思考，今截取几个片段，凑得一文，以为塞责。

（写于 2008 年 8 月 28 日）

龙山旅思

世纪末，夕阳里，师生融融踏深秋，同游行香之龙山。

名曰山，实乃墩。山不在高，有仙则名。龙山之名非龙也，乃人耳：书法大师颜公真卿者。此公书法独树一帜，浑厚饱满、圆润珠光、刚柔兼济，传世千年而不衰，笔者也曾摹习之。然历代书法大家众矣，何以众人钟爱颜体？君可闻，赵孟頫之书法，也可称上乘之作，然鄙之者亦众，何也？身为汉儒，而为元朝虎狼之君作伥，族人深以为耻，耻其人品，恨屋及乌，故而又深耻其书文。有谁自矜秦桧之后裔？有谁愿称精卫之子孙？

遥想颜公，反对安史，联络故友，曾为盟主，亲率士卒，苦抵逆贼，长达数年，屡有战绩，诚为当时中流砥柱。及至希烈又叛，遂奉旨谈判，身陷贼手，守义凛然，慷慨赴难。思之气节，惊风雨，泣鬼神，感天动地。后来忠直之士，孰不仰之？是以汗青所载，颜公赵氏，一个褒奖有加，一个讥贬有余。临山凭吊，思及当今之中国，承美国政治之压，受日本经济之迫，我等师生，当何以自持？痛定思痛，又当何以为之？愿莘莘学子深思。

山不大，树也不密，众人寻访颜公遗迹，实不可得，只在片砖碎瓦之中，感叹历史风雨之凄凄。杂草灌木，乱枝枯叶，既无落英，也无鸟痕，然笔者并不以为愁——形虽销，魂则永存焉。

（写于1999年12月）

茅山随行记

暑假，当同仁们忙于进城调动之时，我独自带着一份平淡来到了茅山，寻觅一份心田的宁静，感受一份道风的熏浸。

其时，茅山道长们正忙于筹办中国道教文化研讨会，我因道缘给他们打打下手。8月11日，三位台湾道长来访，他们由中国道教协会副会长、中国政协常委张继禹道长介绍，首抵武当，继访茅山。虽二男一女，但道家皆称师兄。省道协副秘书长冯可珠道长将其安排在顶宫招待所，晚上召我同去为客人接风。两男士，一姓林，稍胖；一姓蔡，名一玄，略蓄长发，颇显道韵，为三人之首，年逾四十而未婚。女士姓张，专攻古琴及道医。蔡、张两人清癯健朗，仙骨凌风。张氏架一副小巧的金丝眼镜，平添一份睿智之气。三人皆素食者，不饮酒，不食荤，只品南国风味的椰子汁，举箸提杯，温文尔雅。语言朴实，语气轻柔，语速缓慢，有夺人之质。蔡氏号太清道人，曾耗精费神，收集联络，征得道教文物甚多，于台湾博物馆隆重展出，影响颇巨，遂将参展文物尽摄而成精美画册，分赠各方。席间，一玄道长捡取一本，摩挲其书，介绍其成，其情殷殷，其意切切，亲题扉页，敬赠茅山道院。冯道长因事务繁多，又见本人与三道谈兴浓、相见欢，遂委托我次日悉遵三位之意全程陪同。

山夜难眠，凭栏远眺，茫茫不知远近。几点灯火，依稀闪烁，松涛遥遥，拂面全无，天籁心靖，旷古之幽情油然而生。

次日，晨光熹微，层林渐染，仙气弥漫。钟声苍远，盈谷回响，道乐又起，尽洗心尘。早饭后，三道携我跟随导游，一路摄像，以作道教文化研究之资料。在玉器店，盘桓良久，垂询甚多，与店主切磋交流，探访两岸道器之异，共议合作开发之事。

午后小憩，有车来接，直趋乾元观。山道蜿蜒狭窄，小车盘旋慢行，两侧郁郁葱葱，林荫蔽道，凉爽之气陡生。茅山以分水岭为界，东西分属太湖水系和秦淮水系，在行政区划上东西分属常州的金坛和镇江的句容，乾元观就隐卧在东麓的竹海松林之中。

乾元观是坤道院，属全真派。观主在会客室接待了我们一行四人，道姑遂沏上香茗。但见她们纤纤玉立，束发披袍，神情端庄，举止文静。清茶浸润在杯底，舒展出柔柔的腰身，腾放出盈盈绿意，几丝水汽如雾如烟，袅袅着缥缈而去。绿茶长定性，绿茶养道性，真的。

观主称为住持，姓尹，介绍了乾元观的过往。抗日时期，住持惠心白道长与陈毅元帅唱和对弈，给新四军供粮济药，后遭日寇惨杀，巍峨的仙观也付之一炬。90年代伊始，尹道长单枪匹马，多方奔走，启动了修复工程，亲率弟子清理废墟，垦荒种地，艰苦创业，百废复兴，始有今日之规模，并在积极筹划二期工程。其虔诚与敬业令人肃然起敬，我们却只能以啧啧之叹和苍白的话语表达崇敬之情。

"如听仙乐耳暂明"，白居易曾如是说。其时晚课开始，管弦声声、鼓瑟阵阵、诵吟琅琅、仙乐萦萦。女声清脆，富于磁性。一听静心，二听入神，三听灌顶，如一泉圣水从心头渗入，清洁每一个毛孔，松弛每一根神经，闭目禅定，通体舒泰，百念俱无。这是我听过的最纯净的音乐。而后，台湾三道教我认识了铙、钹、钟、磬、阮等道器。

全真教教规严格，礼仪正统，全年素食，终身不婚。这里的师兄每月津贴一二百元，仅够探亲的盘缠和孝礼，其清苦可见一斑。全观家电仅有一台残废的冰柜。道姑们日日古卷，夜夜青灯，认真修持，刻苦练功，信仰可谓坚贞，意志可谓坚定。台湾道长们与我深有同感。

"蝉噪林逾静，鸟鸣山更幽。"一点不错，暮色沉沉，只能听取蝉声一片。相信"清风半夜鸣蝉"所言不虚，可惜明月未起，难闻别枝惊鹊，想一想，古人把什么都写绝了。

青山环抱，星汉微垂，夜宿寺庙，别有其味。张女士与一度假的南京女记者共宿，我与两位乾道同眠。陋室一间，板桌一张，木床并草席各三，水瓶、面盆数只而已。观里送来蚊香一盘，台湾道人认为此物有毒，弃之不用，我心甚忧，谁知多日无人居住而蚊虫饿毙殆尽，倒得一宿安寝，我心窃喜。

不是抵足而谈，也不是扪虱夜话，却有了近距离交流的机会。我是高中语文教师，特别关心两岸语言文字的异同。他们怀疑简化汉字会断送文化传统，我不以为然，倒认为此乃必由之路，伟大之举。台湾不用汉语拼音，仍沿用国文字母。新生词汇略异，如其名片上的"行动电话"，即是手机。又如美国的“布西”(布什)去了“矽谷”(硅谷)等。话题一广,方知台湾也有不少人仇日,不少人亲美。又云岛上全程直播了申奥实况,北京顺利胜出后,百姓欢呼,鞭炮齐贺,一感中华民族的自尊、自信和自豪。大家都是中国人,都是炎黄子孙,都是龙的传人,这是我与三位台湾道长的共识,我坚信,这也是海峡两岸人民的共识。末了,合影以作纪念,这帧照片堪称全家福。

次日,返抵茅山道院,他们将续访苏州玄妙观。送行时,我们举手长劳劳,别情同依依。

是为记。

(写于2001年11月)

远上茅山石径行

2008年4月中旬,茅山道院和句容市文联组织了一次茅山风笔会,邀得文友十多位,本人也位列其中。

午后的活动是爬山,大家多是茅山的熟客,屡次上得大茅峰,遂共议探访二茅峰、三茅峰。两处宫观废墟沐浴在历史的风雨中已70载,不久之后,市政府将开发茅山旅游,在此重建宫观,因此值得一访。

山峦空旷,杳无人迹,只有我们一干人马,踏山径而行。天阴未雨,拂面有风,气温宜人。大家前呼后应,兴致勃发,笑语多多,睿言连连。

山径就地取材,由山石垒砌,左三盘,右三绕,游走在山林之中。乔木不多,灌木不少,山竹穿针,藤蔓牵线,织得绿茵萋萋。鲜花杂陈,或坐草尖,或卧梢头,引得几只金黄的蜜蜂爬行其上,偶尔悬飞,轻落另一花蕊。石径不宽,宜作单行,时有朽木横卧,枯叶乱铺。山间竹笋,尖而细,却似乃父一样的刚劲坚韧,觅得一粒空隙,便一头钻出来,沐山风,饮仙露。竟有一枝在石阶的水泥缝里顽强挺出身来,高不过一分,俏皮地与我们打着招呼。小笋才露尖尖头,早有游人叹风流。紫色的藤萝,怒放枝头,一嘟噜,一嘟噜,在光秃秃的梢头迎风曼舞,展示着那美丽的紫白色衣裙,把寂寞的风姿呈给浩荡的天地,色泽醒目,幽香袭鼻,令人忍不住嗅闻。驴友中有女性,多爱花草,或束蔷薇,或摘芍药。本人有心采花赠妻,又有些不舍,花可是山野的精灵。踌躇之下,友人鼓励,遂合手闭目,忏拜祷祝,摘取三挂,小心装入衣袋。也有游客发现草际多有菊花脑,青翠滋润,便摘得些许,将这纯天然的绿色食品带回去做汤食用。这些蔬菜定是当初住观道士育养,如今宫观已废,道士作古,唯有斯菜繁茂,迎风招摇,令人唏嘘。

二茅峰残存地基,前后几进,明朗清晰。几方碎础,或坐或卧,无言诉说历史的辉煌和岁月的沧桑。一把扫帚,腐朽散落,几根残存的竹枝纹上了铁丝的锈痕。一副扑克，雨浸风干，日晒雨淋，已经炭化。掰开其中，依稀辨出红桃Q。这位王后虽然沦落于历史的风尘，却依然不失皇家气度，雍容、慈祥。在这里，松下的童子曾挥动竹帚，洒扫庭除，采药的老道乘月荷锄而归，或炼鼎丹，或念经忏，或许还摸玩过这副扑克，捱着寂寞的时光。

二茅峰上的原建筑是德祐观，专祀茅固，曾巍峨一时，惜毁于日寇狼烟。日本多崇佛，又因道士支持新四军抗日而心怀怨愤，便烧了庙宇，逐了道士。离此不远处的乾元观已大致恢复。其老道长惠心白曾经领弟子为新四军传消息，奉医药，捐衣物，献粮食，纳伤员，护义士，最后惨死于日军刺刀之下。他们的鲜血融入祖国的水土，又孕育出了一代代不屈不挠的铮铮铁骨。

旧址北坡处有三汪池沼，一绿一黑一清。绿，是因为浮萍填满了水面；黑，据传是写功德的道士洗笔所致；清，位处上方，可能是道士们洗菜淘米之用。几块细白色的石阶叠砌在池边，不知几多道士俯身撩皱这池仙水，煮熟几锅斋饭。

三茅峰上，满地瓦砾，一片废墟。回想12年前，本人供职于茅山中学。其时教学环境宽松，人文资源丰富，家长淳朴厚道，学生天真无邪，本人风华正茂，曾带领全班，列队山行，跋涉林涧。少男少女们稚嫩的心儿飞扬，清亮的歌儿飘荡。60名学生齐聚，听我描述宫观的辉煌，听我讲述日寇的张狂，听我畅谈未来的激昂。同学们，如今你们各在何方？事业可成？老师想念你们，望你们一如我当初所愿，努力拼搏，报效家国。

政府为开发旅游资源，准备复建宫观，机声鼎沸，獾走雉去，钢筋混凝土结构的仿古建筑拔地而起。文人雅士，多好凭吊，即便是废墟，也能让他们插上想象的翅膀，飞过历史的阴霾，用五彩的语言编织美丽的传奇。

依山径原路折回，口干足倦，少有人语，于是听鸟鸣啾啾，愈发幽远。临阶小坐，静听天籁，大象无形，大音希声。然心音难静，如钟如磬，不绝如缕，遂依其旋律，敲击出以上文字，以志这一次远上茅山石径行。

（写于2008年4月）

云南六日行

2010年暑假,学校组织高三老师去云南双飞一卧六日游。老师们很兴奋,终于在8月上旬结束了旅行。如今坐在家里,依旧顶着高温,在友人的催促下,回首打捞,聊加记叙,偶或议论一二。

电风扇的联想

刚才说到我现在顶着高温码字,那么就从这气温开始说起。我特地又去看了看挂在卫生间的温度计,35度,抬头望望窗外,大楼在炽烈的阳光下闪着刺眼的光,我的视线收回到电脑屏幕上的时候,还在发眩。这可是8月12日,已经立秋几天了,仍然看不到降雨的征兆。由于感冒,我穿了一件大裤头,吹着电风扇呼呼的热风,听着它嘈杂的声音,想起了昆明的一家小吃店。

当时即将踏上返程,我们四个人考虑路途遥远,决定补充一些能量。在花市旁边的一家小吃店,同事夫妇因为吃不惯米线,所以要了炒饭。我想既然来了昆明,就尽可能多吃两次米线,毕竟云南米线名震天下。这家的米线合我们胃口,作料多且偏咸,完全不同于这几天淡而无味的整体印象,几天下来,盐分不足。为了调味,有些老师自带的榨菜特别受欢迎。由于时间紧,新出锅的米线比较烫,我大口喝起了汤,汤下肚,汗来了。我问老板怎么没有空调,至少也要有电扇吧?老板是一位热情快语的中年妇女,她说,昆明一年之中最热的时候就是现在了,根本没人在家里装空调,电扇也基本用不上。店里还有几位当地顾客也笑着附和。老板接着说,即使是冬天,也只需要一件羊毛衫而已,不会冷。昆明,就是春城啊。想来好笑,我所在的乡镇就叫春城,现在并给茅山镇了,可是我一点也找不到春的感觉。翻开衣橱,春夏秋冬,各色衣服让人头疼,年年要换,连鞋子袜子也要好几种,丝袜、棉袜，单鞋、凉鞋、拖鞋、棉鞋，一年才能对付过去。你要是翻翻自家的橱柜抽屉，没准就有往年积累下来的衣物，扔之可惜，不扔又占地方。冬天收电风扇用取暖器，夏天又要收取暖器用电风扇，年年这样折腾。女老板告诉我们，有一些台湾来的老板就在昆明买房养老。我心里一动，台湾老板条件好，可以买房养老，等我退休了，我来租房长住养老总可以吧？凡事要有创意啊！我自鸣得意没两天，就被另外一个老师的想法震惊了。他说，退休后，在一个地方住两月，慢慢欣赏风景，而不是由导游牵着跑，然后再换一个地方，继续欣赏。高人！我服了。

导游牵着跑

我曾经在文章《阿婆茶》里说过，旅行社就是牵着旅客的手匆匆地行走。游玩是副业，行走是主题，购物是主旨。全陪导游到了昆明，业务就被接管，昆明地导上车来，自称阿刘。他用鲜花迎客，每人都得到一支玫瑰花，我们好激动，颇受礼遇啊！后来才知道，在当地，玫瑰花才几毛钱一支！晕。我们这边三五元一支，情人节十元一支哎！大家怀了玫瑰心情，在机场附近的皇廷饭店草草吃了一些，即赶往目的地楚雄。晚上 9 点多才到，正好是火把节前夜，已经比较热闹。我们听从导游的忠告，怀着戒心，不敢多玩，早早回房休息了。第二天一早上路，又经过几个小时车程，到了大理。阿刘带我们去看了苍山洱海之间的崇圣寺三塔，规定 40 分钟后集合。下午赶往丽江，一路上景致很美，蓝天、白云、高山、平地，平地里长满了烟草，一眼便能看到苏烟、芙蓉王的优质烟草基地的巨大广告牌。此时，阿刘下了车，新来了一位丽江当地的导游。后来我才知道，行政区划划分的不仅仅是行政，连导游也是有各自服务范围的。我感觉丽江的那个干瘦的女导游还比较热情，不是太功利，我会在下文详细介绍她。在外旅行，跑的地方多，记忆往往有点乱。这次丽江、玉龙雪山、丽江古城各一日游，然后从丽江坐火车到昆明，这就是那所谓的“一卧”，而阿刘也卧回到我们团队里。

阿刘安排我们去石林，在车上介绍得神乎其神。说是石多、人多、路多，让我们跟紧了。到了石林，我们总是被导游落在后面。我总结了一下，看景不走路，走路不看景。我们游客是看景不走路，导游是走路不看景，所以我们总是落在后面。然而，阿刘的两次叮嘱改变了我的看法。在石林的第一个摄影点，他说给大家 5 分钟时间拍照。可是接近 40 人的团队，5 分钟哪里够用？由于大家恪守时间观念，只好拍完匆匆跟上。来到第二个景点，他宣布逗留15分钟，宣布完毕，自己又往下一个景点走了。我想，虽然我们不是牛，可是却像牛一样被人牵着走，牵我们这些牛的，正是导游阿刘。导游牵着跑的目的，是节省时间，可是节省时间干什么呢？

导 购

按照行程，地导会安排三次购物，七彩云南、花市除外。第一站，是大理的张家花园。作为语文老师，感觉真的要向导游学习，洗脑没商量，润你细无声。阿刘先介绍大理的特产，最后隆重推出白银，强调白银的种种功能，强调大理白银的品质。铺垫结束，开始观赏张家花园，看歌舞演出，品三道茶。再转转，很大的白银市场就横在眼前了。有了前面的铺垫，大家就有了知识储备，看到白银都分外亲切，于是：买！20元1克，贵不贵呢？众买之下，无人考虑了。

第二站，是上文提到的那个干瘦的丽江导游，她向我们推销的是螺旋藻。天然螺旋藻，全世界只有这里最好。云南导游前后六次以少数民族尊敬老人的风俗和礼节来教导我们要孝顺老人。树欲静而风不止，子欲养而亲不待，演绎教育得很成功。我们感慨汉族人已经鲜少有他们的孝道，感叹优秀传统的渐失。后来，发现导游每次布道之后，都是提醒大家要带什么东西回家，作为孝顺的礼物给自家老人。次数多了，我也就预先明白了布道的玄机。

第三站，是个庞然大物。说它大，有几个方面。首先是规模大，号称是东南亚乃至全世界最大的玉石城——滇缅玉石城。咱中国人就喜欢玩“世界第一”的噱头，弄个第一的名头心里舒坦。世界上玉石文化最发达的就是东方，玉石文化的代表就是中国，我们说它是世界最大，它想谦虚一下都不行。其次是品种多，小的如玉坠，大的如观音、弥勒等坐像，造型繁多，眼花缭乱。因为我不是专业人员，无法归类，只有一句话：开开眼。最后也是最重要的，价格高。几百元是起步价，几千元是普通价，几万元是身份价，几十万是仰天长叹价，几百万是顿足喷血价。不过店面的布置还是很人性化的，进门就是起步价，再就是普通价，客人流连之下，选上一二，并不失落。我们几个人没有选购计划，遂一径往里，观赏精品区。有一观音，体量高大，面目慈祥，注视着我们这些小民，我被其座前商标吸引，标价660万！看来，祈请菩萨保佑，也需要实力啊！在一个不起眼的展橱里，我们全部停住了脚步，照相机呼呼地拍着，但效果都不好，因为有灯光的照耀。我们只好在开眼之后自我安慰，咱们养养眼吧。这个展橱里的标价最低的也是几十万，218万，241万，465万，660万，平了前面的记录！哇，最高的是680万！由成人的拇指和食指指尖相接构成的这么大面积的一块绿色心形玉璧,竟标价680万！我不知道这是不是最后的出售价,因为不曾看到有人还价。只见那玉璧绿色均匀,通体剔透,雕工精美,形体寓意,令人叹为观止。看到这款绿色心形玉璧,想到烈日下吃上一支“绿色心情”,那可真是过上了绿色生活。去往不同的购物场所,导游的行头也会随之改变,阿刘在去银店之前手腕上是银镯子,去玉器店之前是玉镯子、玛瑙手链。作文教学说,材料要为中心服务,阿刘不教作文,但精神领会得倒不错。导游让我们每人都挂上统一发放的胸牌,便把我们投放到玉石城里,时间是100分钟。阿刘服务热情,亲自陪同参谋选购。眼见集合时间已到,就是不见导游踪影,原来是去结算回扣返利了。景点处要大力节约时间,购物处要大力投入时间！这就是导游的苦衷。

苦　衷

说了不少导游的坏话、损话,再来听听导游的苦衷。阿刘供职于昆明一家旅行社,他们的行规是有职无薪,即单位有岗位,个人无底薪,全靠接团之后个人提成。人,不是凭着清高就能活下去的。不仅仅要自保,还要养家糊口。既要小心翼翼接团防止游客投诉,又要尽量激发团队最大的购物欲望,难啊！听他说,昆明百姓感谢这一届领导班子,因为三件事。第一是整治好了滇池,关停并迁了几十家污染滇池水质的工厂。第二是改善了交通,城中高架拔地而起,拥堵现象大大缓解,地铁也在施工之中。第三是把旅游大省打造成旅游强省,追求规范管理。这里顺便讲几句题外话。当初我们市搞新世纪广场时,大家怨声载道,我也抱怨过,因为造这个广场扣了200元工资,广场于我何益也？后来广场建好了,暑假带孩子去消暑、溜旱冰,春天去踏青、放风筝,再看看城市主干道的交通流量、城市架构,尤其近来华阳南路直接南门转盘,回首当初拆迁建新村的难度、魄力,很有感慨。当初,我认识的一个离休老干部,抱怨指责现任领导瞎搞:这么好端端的建新村就拆了,那么多楼房就拆了！他老伴就顶了他一句,你们那么好,那么敬业,一下乡就卷裤脚下田帮老百姓栽秧,最后还是家家挨饿,现在还要求干部像你们那样骑自行车下乡,怎么可能呢？许多事情,只有时过境迁,再来客观理性地评价,也许更有说服力。记得句容东门改造时,原计划路宽40米,结果迫于压力,压缩为28米,如今,东门成为城市发展的瓶颈,已是不争的事实。因此,我想,功过是非很难评价,所谓“盖棺定论”,很多事须让历史做出较为公正的评价。

导游没有底薪,这不是好的制度。前段时间,香港、澳门的导游宰客、欺客,其实都是薪酬制度惹的祸。阿刘说购物返点百分之三,恳求我们把小票给他结账回扣。我猜想,作为一个三十几岁的大男人,跟大家低声下气地商量、恳求,是多么伤自尊的事情。我又想,如果是我,我开得了口吗?开不了口又怎么办呢?

花!花!

我没有出过国,没有搞过经济,没有研究过心理,只是凭直觉,我觉得中国目前的自由市场就是一个字:乱。市场本就有自由交易的含义,再加一个“自由”,就不得了了。曾经去过黄山,被推荐过黄山名茶毛峰,老师们品茗的时候感觉不错,纷纷出手,回家一泡,淡而无味,后被告知,这是口水茶,就是喝过的茶叶晒干了再卖。所以大家的结论是:路边的野花你不要采啊不要采,景区的东西你不要买啊不要买。云南之行,修正了大家的刻板印象。前五天,我都觉得市场是规范的,购物是愉快的,既然是愉快的,购物也就放心了,放心了也就放松了。最后一站,花市。一走进干花市场,眼就花了。昆明号称花都,花都就是花卉的都市,名不虚传啊,这支秃笔无以形容花之多、花之艳、花之奇。甚至是花籽的外壳,也能做成各种工艺品,琳琅满目、美不胜收,就一个字:醉——陶醉在花海中。鲜花市场,奇香扑鼻,疑似不在人间。大家释放出了最后的购买力,潇洒香一会儿。摊贩们纷纷推荐,大家为花价之低眉开眼笑,用我们句容的价格来衡量,真是太值了,买吧,打包,托运!摊贩们还介绍说这种是干花,价格贵;那种是半干花,便宜点,回家喷点水,慢慢开,可以香几个月的。有同事问干花花秆上怎么还有水?摊贩拍着胸脯说不碍事。送人玫瑰,手留余香。呵呵,我就买香水百合,老婆喜欢嘛。飞机上是香味四溢啊!

回家后,我特别交代老婆,不要轻易给花浇水,否则会提前开败的。结果才两天,我的花儿都蔫了。后来才知道,鲜花就是鲜花,干花就是干花,根本没有半干花。自由市场的摊贩们炮制概念,在最后一站忽悠游客,用我们的方言来说,就是他们的嘴特别能“花”!也许鲜花市场是这次旅行的败笔,我们乘兴而去,却败兴而归。

读万卷书,行万里路,出去走走,才有收获,无论是经验,还是教训,都是难得的阅历和宝贵的财富。

(写于2010年10月)

第3辑
师生・课堂

五·二〇，老师

最近，和我联系的学生甚多，主要是句容三中2010年毕业的孩子。扮相很萌的王梦云和包维阳请我去过她们从教的崇明幼儿园，中午请我吃了饭；白手起家、身价百万的23岁的戴吉，请我在农庄品茗；后白幼儿园的黄心雨老师，随我跑去春城参加桑果节，观赏美景，放飞心情；正在当兵的周斌，今天上午告诉我，他将要顺路句容，约了几个同学，请我聚聚。

我在三中已经十多年了，就他们那届情感最为深厚，名气最为响亮。2007年的高一(3)班，跑步整齐、班级文明，留下了很多珍贵的视频材料。上个月，鲁晶、王晓、王梦轩、何健、朱蕾五人请我吃了火锅，其时我还因伤吊挂着右胳膊，左手抓筷子，很不方便。虽然鲁晶和我中间隔着一个人，却屡屡站起来主动给我夹了很多菜，在此，对她的细心体贴点个赞。那个班，在文理分班之际，全体合影、聚餐，最后视频刻盘，珍藏青春岁月。高二(23)班，我也是倾情投入，黄心雨、周斌、包维阳都在。那也是我教学生涯中很辛苦的时候，两个文科班的语文，23班的班主任，语文备课组组长。那时开始编写教学案，印制大量的课外读物，讲义上每每有我的签名，三年下来，好多学生都熟悉了我的名字。可惜，小高考后，学校拆分了我的班级，免了我的班主任，让我和学生们痛苦不堪，此事我一直耿耿于怀。详情已经另外成文，本文不叙。

那一届，我所教的两个班成绩还行，就留下来又教了一届高三，做了高三(15)班的班主任，也是我最后一年做班主任。王琪、赵钟鸣、戴梦、徐璇、姚润等人，和我交流频繁，每个人都有一些故事，将来我会按人头把他们一一写出。

以上都是铺叙，这里想单独说说陈蕴苗同学。

她本不是我的学生，今年年后，她主动加我好友，说了自己的名字及事情，我才想起来。原来当初我们几个语文老师编辑校刊《晨光》，我负责组稿，便打听每个班级的才子、才女，亲自向他们约稿，小陈就是其一。她在重点班，由方应香老师执教语文。她们班上有两个才女，我经常邀请她们写随笔，单独为其批阅，表明欣赏，提出建议。小陈说，这之后，就一直记得我，感谢我。可是我早已忘记。正如前文所言的戴吉，在高二他最为灰暗的日子里，所有老师中唯有我没有放弃他，语重心长地开导他，让他终生感激铭记，其实我也早已忘记了那番谈话。春天，陈蕴苗带着男友到学校玩，顺便来看我，给我带了杯奶茶，说是表达一点心意，再请我帮忙审查一下她的男朋友。小陈长相甜美，活泼开朗，脸上总是挂着笑。我就端着奶茶，和热恋中的他俩聊聊天，引得同事们很是羡慕。后来，她成了我空间的常客。今晚，有 QQ 头像闪动，原来又是她，这次是向我打听她当年恩师方应香的联系方式。我觉得她情商很高，懂得感恩，懂得爱，忽然想到明天是 5 月 20 日，一个表达爱的日子。受到她的触动，我忽然就有了码字的冲动。当初，我从走廊走过，其他班的学生，分列在路两侧，微笑着跟我打招呼，甚至有调皮的学生向我行少先队队礼，我也是微笑着不断点头通过他们的夹道欢迎，很有点阅兵的自豪感。

前几天，在省句容中学，我遇到当年我的高补班数学老师张汉卫老师，和他聊到现在教学中人文、个性和分数的问题，提到了我的恩师张才光先生。张老师的人品、学问，均有口皆碑，我的回忆文章也曾重点写到他。虽然他体弱多病，退休不久就作了古，但其个人魅力依旧闪闪发光。他有一个在新华社任记者的学生唐靖宇，主持着把张老师的遗稿整理出书的工作。张老师的孙子，正在三中读高二。朱茜、唐云霞老师先后教过他，我也专门去找过，了解情况，即使我从未与这位孩子直接见过面，也请她们转达我对这孩子的关注和勉励。张汉卫老师告诉我，当年张才光老师在后白中学教书，学生的考试成绩往往都是排在后面的。

这，与我现在的境遇很像，非常像。我就处在这种尴尬的选择中，于学校考核要求，我当幡然改悔，痛改前非；于学生一生发展，我当一如既往。

今晚，陈蕴苗，一个我不曾教过的青年大学生，用她的行动，配合着作古的张老师，告诉我：分数成绩，定格在学校简单的考核表格上；人文关怀，镌刻在学生漫长的人生履历上。

小陈又给我留了言：520，老师。

（写于 2014 年 5 月 19 日）

表彰

开学了，学校今天召开表彰会。从昨天开始，通知已经发了三遍。

上午，有同事从图书室帮我拿来邮件，其中一份是成帅寄来的贺卡。我前面的文章曾经提到过这个学生，2002级的，正是通过参加他的婚礼，我才又把一群学生聚拢到跟前。他在贺卡中说，感谢我，我是对他影响最大的老师。这话，我信。每年几个节日，他都会短信来贺，一直还记得我的教育，短信后都会署名以示尊重，而且不在意我是否回复。我一般很少回复的，不是懒，而是人数太多，回复的工作量太大。比如，今年过年收了100多条短信，内容大多重复雷同，所以基本上没有回复。借此，向那些发信给我的学生们打个招呼。说到成帅，还有一件事我记得很清楚。2005年，他高中毕业，暑假来看我，拎了一瓶长城红葡萄酒，2003年出品的。我觉得奇怪，我只教了他高一一年，而且不是他的班主任，高中都毕业了，还记得我？还带了一瓶酒？他说，自己手里的钱只够买一瓶酒。我一向不赞成学生时代花钱给老师买较贵的礼物，因为学生的钱也是父母给的。这瓶酒，我一直精心收藏着，跟着我搬过两次家。这次寒假，有老同事来吃饭，他们不多喝酒，我就拿出了这瓶红酒来招待，叙述了它的来历，感慨了时光飞逝，十年，也就弹指一挥间。

贺卡摊在桌上，现在的学生章芸和刘娟到办公室来倒开水，看着真情的文字，听我说到成帅的事情，羡慕他考上公务员的能力，感叹他多年来对我的情意。

下午开会，照例是领导热情讲话，宣读表彰名单，发放“荣誉证书”，合影留念，渲染得隆重而热烈。我躲在下面，和部分老师一样，专心于手机QQ，我写下了一段说说：我校开学表彰会隆重召开了，呵呵，本人十年来什么都没有得到过，连小红花都没有，极品啊，表示佩服自己的淡定。

热闹是他们的，我什么也没有，我只有玩 QQ。就在会议快结束的时候，QQ 显示，有个叫严秀的，2007 级的，说来看我，正逢我们开会，她要赶回家，次日就要回武汉上学去了，所以就不等我了。

散了会，我走到门卫处，被叫住，说有学生留了礼物，我接过来一看，是两瓶 52 度茅台酒。茅台的价格，一向不低。我赶紧上 QQ 问严秀，她说是她送的。我的心飞扬起来，回话过去说，有心来看我就好了，完全不必买这么贵的东西，让我心里增加了负担。

我的脑子里，马上回忆起她的情况来。父亲入赘，生了两个女儿之后，离家出走再不回来，母亲外出打工很少回来，姐姐辍学自谋出路，只有她跟着年迈的爷爷奶奶（即外公外婆）相依为命。两个老人已经 60 多岁了，爷爷身体还不好，我见过的。那时她虽是统招生，可是每学期 850 元的学费对她家而言，也是沉重的负担，就靠家里一点农业收入维持，比如卖点芝麻、稻谷之类。我知道情况后，深表同情，因为我也曾经从苦难贫寒中走过，而且在贫寒中孕育了浓重的自卑，多年才散。我去找校长，那时的方校长还比较大方，但是我提出的免除全部费用让他为难，我苦苦求情了一会，他咂着嘴签了字，同意全部减免，给了我很大的面子，也给予她很大的帮助。几百元，于我们也许就是一顿饭，于她，就是前途，是感恩。后来，作为班主任，我还设法帮她免掉了讲义费等。班主任啊，心肠尽量软一点吧，你的关爱，也许就是在培养社会的正能量；你的冷漠，可能就是在毁灭一个善良的心灵。然而，她还是常常吃不上什么好的饭食，经常吃家里带来的腌菜。我和班上的团支书陈艳协商，每月每人收取特殊团费两元，我再掏 20 元，凑在一起资助她。为了保护她的自尊心，我叫陈艳既给班上同学证明此事属实，也发誓暂时保密受助人的名字。人，在贫困中，自尊心特别敏感和脆弱。学校领导安排我上了一节班会公开课，我的学生们上台演讲优秀班级带给自己的成长和进步。她含着眼泪叙述了自己的事情，打动了很多人，也给其他人很深刻的教育。政教主任蒋龙贵带着 20 多个班主任坐在后面听课，发现了这一事情的价值，当即指示张志成老师拍下视频备用。张老师和我私交不错，先后为我班拍过班会、齐跑、合影、聚餐的好几段视频，后来还帮我刻盘分发给了学生，作为青春的记忆。再后来分班，严秀的新班主任是张云老师，我的好兄弟，也是一个热爱学生的优秀老师，我请他务必接力帮助她。严秀就这样在温暖中走过了高中时光，顺利考上了大学，给家庭迎来了希望的曙光。她后来通过 QQ 一直和我保持着联系。

如今，严秀大学还没有毕业，利用寒假打工，好容易挣了一点辛苦费，竟花钱买酒送我，我有点过意不去，跟她说给我增加了负担。她听了，难过起来，心里敏感的自卑被掀起了一个角落。我解释说，你现在挣钱不容易，应该多孝顺爷爷奶奶，他们年纪大了，等不起。

晚上，我对儿子说，这就是懂得感恩，希望你将来也能这样。

今天，学校表彰会，没有我的名字，没有我的奖状，但是，我有收获，收获了情义和温暖。

情义无价，这是对我最好的表彰。

（写于2013年2月22日）

大池

大池，是我在茅山中学教的一个男生，比我小11岁，高挑帅气、开朗阳光、学习轻松、成绩优秀、人缘很好，还是我组织的“茅竹文社”的主力，曾跟着我到镇江参加过“增华阁”作文竞赛，也曾把作文发表在镇江教研室编录的《作文之窗》上。他体育也好，爱好球类，还是升旗手，汉字也写得飘逸洒脱。上帝将优秀都堆积在他身上，让别人不服不行。

上学期间，大池每日骑自行车，从南窑村附近的一条山路穿行。小路逼仄，几乎只容一人行。两边竹木茂盛，郁郁葱葱，也阴森森的。一人上学，没有同伴，都是快速骑行，不敢耽搁、不敢张望。听他说，曾经听过狼嚎，吓得他骑行如飞。

随着时间推移，我和他熟悉起来，对他家情况也有所了解。茅山的顶峰是分水岭，西边的水，向西流进秦淮河；东边的水，向东流进太湖。句容金坛以分水岭为界，其东的茅麓林场在薛埠，属于金坛；其西的东进林场在茅山，属于句容。他这个金坛籍的孩子跑到句容来上学，在今天会觉得有点奇怪，但那就是事实。我多次以老师的身份去过刘家，按说应该算是家访。其实，我和大池名曰师生，实则情深似兄弟。刘父在一家化工厂任厂长，工厂生产包括炸药在内的一些化工产品，坐落在林场的一个山谷之间。那时候，计划经济的摊子还比较大，这家工厂的日子过得还比较滋润。刘家分有套房，还是三居室。大池的大哥已经搬出去居住，两个姐姐住一个屋。之前，我曾怀过一种想法，去看看大池的姐姐长啥样。真正家访之后，我就收起了这个不切实际的想法，因为我的自卑又一次滋长起来。我记得和他的小姐姐争论过“睡觉之前应该是先洗手还是先洗脚”，我的做法是手脚、手脚，先手后脚，她笑着说，那么等到用手帮忙搓完揩干，手不是又脏了么？我现在早已记不得她的面貌，却特别记得她反诘得胜后的洋洋自得。算了吧，我还是和大池玩玩得了吧。大池的爱好很广泛,我能和他契合的是下象棋,在他房间下棋,直到下半夜,那时我的棋力还超过他,所以我也乐此不疲,而他则屡败屡战,表现出不服输的劲头。

最吸引我去大池家的,是能够跟他一道去厂里的浴室洗澡。出了生活区,进入厂区时,大池会热情客气地和门卫打招呼,门卫就点点头放我们进去了。浴室是一间阔大的房子,几乎没有窗户,很暗,墙壁两边一溜儿的喷头,像向日葵一样垂着龙头,可不是莲蓬头!一旋闸门,飞流直下,水流如注,直直地砸下来,有点疼。大池会帮我调好水的冷热度,这个时候,他会显出主人的样子来,动作很老练。我一个冬天会去好几次,他爸爸也没嫌弃,大概是把我当成了他幺儿比较可靠的玩伴。

初三,大池转学去了华罗庚中学,我们终止了密林小路的笑声和欢愉。等到他上了大学,才有书信往来,也不很多。

再次见到他,是在2008年暑假。我们一家三口去苏州玩,他执意要接待我们,盛情难却,由他接站。其时他已经27岁,开着私家车把我们一直拉到他自己的房子里安顿下来。他带着怀孕的老婆去住了娘家,把带阁楼的套房腾出来给我们住。我们觉得过意不去,又拗不过他的盛情,只好接受安排。

第二天,他开车把我们送到同里,约好下午还在这里接我们,他自去上班了。第三天,又把我们送去周庄。他的接待让我们心情愉快,在周庄,我们慢慢走,慢慢游,甚至坐下来喝上一阵子阿婆茶,感受了不一样的悠闲,这是以前跟着旅行社所达不到的效果。那个暑假,我写下了《阿婆茶》,受到好评。这是我多年沉寂之后的一次标志性的作品,从此,我的文章有了全新的开始。我觉得,这次游玩之乐,与大池全力提供的接待有很大关系。

转眼三年之后,我们几个语文老师受命去苏州接受培训,我在QQ上发了“说说”,散布在苏州的学生跟我联系,要请我吃饭。因为时间短暂,我对他们说,整合在一起吃饭吧,安排两顿,女生跟着吃,男生里面师哥接风、师弟送行。这个师哥,就是大池;那个师弟,就是谭月明,以后的文章会写到他。同事们受我邀请,同去赴宴之后,感慨我和那么多学生还保持着联系,保持着友谊,很难得。大池,让我长了脸面。

这个暑假,大池又打来电话,邀我再游苏州,我欣然允诺。只是气温奇高,一时无法成行。不管如何,我的心情是愉悦的。

大池,我永远的大池,多年师生成兄弟。

(写于2013年8月15日)

带着孩子们卖菜

早上去菜场，看到一个老太，正在卖自家种的蔬菜，我走过去，称了豇豆和茄子，和她打了招呼："前两天有学生帮你卖过菜的吧？""哦，你是那个老师啊？"我点点头，笑意袭上嘴角。她也笑了。这也就是前两天的事儿。

今年暑假，我的孩子将升初三了，我亲友家的孩子也在这个年龄段上，他们把孩子送来，托我开教。我的要求很简单，"一切按照我的方案执行"，否则"回去"。我的方案就是以社会实践带动写作，感受生活，增加阅历，丰富素材，写出自己独有的文章。我带着这几个孩子，卖报纸，勤吆喝；去教堂，听讲经；访车夫，察容颜；逛公园，悟历史；参观农科所的实验室，看各种仪器，看瓶瓶罐罐。作为所有活动的终点，就是组织他们到菜场卖菜。

所谓卖菜，准确说来，就是主动联系年纪大的菜农，帮其吆喝，推销蔬菜，借以锻炼自己。这次活动，我是下了很大决心的，毕竟气温高，孩子娇。

集合完毕，我改变了预计方案，降低了难度。原先打算让他们独自联系自我推销的，后来考虑到可能压力太大，改为两人一个小组执行任务，让他们互相有个依靠，心理上踏实一些。我一挥手，大家分头去找。

我抓着相机，开始抓拍，考察他们的活动情况。两个女生甲、乙，都是高一年级，年龄大，长得清甜，嘴巴也甜，比较老练，很快被一个慈祥的老爷爷接纳了。两个初三男生A、B，躲在人群的背后，倚靠着三摩的车厢，为一个卖主剥玉米，且说且笑，被我叫停，重新自找对象，必须要直接面对买主交流，锻炼自己。两个初二男生D、E，毕竟还小，无法推销自己，我遂上去和摊主交流，发烟招呼，说明情况，还好，他接收了下来。初三男生C迟到，被我批评了一番，后来才知道，他被我电话吵醒，空着肚子，匆匆赶来，虽是单干，却也顺利地自己找到位置，蹲下来陪摊主吆喝。

D、E两个最小，稚气最足，一个像在念经，口齿不清，拖腔怪调："快来买啊快来看，番茄又大又圆，丝瓜又粗又长。”另一个孩子则无可奈何地挠头，挠着被太阳晒得发烫的头皮，眼巴巴地望着来往的顾客，希冀买菜的阿姨能停下脚步，问一问价格。

C 同学来得迟，喊得凶，额头上的汗珠渗出，一颗一颗，亮晶晶的，在阳光的热情下，闯过眼镜的防区，滑过脸庞，坠落，洇进 T 恤，黄色布料上湿出一片暗渍。青绿的菜瓜，泛着滋润的水灵，应和着他的胳膊，粗壮的胳膊呈赭色，斜斜地前伸，俨然另一种壮硕的瓜果。

A、B 的摊主是一个头大、腰圆、脖子短的黑大汉，暗花花的劣质短袖衬衣，一口气松着四颗纽扣，只有最后一颗把守着国门，露出一大片古铜色的胸膛，几根黑黑的胸毛或匍匐，或前探；中裤圈出一道明显的腰围；深蓝色拖鞋满是灰尘，隔着粗黑的腿毛，遥望着膝盖之上的裤边，咏唱着疲惫的歌。A 同学专门卖红亮的番茄，B 同学专卖长着青毫的豆荚，都在回答顾客的询问，总有几个中年女顾客嘴里叨唠着“太贵了”，A、B 愣愣地无以应答，显示出初入江湖的青涩。终于，有顾客买了番茄，摊主指挥着，让 A 收钱，在钱罐里找钱，对他们很放心，不多看一眼。看到他们的合作，我心里很愉快。等我再转一圈回来，摊主正买了西瓜，草草切了几刀，回到摊位，沿着刀痕，抠下瓜片，塞给 A、B，他们不知所措，我高声喊道：“拿着，说谢谢！”摊主对我望望，露出憨憨的笑容，一口牙齿，洁白、整齐，我猛然想到了非洲人，想到了混血的奥巴马。

甲、乙两人，毕竟是女生，戴着长檐帽，把阳光挡住，把青涩遮住，笼住齐耳短发，遇到顾客询问，蹲着的她们略扬起脸，眼睛在帽子的阴影里闪烁，小嘴里蹦出清脆的词句。一胖，一瘦，都是圆领短袖，一蓝，一白，把一大截胳膊扔在外面，送到阳光下炙晒，胳膊架在膝盖上，膝盖以上好远，是超短裤的褶边。她们蹲立的姿势，把大腿和小腿，摆出一个倒 V 型，皮肤白嫩，把篮筐里的茄子羞得更黑亮了。女生甲已经转投了右边的摊主，50 多岁的妇女，草帽盖头，短袖长裤，褪色发白的解放鞋干净而整洁，鞋带系得紧紧的，很起脚。摊主得空，就和女生甲聊聊，女生甲则一边应答，一边剥着毛豆，一颗一颗，用大拇指的指甲沿着缝隙抠开豆荚，拈出豆米，顺势滑扔到地上的小搪瓷盆里，形成一道短短的抛物线。

女生乙最忙了，她的摊主就是前文所说的老爷爷，70 多岁了，头小身瘦腰更细，宛如葵花杆子，皮肤松松的，对一根根骨头的轮廓，毫无遮挡掩饰的兴趣。大草帽黑不溜秋，在身上投出一圈阴影，收去了老脸、脖子、肩膀。他身穿橙色短袖，颜色鲜艳，成色半新，前胸印着英文字母，很时髦、很夸张地飞舞在一个青春的图案上方，十有八九，是他孙子淘汰的衣服。他把胖胖的女生乙当作了孙女，呵呵笑着，教她认秤，数秤上的花，再有顾客过来买南瓜丝，他就让女生乙去称。她笨拙地右手提秤，左手赶砣，把一架秤弄得歪歪扭扭，秤杆的梢头时而怦然翘起，时而轰然下垂，秤砣跟着翻滚，弄得她很狼狈，很着急。老爷爷则在一旁抽烟，默笑，时而讲讲，做些提示和指导。他教她如何抠去南瓜瓤子，她的手上抠得黏黏的，这不是在做面膜，而是在做手膜了。他不让她使用刨子刨南瓜丝，我觉得奇怪，问他，回答我说："孩子不熟悉，把握不好，会伤手的。"

我是下了很大的决心，才把他们全部拉上去卖菜的，阳光毒辣，我心甚忧，温室里长大的孩子，哪里经得起这种日头？摊主们也纷纷说，会晒塌皮的。于是我吹响了集结号，并让他们向各自的摊主致谢，道别。

女生乙问我哪有净水可以洗手，我说这儿没有。对面一个老奶奶招招手，说她那儿有。老奶奶拿出一只小号的塑料瓶，还贴着娃哈哈的商标，瓶里装着水，比较透明，大约还剩四分之一。老奶奶轻轻地倾斜了瓶身，清水细细流出，女生承水洗手，正要抠去手上最后的黏渍，洗个痛快，忽见停了水，抬头望望，似乎祈求再来一点。老奶奶已经仰起脖子，右手握着瓶身，将瓶底的一点清水倾入喉咙。我大为感动，朗声说："快说谢谢！奶奶是把自己喝的水省出来给你洗手的啊！快说谢谢！"伴着孩子的感谢声，我的眼睛有些湿润。多好的人啊！感谢你们，给孩子们上了一节生动的人生、人性、人情课。现在的独生子女，多么需要这样的课程啊！

集合起来，大家畅谈自己的收获，每个人都说着自己的体会。最后，女生甲打开她的拎袋，给我看一样东西，袋中赫然躺着3个茄子！她说是临别时卖菜的奶奶送的。那仅仅是茄子么？真的，我实在无法用词语来形容我的感动。作业布置下去，以"卖菜"为题写篇作文，以此让他们重温一下这特殊的一节课。

今天，我又来买菜了，特地找到那位老奶奶，特意买了她的蔬菜。临走，我对她笑笑，她也对我笑笑。我说："走了。"她说："走好。"

是啊，人生路上，有好人相伴，我们就能走好。

（写于2012年7月26日）

注：甲（葛新宇）、乙（余正馨）、A（朱世宇）、B（许扬）、C（孙一凡）、D（简思成）、E（史雷雨）

教师节的礼物

每逢教师节，总会掀起关于礼物的口水之争。我琢磨，来一个创意。2012年9月，我教高二，学生们刚刚结束学科分班，对之前的老师、班级眷念正浓。

9月5日，语文课上，我说教师节将到，你们要送老师一份礼物。学生们议论纷纷，有的说买东西，有的说自己做。我等他们议论了几分钟，再提醒他们，礼物难道就一定是物品？物质的是礼物，精神的就不是？在拓展了礼物的概念之后，我要求他们回忆在自己的成长道路上，受哪个老师的影响或者帮助最大，注意要有具体翔实的事例，打成电子稿，自己在我们本地网站"句容热线网"的论坛上发贴，或者委托亲友发贴，统一以"我的老师某某某"为标题，在这个平台上表达自己对恩师的思念和感恩。我要求他们在9月9日之前完成任务。

任务一下，学生们陷入回忆之中，老师们的形象也一个个清晰起来，他们热爱学生、爱岗敬业、个性魅力的形象一一浮现，他们的音容笑貌鲜活生动。网站一片热闹，跟帖的网友受到影响，开始回忆自己的恩师，把教师节的舆论走向，引领到正方向，形成正能量。

9月9日，句容电视台的两位记者得到消息，前来采访我。经过校长室的批准，我接受了采访，学生们文章里所歌颂的部分老师也接受了采访。次日，句容电视台做了剪辑播放，很应时，效果还不差。

事后，校长找我问明详细情形。他站得更高、视野更广，决定在全校范围内征稿，发动学生写出自己最喜欢的句容三中老师，并责成语文组全程推进，筛选出优秀文稿，确定篇目，再发给学生本人二次创作，加强事例的选用，添加细节的描写，再由语文老师审定，印刷装订成册，作为校本教材，印发给全校师生。这一举措，既激励被学生尊敬的老师，也激励其他老师见贤思齐，同时让学生们深受感染，更加认可老师、热爱学校，起到了非常好的效果。我觉得校长就是校长，能把我创意的火花点燃成熊熊火炬，把我的自发举动提升为自觉推动，教育教学效果呈现出几何级别的增长。

现在，这本书，就在我案头搁着，时时勉励我继续努力，挥写浓浓师生情。

（写于2014年9月2日）

2012年的春天，有点特别，阳光格外吝啬，俨然如南非钻石，偶尔才现高贵的真容。昨天上班，我起不来床，发手机短信给领导：“天阴雨湿，寒意泠泠，骨伤隐隐，今又着凉，头昏脑涨，咽肿喉痛，早读请假，稍迟上班，请你批准。”上课时，神态也颇显坚持和挣扎中的倦苦。

课后，正想离开教室，课代表唐靓请我留步，说有事找我。她把一只淡黄色胖乎乎的梨子举到我眼前晃晃，又塞进我手里。原来是她们几个学生看我神情倦怠苦楚，遂合议了一下，想用甜津津的梨汁，来滋润我枯涩的喉咙。见梨子躺在我手里，她眼里流露出一份满足和幸福，可是满足和幸福的不仅仅是她，是她们，还有我。因为我教他们班还不到一个月呢。

收到学生的礼物早已不是第一次。就在去年，我犯了胃溃疡，还出血，在没有检查出来之前，我并不知情，以为也就是胃炎，平时工作劳累，饮食不规律而已。每次上课，时而微蹙眉头，时而以手抵胃。有次课后，我在办公桌上发现一瓶胃药，虽然不敢乱吃这种苦味的药丸，但我已经感受到药丸所含的甜美和温暖。

甚至有几次，办公桌上还放了早饭，尚有余温，我在班上公开去问，无人回应。后来，我问课代表徐璇，她说：“除了你女儿，还会有谁呢？”由于我的关心，彻底折服了她，她把自己的一些小秘密告诉我，并按我的建议和要求，在自己的言行上做了好些改变。她说我比她爸爸还要关心她，了解她。她曾经热恋过，认为只要二人相爱，即使天天喝稀饭也是幸福的。去年暑假，高中毕业，她去大润发食品柜做暑期工，搞促销，闲暇中，她会抽空和我QQ聊天。一次，她说，经过打工，自己的观念有了变化。我静静地看着屏幕，等她说话。她说为了促销，常常会盛一碟新鲜零食，用牙签扎上小小一块，分给客人免费品尝。经济条件好的，给孩子称上半袋就走；条件差的，孩子在品尝后眼巴巴地看着那个碟子，脚步沉重走不开，家长就拉孩子走，孩子的胳膊被拉成直线，腰腿拉成弓形，小嘴里嘟嘟囔囔的。她说自己最受不了孩子的那种眼神，自己也懂得了所谓爱情，不仅仅是两个人幸福地喝稀粥，还要自己的孩子没有那种可怜兮兮的渴望的眼神。我夸奖她，经过社会教育，懂得了很多人生道理。如今，她视我如父，喊我"小爸"，在我的空间评论也是如此称呼，大大方方。年前，我因骑摩托摔伤，卧床在家，好些学生来看我，其中就有她，还带来了自己的男朋友，说是让我把把关。我笑说："没有喊我啊？""爸爸！"她脱口而出。我一指老婆，徐璇马上喊"妈妈"，我老婆含笑应答。一道来看我的其他学生，大家一起哈哈大笑。

课间，我会在教室走走，与同学闲聊几句，问问家里情况，问问食堂饭菜，这样很容易拉近师生距离，融洽师生关系。学生正在长身体，课间多会吃点小零食，也常常让我吃一点，有时塞给我一小包饼干之类。我接受了这个人的馈赠，就要接受那个人的，否则学生会认为我偏心。呵呵，有时候，接受馈赠竟是一种恩典和赏赐。也有调皮的男生会跑过来，讨要刚刚由别的学生送给我的小零食，这个男生刚得了手，就会有另一个人去他手里抢夺，俨然江湖规矩：见者有份。

上届的王妍和夏新秀是同桌，都很活泼，人也大方，零食也多，她们那个角落课间常常很热闹。夏新秀因为上课时爱和我辩论哲学问题，被我笑称为"哲学妹"。有次上午最后一节课，王妍看见我突然停止上课，眼睛直愣愣地望着她，她觉得很莫名，又见我径直走下讲台朝她走过去，有点奇怪，自己没有走神，犯了什么错？只见我走到她桌前，伸长右手，拇指食指前探，犹如叉车，准确地捏起一块饼干，塞进嘴里，"咔滋"有声，一个转身，又跳上讲台，给大家一个目瞪口呆的背影。王妍在作文中回忆，她先是诧异，后是紧张，再就是笑喷，之后是释然和愉悦。那时，我的胃不好，一饿就痛，一痛就主动随手打劫食物。我吃她一块饼干，让她写了一篇好文章，还是她赚了，嘿嘿。

学生给我的零食，有时会被我收进办公桌，往往别有用场。上个月，学生罗曼因为上课时回头张望，正值我发飙之际，我一声断喝，一个严厉的眼神，刺得她浑身一缩，趴在桌上不敢动弹。后来她向我解释了原因，说当时"吓死了！"我把她叫到办公室，递给她一张讲义，让她完成这份特殊的作业。讲义，是一张空白的作文纸，里面包着一包小零食，算是抚慰。事后，她说，共有 3 个同学分享了那包小零食，大家吃得都很幸福，从此，她也彻底服了我，愿意和我交流，向我请教。

上次，学生张文璐和吕珊来看我，她们是我上学期教的学生。我各给了一小包零食。张文璐带着一脸微笑，双手抱着靠在胸前，讲明天再慢慢吃；吕珊说自己回家要把它供起来，舍不得吃的。听得我要笑喷，我是哪路神仙呀？

接受小零食，赠者很满意，转送做礼品，受者很激动，收受之间，流淌着什么呢？

现在，梨子还在桌上，我的思绪和情感已经被它激发了几个漩涡，我想，这份甜津津的情意还会继续下去的吧。

（写于2012年3月6日）

卖报

今天，我很高兴，不是因为自己，而是因为儿子。

今年，他15岁了。昨天，校医给他测量了一下，55公斤，172厘米，没有我重，但比我高。小伙子在茁壮成长。

光长个子是不行的，必须强大心理。

之前，曾联系过一个熟人，想让儿子去洗碗、择菜、端茶、倒水，锻炼锻炼。熟人是开大排档的，事先答应得好好的，谁知临阵反悔了，唉，他没有想到我真的会送去，我没有想到他真的会拒绝。

此路不通，还有别路，在家宅着，那是不行的，必须给他找点事情做做。妻想出一个法子，卖报纸，《扬子晚报》。行，就这么着。

今天早上，我且去上班了，随他们怎么去弄。

后来接到电话，母子俩争相在电话里向我告对方的状。

原来，妻批发了10份报纸，把儿子往人民医院门口一丢，干自己的事情去了。儿子在此只卖了4份，又跑去中医院卖了1份，看看没有销路，就跑到店里玩电脑了。妻告状说儿子不肯再去医院卖，儿子说妈妈不准他在周围店里推销。

接到电话，我说中午回来，吃饭时再说。心里觉得真的不错，我没有想到妻真的去买了10份《扬子晚报》。事先预计0.7元每份，临时整买，花了0.9元每份，我们不是要挣钱，而是要儿子能得到锻炼和体验。

没有一点指导，儿子居然卖出去了5份！不简单！

饭桌上，我充分肯定了儿子，详细询问了情况，问他喊出第一声叫卖的心情和当时的情景。儿子说，大家都朝我看咧！

我不由得想起自己的第一次叫卖，记忆何等深刻，情景如在眼前，就讲给儿子听。

我问他在哪里卖得多，他说不知道，反正是在人多的地方，至于是哪里，没在意。挂水的地方有电视看的，没人买报纸。还到病房去过，都有电视，也没人买。他在医院乱窜，差点跑到太平间。

妻责令儿子下午继续去卖，儿子不肯。矛盾顿起。

我和儿子慢慢谈心，谈生活的不易，谈锻炼的意义。最后，给他选择，要么明天再去卖10份，要么今天下午再去，至少卖2份，理论上卖了7份，每份零售价1元，收回成本。我坚决没有给他第三种选择。

最后，我跟他去了医院的输液大厅，我站在进口处观察。里面的病人不少，小伙子双手朝前斜倾着报纸，嘴里喊着"有谁要《扬子晚报》?"一路走过去，也没有卖出1份，顺着U型通道，走到一半，还是没有卖出1份。我心里盘算着准备再带他去B超候诊处看看。就在我视线看不到的角落，我没有看到他走出来，估计是有人买了，很快还看到一份报纸从那个角落传到眼前这个通道来。

我微笑了，等着儿子的出现。

可是，时间有点长。

突然他冲了出来，两手空空，高兴地对我大声说，"卖完了！卖完了！"手里捏着5枚硬币。

我感受到他的喜悦，兴奋；也感受到自己的欣慰，满意。

我把儿子拉坐下来，和他聊聊，指出他的优点和不足。那么自然地叫卖，多么不容易。我使劲和儿子握了握手，以示肯定。我说，我观察了一下，你一边叫卖一边走过去，后面的人有所反应，甚至有人动了动身子，可是你已经走远了，没有给客人反应的时间。为什么老师上课有时要重复一下问题，或者等待学生的回答？就是要给对方反应的时间哦。那个客人，很显然是没有跟上节奏而错过了，所以才追着从对面过道买报纸，可以想象，如果时间充分，他肯定在这边就买的。所以，下次，要注意，先叫卖几声，看看客人反应，再走不迟，走过去，不妨再回头看一下。儿子点头，以为然。

我又让他总结顾客的共性。他得出的结论是，大多是中老年男子买的，小年轻只顾玩手机，妇女宁愿吹牛，老太没动静。我说，你总结得好，中老年男子才会关心时事。我还引导着他分析为什么上午8点多钟卖得艰难，而下午几分钟就卖完5份？那是时间上的问题，上午，人们匆匆忙着排队、挂号、交费，来去匆匆，忧心忡忡，哪里会买报纸呢？只有安安静静地挂水时，才会买份报纸打发无聊的时间。电视都是开着的，病房人少，病人自己选台自己看，也许不需要报纸；而大厅虽然也是开着电视，但是众口难调，很多人根本不看，在嘈杂的大厅也听不到声音，看电视的人就少，买报纸打发时间的可能性就大。我们父子坐在医院的椅子上，就这样探讨着。

我提醒儿子，将来生活，也要像这样提出问题、分析问题、解决问题。学问再高、学历再牛，都是要解决问题的，要很好地解决问题才行。如果你耍脾气，对父母说“我就不卖报纸”，现在也许是行的；将来，对老板说“我就不完成你的任务”，肯定是不行的。

儿子胜利回家，看电视去了。我打电话给妻，说，卖完了。她说，就应该逼他才行。我说，你15岁时又怎样呢？敢像儿子那样坦然地迎接大家的目光吗？赞赏，鼓励，帮助，才是教育的王道；指责，批评，旁观，那是严格的失策。

晚上，我指定儿子今天日记的内容，就是卖报。生活是创作的源泉，真理。

儿子，我为你高兴，为你骄傲。所以熬夜写下这篇文章，作为对你的评语。

祝愿你的心理像你的身体一样，越来越高，越来越强。

（写于2012年6月28日）

廿三班之殇

又到了小高考,也就容易诱发往昔的记忆。我在 QQ 上签名:“高二学生小高考了,真快啊,当年我的高二(23)班就是在小高考后突然莫名地被肢解的,转眼 3 年了,纪念哈子。”很快,就有学生粉丝跟帖。我虽然人到中年,但是记性还不是很差,难以忘怀的往事便涌上心头,久久徘徊,非写点什么不可,于是,有了下面的文字。

那届高一分班比较早,在期中考试后就进行了,我领了新高一(23)班。由于班级很多,调整得也就比较散,我自己只带了一个老部下,陈越,胖而贪玩的男生。原 23 班仅留下一个学生,黄心雨,一个素质很高、家教特好的女生。

很快,我对新的 23 班投入了极大的热情,倾注了很多的心血,唱响班歌《明天会更好》,来激励年轻的学生活泼向上,喊亮班训“团结奋进,优秀文明”,来提振班级士气。我认为,班级不是学生个体的简单聚合,而应该是一个有着强大凝聚力和向心力的优秀团队。这就需要有自己的个性特色,有自己的文化氛围。作为班主任,我认为不仅仅要搞好自己的语文教学,还要关注学生的心灵成长,所谓教书育人是也。

我安排专人每天购买报纸,张贴在教室外面走廊的墙上,主打是新闻。2008 年 5 月 13 日,语文课上,我神情凝重肃穆,学生上课起立后,我说,昨天四川发生了大地震,已经死了几十人,我们 23 班的同学为他们默哀 30 秒。嘻嘻哈哈的学生虽不明就里,可能腹诽,但毕竟不敢忤逆老师,也跟着我默默低头。那节课,我的语气沉缓许多,一扫平时之激情,学生也在凛然中上完了课。一周后,举国为死难者默哀三天,为死难的平民默哀,这在共和国还是第一次。我不知道,这由普通老师所自主领导的默哀,在教育界属于第几次。那面墙上,那几天的报纸都是黑白印刷,都是汶川地震,跑来看新闻的别班学生也多了起来。不是我比别人跑得快，而是因为我一直有着悲悯情怀。

我一向是个备受争议的人物，不对，不是人物，就是一个简简单单的人，有争议的人。老师如此看我，学生也如此。那时我琢磨出一个集体跑步的治班方案，常常挤出一点时间来带领全班集体跑步。这很能激发学生的集体荣誉感，当我们用整齐的步伐，踩出响亮的节奏，吓得墙边的摩托车报警器蜂鸣的时候，23 班洋溢出的是何等的自信和豪迈？有的老师认为我大脑有问题，别班学生以为我神经有问题。曾有同事谆谆告诫我，每天跑步花 20 分钟，每周就比别的班级少了两小时的学习时间，班级成绩怎么不受影响？更多学生在旁边指指点点，骂我说“死相”，还不把学生给累死？后来，我放弃了原先的绰号“道长”，干脆主动捡起“死相”做绰号，沿用至今，算是孤傲和不屑。我们也从高一(23)班跑到了高二(23)班。

滑稽的是，几个月后，教育部搞了“阳光体育”活动，那些老师和学生也全部上了跑道，我不知道他们跑起来的时候，心情和滋味是怎样的。可是，我很不愿意让自己的班级和大队人马一起跑，那真累。那种大集体的松散、磨蹭、偷懒，绝对不是我治班所能忍受的，可是我无能为力，只有让自己的班级喊响“1234”的口号、“团结奋进，优秀文明”的班训，算是勉强而憋屈的呐喊和抗争。鹤立鸡群，只能迈鸡步。我宣布年级跑步结束后，自己班级整齐地加跑两圈，亮亮我们的剑气。终于龙小鹏老师班上的学生们，普遍雄起，喊出龙哥威武，愿与我们一拼。于是，操场上，两个方阵对跑，跑出精气神，对决锐气；之后，两个方阵对立，立着喊口号，拼杀豪情。那场面，虽在军营，又有多少？班级对决后，两个体育委员单挑，豪迈之声中，比拼着青春的激情。背后，别的班级学生指指点点，那就是 23 班班主任，不知道是羡慕，还是讥讽，反正我给他们一个想象的脊背，扬长而去。

我向来重视班级劳动，这叫公益劳动，从中可以培养学生的劳动意识和技能，甚至荣誉感。学生如果犯错，我不会把劳动作为惩罚，而是把暂时剥夺劳动资格作为惩罚，有时甚至会把劳动作为一种荣誉和奖赏，比如学期最后一次劳动，就由全体得了奖状的同学执行，其他人不得参加。我的堂弟、孩子、侄儿，我要求他们新学期开学时早点到班，不要等班主任安排，自己就要主动打扫卫生，这是习惯，更是素养。曾经有几个老毕业生反馈说，他们因为受这种劳动观念的熏陶，在单位部门获益良多。是的，明里吃亏，有时就是机遇的开始。我一般会选择周末放假时，组织班上学生清洗教室，整理课桌，我还会身先士卒，带头参加，亲手挤又脏又黑的拖把，所以我的学生也能任劳任怨，主动投入。我还着意提高他们的劳动技能，指点着做一些示范。当时学校有个室内体育场，就在食堂楼上，面积超大，内置羽毛球场、乒乓球场，每天都有师生在此活动，时日长久，灰尘厚积，垃圾乱堆。体育教师胡弈婷很欣赏我的带班理念，希望我能出面简单打扫一下。那是一个中午，我到班上问在校代伙的学生，谁愿意和我一起去？结果，全体响应，可谓倾巢而出，笤帚、簸箕，拖把、水桶、抹布，浩浩荡荡开进体育场。望山累死马，望水累死龙，地方真大，20 号人进去，空空荡荡。我简单做了分工，大家排成一字长蛇阵，整体推进。史金强等男生拎水泼水，包玲等女生擦桌抹凳，黄心雨一直跟在我的左右，做我的助手和传令兵。那是一场大会战，更是一场“大灰战”，每人脸上沁出的汗水糊住了灰尘，我的皮鞋上也蒙上细密的尘埃，手指一划拉，就是一条痕，宛如大海中的波浪。我记得，黄心雨的头发也有点黄了，我的眼镜片蒙上灰了，史金强的鞋子里能倒出水来，劳动委员周斌更是成了泥猴子。收队的时候，我既内疚又自豪，为让学生受苦受累而内疚，为学生勤劳的表现和优秀的素养而自豪。23 班，好样的！

时间真快，转眼小高考了，考前就传言考后要把 5 个史地班缩编成 4 个班，我向领导打听方案，终不能获知。我既忐忑，又坦然，论成绩我班不是最差，论班风我班虎虎生威。还有传言，5 个班全部打散，重新缩编成 4 个班，如果执行这个方案，大家都能接受。考后返校，毫无征兆下，班级门上贴了新的名单，不是全部打乱重组，而是肢解我的，我们的 23 班！学生懵了，我也懵了，一点思想准备都没有！我们 23 班的学生不会忘记，一辈子也不会忘记，那种亡国奴一样的无助、彷徨、无家可归。在教室门口，有的黯然，有的抽泣，有的痛哭，有的激愤。我在泪眼模糊中，去找了领导，至于详情，我不愿细说，就让那份屈辱、痛楚永远伤害我一个人好了。后来有学生去找领导申诉，得到某种解释，转而恨起我来，说就怪我积极支持部分同学学美术、学音乐，否则 23 班哪会被肢解？呜呼！呜呼！亲爱的同学们，我还能说什么呢？看来，我的教育是缺位的，我只教了你们一个词语，却没有教你们一句谚语。班长杨夷最后向我汇报事情，无语垂泪，等我指示，半天，我默默给了她一个手势，去吧。

我在泪眼模糊中，听着我的昔日的 23 班学生的哀号，想象着他们各自走进别人颇为熟悉而自己极其陌生的班级，迎着别人审阅的眼神，怯生生地，在后面，在角落，找个座位，像老鼠一样，趴在桌上，低下头颅，回避别人的眼光。同学们，23 班的同学们，你们恨我吧，是我无能，让你们受了委屈。写到这里，压抑了三年的泪水终于从心底喷涌而出，肆意流淌，浸透了面纸。

泪水流吧,流吧。

我也像一只丧家的狗,走进了19班,拎着饭盆、方便面。开场白后,开始另一段传奇,收下了新的门生,其中就有铁杆粉丝黄自强、赵佩、龚诚诚,以后,我也许会写下这个班级的。

去年春天,我去南京听课,在QQ上签名一发,赵佩、杨夷、崔丰为就联系我,赶来看我,合影、聚餐,他们刚上大学,经济薄弱,我来买单吧。

去年夏天,杨夷组织原23班同学聚会,特别邀请了我。同学聚会,高三的有,高一的有,然而以高二的名义,以被肢解了的高二的名义,很少很少。这次,我们就是以高二的名义,高二(23)班的名义聚会。我们喝了很多酒,因为曾经的不痛快,因为今天的很畅快,老班长杨夷喝成了杨翻。

今年年后,我扶着伤痛之躯,提前上班,黄自强、杨夷、包玲来蹭课,都是23班出来的,黄自强甚至还带了本子做笔记,重温他们的语文记忆。呵呵,课也不是白蹭的,黄自强请我们大吃了一顿,酒是红的,心也是红的。

骑车摔伤之后,受伤的腿骨开始作天阴,会隐隐疼痛。今天,是小高考的日子,我的心灵疮疤被触动了一下,我似乎才知道,会作天阴的,又何止是腿骨呢?

(写于2012年3月17日)

又到一年一度的教师节，又到了口水喷涌的季节，这次我来晒晒我的孩子眼里的老师们，那些深深影响了孩子成长的老师们。

幼儿园的纪老师

句容实验幼儿园的纪老师，是我孩子在幼儿阶段时眼里最好的老师。不好意思的是，我忘记了她的全名，好像叫纪前凤吧，但这并不影响我们一家对她的信任和感谢。儿子是在中班时从乡下转学过来的，纪老师对学生一视同仁，热情、关爱，让他很快融入集体。她是一个小学生的母亲，母爱很足，并延展到幼儿们身上，眼光慈祥，言行温和，耐心、爱心、责任心都不错。她和孩子们一起吃午饭，教育孩子不浪费、不偏食。饭后午休，她更是照顾周全。我孩子胆子小，睡上铺有点怕，她就鼓励孩子，说自己在旁边看着，还找来带子缠绕加固，她不是用训斥而是用温暖的关心，给了孩子健康的心理。孩子上幼儿园的时候，流行打陀螺。陀螺还用于比赛，为了争胜，有的陀螺设计有锐利的边刺，以便把对手陀螺打翻，具有一定的伤害性。因此，老师禁止学生们带陀螺到学校玩，然而学生们却有办法偷偷带过去。某次放学后，趁老师不在，某个孩子掏出陀螺来耍，包括我孩子在内的几个学生，眼馋地凑到跟前玩。孩子一激动，动作变形，陀螺飞空旋转，砸中儿子的额头，哭声顿起。我去接孩子的时候，纪老师满脸愧疚之色，连说对不起，并要联系对方家长。我深深理解老师的为难，明白意外的难测，看看孩子没有大碍，就说不必了。纪老师长长舒了一口气，批评了旁边的孩子，也是语气轻轻地，那孩子正为自己的错误惊惶不安呢。纪老师建议我们家长，放学后可以带孩子在校园玩玩，爬爬墙，锻炼孩子的胆量。幼儿园的一面墙上,像攀岩一样制作了好些手抠脚踩的把手,我抱着孩子,鼓励他往上爬,培养一个孩子真不容易哟!幼儿园还搞过亲子接力跑步比赛,孩子很开心,家长也开心着孩子的开心。我有一个邻居,孩子也在这个班上,家长因为脚伤无法参赛,请我代他帮忙参加。那孩子有一种失落感,情绪不高,纪老师说可以替跑,还给那个孩子鼓劲,大声表扬,那个孩子终于兴奋起来,热情地投入比赛,顺利绕过障碍,跑到终点。

幼儿的世界,是纯真的世界,纪老师给了孩子们温暖的情怀。

小学的谈海利老师和纪璐仙老师

谈海利老师,是句容实验小学三、四年级的语文老师,在学校任点职务,与文字打交道比较多,也重视写作训练,给学生们启蒙作文。谈老师比较忙,听孩子说,他常常利用中午值班时间在班上改作文。孩子们的作文幼稚至极,谈老师却能耐心指导、批改。有一次,儿子写到和妈妈打牌自己要赖闹矛盾的事情。我看过谈老师的红笔批语,教育孩子"玩游戏,就必须遵守游戏规则"。是啊,这不仅是作文教学,还是做人的教育啊!他还在网上开了一个贴子,要求学生自己或者在家长的帮助下,把一些好文章跟帖发上去,这就是孩子们眼里的"发表"。谈老师还让他们互相比赛,看看谁发表得多,此举充分激发了学生们的写作热情。教育教学的艺术境界,不在于严厉训斥,而在于引导激发。我孩子的那些作文本,我一直精心收藏着,孩子至今仍保持着写日记的习惯。感谢谈老师的作文启蒙,没有让孩子对写作产生畏惧心理。

纪璐仙老师,是五、六年级的班主任,也教语文,是一个响当当的人物。我说的响当当,不是学校颁发的荣誉,而是学生们的交口称赞。她照样没有收过我们一份礼物,没有吃过我们一顿宴请,却将满腔的热情、全部的爱心,像阳光一样,撒播在每一个学生的心田。学校开过一次亲子课,家长受邀坐在后面听课,我从那次认识了纪老师。因为是同行的关系,我们交流比较多,我曾经送过她几本我校编辑的学生刊物《晨光》。我也曾对她赞叹过,实验小学的孩子们做广播操那么整齐有力。当时录了一段视频,可惜那时我的手机像素低,效果不够好,不过那段视频我至今保存着。这个班级,语文纪老师、数学陈老师、英语梅老师,都是深得学生爱戴、尊敬的老师。这个班级也有一些学生名气很大。杨璨,是省句中杨德和老师的女儿,多才多艺、品学兼优、学识广博,初二从句容二中去了南京就读;方敏锐,是句容著名葡萄种植家方继生的孙子,理科一流、文采斐然、为人大方,未来必然辉煌,初一就去了南京就读。我和这两位家长都熟悉,为他们孩子的优秀感到骄傲。

我可以肯定地说,儿子小学的那个班,绝对藏龙卧虎。儿子在那个班级,当时根本排不上号,进入二中后,发展得还不错,好歹统招进了省句中,做了我的校友。后来的教师节或者过年,我都会以我的名义,或者以孩子的名义,给纪老师她们发去祝福短信。我时不时告诉她,该班毕业生的发展情况,比如,好些班级的第一名都是她的学生,我能感觉到她的自豪和幸福,我也乐意分享她的幸福。她也祝福和鼓励我孩子的学业。儿子考上省句中,我有意请她们吃饭,儿子说,这次考上省句中就算了,等我考上大学再请吧。我尊重儿子意见,并对纪老师作了转述,她依旧热情祝贺孩子。工人们在冰冷的产品上很少能够收获喜悦,而老师们却可以从孩子们的成长中得到巨大的精神满足。儿子去高一报名,我用手机拍下所有班级学生姓名,妻觉得我这一举动很奇怪。其实,我是想弄明白,儿子小学那个班到底有多少人进了四星高中。儿子初步统计一下,估计在30人左右,今年该校招生700人。

谈老师、纪老师,三年后,希望我孩子能用自己的实力和努力,兑现他的承诺,也希望你们能安心快意地应邀赴宴。

初中的田明兰老师

进了句容二中,报到完毕,我就有了烦恼。我的同学孙白平老师,数学教得杠杠的,是一块王牌,可惜他不教这个年级。分班,历来是个难题,儿子见我苦恼,便说,随便哪个班吧,正好可以多认识几个老师和同学。于是,随机分到了田明兰老师班上。嘿,又是语文老师!

田老师明显比我年轻,孩子才刚上小学。她个子不高,温和里略带威严,卷烫的头发,也比较潮。儿子进班也就10名左右,田老师建议我们家长能够陪读,我在他初二上学期时,天天抓本书,坐在儿子的书桌旁陪着,听他指挥,偶尔为他倒水,百度资料。期中考试,儿子考了全班第一,家长会上,我平生第一次应邀发言。平时上课讲话流利的我,竟然也停顿了几次,不知是因为紧张还是激动。可惜好景不长,我骑摩托车摔倒了,天天卧床。他的成绩也开始走下坡路。到了初三,几次模考,都排在年级300多名,让我心寒,我唉声叹气地和田老师交流。她宽慰我、鼓励我,说不到最后都不要放弃，家长放弃了，孩子就会自暴自弃。最后的复习时光真难熬，田老师的鼓励真的很重要。这个班级，三年换了三个男性数学老师，学生们见识了不同老师的风格，却无法把他们的优点整合为自己优秀的成绩。语文田老师，英语许小梅老师，硬是牢牢把文科成绩搞得很强悍，稳居前列。儿子小学英语曾受过一个老师的荼毒，全班学得一塌糊涂，初中就靠了许小梅老师兢兢业业、循序渐进、慢慢提高，甚至连口语也考了个满分，让我惊讶、惊喜。

田老师有一点和我观念相同，那就是学生的事情尽量在学生层面办。有次，儿子回家闷闷不乐，经过盘问，才知端详。原来儿子与一个女生闹矛盾，恼怒于对方老是喊自己的外号，就踢了对方一脚，女生受辱受痛，给家长打了一个电话，中午放学时，家长守在门边，语气凶横地警告、训斥了孩子。而班主任还不知道这事。妻说，下午她去学校要那个家长的号码，问他为什么恐吓我的儿子？我当场否决了妻子的提议。我教育儿子，动手打人是不对的，更何况是女生，并要求儿子下午当着老师的面向女生道歉，至于对方是否道歉，就看她的风格吧。我马上打电话把情况汇报给了田老师，建议孩子间的事，家长尽量不要卷入。田老师深以为然，下午就处理结束。过了两天，两个孩子恢复了友谊。儿子说，田老师把两个人各自批评了一顿。我笑而不语。如果家长不息事，卷入进去，把事情搞大了，反而复杂起来，影响同学友谊，影响班级建设，甚至也影响孩子的心理发展。感谢田老师的正确教育。

田老师的班级，平时没有成绩特别优秀的学生，事先评估时，领导估摸，也就三四人能考进省句中，结果，整整考上 10 个！领导惊讶、同行羡慕、学生欢腾、家长兴奋，我就是其中之一。我立马邀请老师吃饭，恳请让我弄个第一名嘆。田老师欣然受邀，带着任课老师们到场，菜肴并不精美，酒水也不高档，然而气氛融洽、心情舒畅。儿子居然主动敬酒，与老师谈天，给老师添水。更让我觉得高兴的是，儿子从中考里获得了一份自信，感谢老师们。他的物理单科在班上考了第一，物理老师倒主动给孩子敬酒，让他受宠若惊，事后还几次说及此事。老师的欣赏，就是孩子最大的学习动力。

田老师，偶然的分班，难得的缘分，你的光辉，把孩子照得更远，于你，只是三年，于孩子，或许就是一生。再次衷心感谢，顺祝所有用心、用情、用伟大人格去实践伟大事业的老师们节日快乐。

儿子上高中了，希望能继续得遇恩师，我也会续写将来。

（写于 2013 年 9 月 5 日）

投诚

一年一度的教师节又到了,网上攻讦老师的口水又开始喷了。我正想找点什么话题来说。

今天,我的 QQ 信息提醒,有人申请加我好友,同意后,询问对方,答说是于秉向,我的思绪一下子就拉回到十年前。没有等他做自我介绍,我就先开始说他的情况,当时我是班主任,班长是王光,已经开始创用班训“团结奋进,优秀文明”,有了班歌《明天会更好》。我着力熏陶学生做一个高素质的文明学生,别的班级学生如何,我们管不了,但是我们班级的学生必须是“杠杠”的。某次有人推板车,在学校围墙外爬上坡路,吃力地左一扭、右一摆,于秉向冲上去,帮忙助推,那人满怀感激,连连道谢。我闻之,在班上好好表扬了他,为自己能教育出这样的学生而自豪。可是在高三下学期,离高考还有两个月光景,于秉向的情况突然发生大转变,他擅自外出租房,和表现不好的学生厮混,谁的话也不听,甚至出手伤人,叛逆情绪爆发强烈。其时,我已经累得不行了,那是我工作生涯里最辛苦的一个阶段,高三年级三个班的语文教学,语文备课组长,省级课题组长,校宣传通讯员,还做着 70 人一班的班主任。于秉向的叛逆令我非常失望,我辞了班主任。毕业合影,我固执地拒绝参加,就因为我没能把这个班带到底。我在 QQ 里告诉于秉向,当他们在合影时,我躲在幼儿园陪儿子玩,心里暗想着合影的情景,默默流泪。于秉向非常惭愧地说那时自己太不懂事,一再表示歉意,说是在看了陈丽同学转载我空间的日志《行香一去十年祭》后,终于鼓了很大的勇气申请加我为好友的。转眼十年过去了,回头再忆往事,蹉跎岁月久啊!我觉得,今天,于秉向加我好友的行为,完全可以用“投诚”这个词来形容。

于秉向毕业那一年,我进了句容三中,做了高一(12)班班主任,那一年之辉煌,为我的教学历史上所少见。沿用了之前的班训班歌,班级面貌也积极向上,全年级20个班级,我班成绩总是考在前几名,尽管没有拿过第一。后来,我完善了李月同学的口号,“掌声总是为冠军响起,鲜花永远为第一盛开”,让李平同学用毛笔写在红纸上,贴在教室后墙上,并常常组织学生在课堂上高声诵读,读在嘴上,读进心里。最后一次考试,终于如愿,拿了第一,我以不可遏制之势拿了两个学期的优秀班主任。后来,在三中,十年之久,再没有拿过优秀、评过先进,所以那个荣誉,于我而言,算是绝唱。当时班上有个名叫张超群的同学,呵护投影,精心照管,被同学在随笔中表扬。我就读了那篇随笔,题目至今犹记,叫《小小投影师》,其班级精神也为我所赏识。可是,高一下学期,张超群突然变了,变得特别倔强,和老师对着干,直到选课分班而散。今年春上,借着学生成帅结婚的契机,丁亮同学为原来的高一(12)班建了群,一下子,失联多时的学生又好像重新聚拢在了我的面前。我说,你们一直没联系我,以为你们抛弃我了。他们说,老师,只可能是你忘了我们,我们怎么会抛弃你呢?张超群也来了,与我聊天。他考上大学,其母一直感激我,虽然高二、高三我没有教过他,但仍然打电话邀请我参加谢师宴,我含含糊糊地答应了,一直等到即将开饭,我打电话告诉她,家里临时有事,不去了,其母非常遗憾。提及往事,我就告诉了张超群,那天不是真的有事,而是他本人没有亲自打电话表示诚心。我问他,十年之前,我是否因为什么伤害过他,他说,那时真的是自己叛逆,根本不是我得罪过他,说下次回句容一定请我喝酒补上,我说好的,下次我可以欣然赴宴。张的“投诚”,让我心下释然。

这两个学生的“投诚”,都是用了十年的时间。另一个学生张全启,用了四年。前天晚上七点多,我去学校值班,骑车匆匆路过肯德基那儿,突然听到有人喊我,句容街头,路灯一向昏暗,看不清,车小好调头,一个回旋到了跟前,却是张全启兴奋地招呼我,双手握住我的车龙头,旁边又跑来一个人,也喊着“老师、老师”,虽然没有教过他,但我有印象,我哈哈笑道,你是考试作弊被处分的那个包飞?他见我记得他,很高兴的样子,一边掏烟一边辩解,都是张全启惹的祸,我们师生一起哈哈大笑。要知道,我对张全启没有少操心。他打架、喝酒、逃课、顶撞老师,为使其静心,我每天训练他写毛笔字,在教室张贴,逐日比较,鼓励他看到自己的进步。今春,他来我家玩过一次,述说自己辍学后远闯广东做事的种种艰辛和锻炼,一手好字为自己顺利做生意加码不少,表示感谢我当初对他的种种创新式的教育手段。我没有想到他能来,更没有想到他能懂得感恩,甚至没有想到当初练字的惩罚,居然不经意间帮助了他。

回头来看，这几个男学生当时都处在青春叛逆期，反应比较强烈。对待叛逆的孩子，我没有采取师道尊严式的镇压，而是自己忍受，给予包容。时间是最好的消磨剂和清洁液，如今，拂去过往的烟尘，留下浓浓的师生情分。

今年，有三个学生来“投诚”，让我这个教师节过得非常愉快，感谢他们。

我还在等待，等待最后三个人，原高二(9)班的石某，原高二(23)班的孙某、朱某，你们还好吗？还会有人来“投诚”吗？亲，如果愿意，我等着你，一年，十年，N年……

（写于2012年9月9日）

写作老师苏学文

2013年的国庆节,毕业20周年聚会,热烈隆重、欢快愉悦。我在文中写到的杨积庆教授已经作古,班主任郑红明老师被堵在高速路上不能及时赶回,还有写作老师苏学文因为中风半身不遂而没有来,其他老师均与我们欢聚了。天下没有不散的筵席,大家纷纷登上回程时,班长陆雨林留下我和其他几个人,分别是纪龙霖、宋廷军、吴健骏、李亚敏、韦荣和写作课代表方秋玲(女),一起去拜访苏学文老师,君羊先生。我笑称,七男一女,正是八仙的组合。

老师换过住址,一路打听才找到,搬到原来的镇江师专校园里了。以前,我们最喜欢用"寿丘山下,梦溪河边"来形容我们的学校,沈括的梦溪园故居就在学校大门的对面,整修一新,散发着古典味儿。梦溪河早已淤塞填平,寿丘山兀自还在,虽然底下挖了很多防空洞,顶上建了图书馆,毕竟,还有一点山的体型轮廓。准确来说,可以叫寿丘,不能叫寿丘山,因为真的就是一个小丘而已。我们进了学校大门,通过询问保安,得到了路线指点,经过食堂前面的路径,顺利找到老师家。

老师家就在这小山底下,以前的教师宿舍楼,一楼最西边,带个小院子。院门开着,是一扇普通的其实并不防盗的所谓防盗门。丝瓜的藤蔓趴在院墙上,有油亮的绿叶,有明艳的黄花,也有衰颓的枯叶,只在脉络的两侧还残留着一点绿意,生机渐渐隐逝。我们一起吟诵着"走进达夫弄",就兴高采烈地钻了进去。事先,班长老陆已经联系过了。我是最后一个进院门的,掏出手机拍着照片。这时候,屋里走出来一个老太,头发灰白,眉毛较淡,眼角向两边低垂,细长的脖子,烘托着一张慈祥和蔼的瓜子脸,依稀可以辨认出年轻时候的美貌。这就是师母。她说老师到山上散步去了,我们有点怏怏。老陆把礼物搁在客厅一张简陋的桌子上,我也掏出带来的《师专生活》,翻到“写作老师苏学文”章节，放在水果箱上。

师母说，老师在山上，有她弟弟陪护着呢。我们商量着，决定去山上找找老师，看看他。沿着依稀熟悉的红砖砌筑的台阶，转几个弯，老远就看到老师正坐在花台上，花台紧邻月亮门，嵌在围墙上的月亮门离一座平房的后墙不过两三米远，两墙正好成90度拐角，拐角里矗立着一棵古树，树皮皲裂而沧桑，像是上了年纪的老人。古树前面砌着半米多高的水泥花台，花台里没有花，只有一茎人工栽种后又疏于管理的细枝灌木，好在是常绿型，叶子还很有光泽。地上倒有很多落叶，随着微风，伸着懒腰。这平房是当年美术系的教室，如今几乎完全被爬山虎覆盖。岁月的裂纹已经侵袭了月亮门，写有“＊萃”字样的匾额还在，这里曾是一个热闹场所，进进出出过好些艺术系学生，长发飘飘的男生，头发翻卷的女生。

老师的轮椅，在不远处伺候着；老师的拐杖，倔强地站在一旁。老师自己坐在花台边上，搁着厚垫子防止着凉。他右手抓着左手，身子侧倾，半卷着的袖子，把土黄的夹克单衣拽得笔直。夹克下面着一条花白色睡裤，睡裤被他的坐姿弄出很多褶皱，裤脚悬垂在鞋子上，一双中帮的迷彩半旧球鞋，系着鞋带：感觉全身服饰很不搭。老师的头发很短，发质很枯，布局呈现M字样。额上一大片空白，眉毛呈“一”字形外翘，眼珠浑浊、眼袋松垂、面容僵硬，遍布老人斑。我的心，一下子揪了起来，酸楚之意堆满鼻翼。这，就是我们曾经的苏学文老师吗？那个身形高大、身体健硕、表情丰富、才华横溢、文质彬彬、西装革履、黑发浓郁的老师，就是眼前这个清癯枯瘦的老人吗？呜呼，痛哉！

大家不便把心酸表现出来，都笑着喊“老师好”。老师点点头，他的护工帮着介绍他的情况：左手麻木，右手还行。我和老陆去摸老师的左手，果然有点凉。老师忽然发话：“说说你们名字，单位。”我们一个个报给他，他也会偶尔插一句，说说他知道的该地点的相关情况，字数不多，但我们轻松起来，毕竟没有中风糊涂。我们说及他当年给我们朗诵他的《郁达夫故居》，我模仿了他当年的肢体语言。他说：“发在《诗刊》上的。”过了一会儿，说“拆了”。我们才理解他是说郁达夫故居已经被城市化建设改造了，引发我们一通议论和感慨。他说自己右手可以动笔，现在还写诗，发在《镇江日报》上。

班长告诉老师说，史祥还写点东西的。老师问：“哪里发表？”我感觉背部发热，说没怎么发表，就放在QQ空间里给自己的学生看看，老师跟着说“也很好”。我才缓过一口气来，轻松一点。老师留给我的印象是，头脑反应还可以。不知道是否长期写诗使然,他的话语都很简短,最长的一句话,是他对自己的评价:“过去的苏学文已经死了。”我们也不知道如何来接话,是否定呢? 是劝慰呢? 哎,还是转移一个话题吧。

师母已经赶了过来,老师指示她:“把《诗选》送他们。”停顿一下,又说“每人一本”。我们告辞老师随师母回屋去拿书,师母盛情切西瓜招待。我得空参观了一下老师的屋子,光线有点暗,竖着几架书橱,塞满了各类书籍。墙上还挂着条幅,是老师的手迹,王之涣的诗:“白日依山尽,黄河入海流。欲穷千里目,更上一层楼。”介乎行楷之间,飘逸而不狂放,规整而不拘谨,美女课代表方秋玲同学仔细观摩,似乎想从中找到一点老师昔日的风采。

西瓜很甜,我们吃得很开心,说说笑笑。师母又打水给我们洗手。这时候,老师居然从山上回来了,坐在轮椅上,护工把他一直推到楼宇西部一个两米高的水泥场上,需要再下五六级台阶才能到院子门前。他就面朝东边,在高处俯视着我们。我们欲上去帮忙把他抬下来,老师淡淡地说“不用,就在这儿”。他的声音并不高,可是似乎总很有力,我们只有听从的份儿。

我赶去拿《师专生活》,跑到老师面前,把翻开的那一章给他看。我侍立在侧旁,执弟子礼,由他审阅我的作品,就如当初他面批我的作文一样。我请纪龙霖帮忙拍下我侍立的照片,留个纪念。老师看得很慢很慢,我的背上又开始发热冒汗,有种芒刺在背的感觉,心里有点发虚,惴惴不安,急等着老师的评语。我偷偷瞄了老师一眼,想看看他是否在看,需不需要我帮忙翻页。他终于有了翻页的迹象,我伸出手去要帮忙,可是他已经用健康的右手自己翻动了,加了一句话,“写得不少”。我收回双手,继续陪着。老师全部看完后,说,“好”。我终于长舒了一口气,这时才感到心里踏实了,气也喘匀了。

这时候,师母给我们发书了,每人一本,老师的诗集,《君羊诗选》,书名四个字在封面的左侧竖排着,上下的笔画都已经到边了,显得顶天立地。我把书翻到扉页,请老师签名。他看到我在《师专生活》封面上的签名,问“宋祥”? 我明白了,我把自己的姓“史”的第一竖写得太前了,忙说“史祥”。老师右手捏着《师专生活》,扬起胳臂,对护工说“收起来”,停顿几秒又说,“送给我的”。然后接过我递上的签字笔,写下“史祥同志雅正君羊”。他没有写“同学”,而写了“同志”,从他们那个时代称呼的习惯来看,当是高度评价我的吧。他的“君羊”的签名,肥润俊逸,和当年一模一样,这一下子让我找回了当初的感觉,心里一阵热乎,扬起书来,朝站在院子前面的其他同学挥手,得意炫耀:“我的这本有老师的签名呢!”老师的声音从后面传来,“他们不需要”。我已经冲到同学们中间了，回身看老师，老师背对柔和的夕阳，端坐在轮椅上，犹如一座神佛，让人仰视。最后，我们依依惜别，老师端坐着，看我们渐行渐远，消逝在他的视野。

回家后，我认真阅读了《君羊诗选》的序言，对老师有了更多的了解，对老师的情怀有了更深的理解。老师的诗歌，总体上是现实主义风格，这点，我很喜欢。读完全部诗歌，我最喜欢的是《表叔》，现在录下来给大家共享：“表叔家是封闭的仓库/形形色色的废品塞满空间//表叔蜷缩在废品中央/俨然是废品王国国王//相依为命的老母早死了/唯一的一次婚恋失败了//曾因一张照片被诬为特务/打断肋骨发配内蒙古//十三年后返回故里/没人为他平反他也没有想到平反//抗战前他是私塾先生/如今猫着腰去街头看看报纸//留场就业积攒了一笔钱/现在就吃着存款的利息。”读来沉重，不解释。

老师的书，还印刷着他以前的照片，诗人的照片，意气风发、儒雅倜傥、昂首望天、气度不凡。老师自己说，以前的苏学文已经死了，我想说，衰老的是躯壳，衰退的是容颜，老师的精神不死，老师的追求不灭。

老师，哪一天，我能再次执弟子礼，侍立你的身旁，请你审阅这一篇文章呢？

（写于2013年10月22日）

学生赵江

为了下乡探视高寿的外婆，我早起去洗车。等我逛了一圈回来取车时，一个有点面熟的年轻男子看了我一眼，突然喊："史老师！"我教书已经20年了，过手的学生太多太多，我的记忆力有限，所以很多人的面貌已经模糊。而学生在街上认出我来，上来打招呼的，却不在少数。学生变化一般较大，我只能问清他姓名，当初班级情况。

现在的我，岁数在长，记忆在衰，尤其记人的脸、名字，比较困难。我教育学生，在街上遇见以前的老师，你可以不打招呼，但切记不要说"老师你猜猜我是谁？""老师你连我都不认识啦？"你以为你是谁？我的初恋情人长啥样，都已模糊不清了，你是哪根葱？口气那么大？还真就有这样的学生，我就"哦哦"而去，把他扔在热闹的街上凉快凉快。

今天的男生，其实已经是30来岁的男子。他说："老师，我是赵江！"语气激越、热烈、高亢、紧促、兴奋，而我也马上兴奋起来，因为我心里默念过很多遍他的名字。"赵江，我记得你，我等你好久了！"

我说我记得你，你上过学校元旦文艺会演的舞台，做男主持人。上大学后，你还给我写过一封信，感激我对你的培养，这封信，我至今保存着。

那时，教育布局调整，乡下高中将予撤并进城。行香中学只有最后一届高中学生了，我教高三全部三个班的语文，兼任一个班的班主任，赵江就在我班上。校长给我的任务就是平稳过渡，不要出什么乱子，此外，由我。这样，我就拥有了极大的裁量权，可以按照自己的思路做点事情。事情很多，这里只拣一件事来说。

我很重视每节课之前学生走上讲台的主题演讲。经过一轮训练，学生由生疏到熟练，由青涩到自然，由腼腆到大方。后来，每周我都会调课，把三个班集中在阶梯教室，由学生坐上主席台，对着话筒，面对大家，开讲！那种场面、那种氛围，是极大的考验，也是极大的锻炼。我会鼓励掌声，抑制嘘声，始终投给演讲者鼓励的微笑。强度高、冲击大的训练，培养出了一些佼佼者，可以担纲更高层次的事务，张琴、赵江就是其中的杰出代表。

联欢会的主持人，由我向校长力荐和担保，定为他们二人。荣誉固然闪耀，责任却很重大。我们三人组织台词、串词，尽量准备充分，多做预案。应该是在 2001 年 12 月 30 日吧，印象中，高挑清瘦的俊朗帅哥赵江，穿着借来的黑西装，配白衬衣，打着领带，领带颜色我忘了，记得很清楚的是他脸上着了胭脂，明显的两摊，不知是哪个化妆师拙劣的手法。

即使有预案，往往计划赶不上变化。当时有个班级排演了表现军人风采的舞蹈《军中姐妹》，其班主任不甚积极，对学生提出的去汤山炮校租借军装的建议，加以否决。后来校长表示支持，临时赶去租借，而这边联欢会已经按时开始。台下的老师、学生观众并不知情，按部就班地看着一个又一个节目表演完毕。主持人却十分焦虑，一再把《军中姐妹》延后，串词也就临时更改了。我在舞台的角落赶写，他们轮流过来拿纸条，有时赶不上，他们就临时发挥，救场如救火，我们这一次算是感同身受了。联欢会接近尾声，服装终于到达，演员们匆匆换衣，一片忙乱。《军中姐妹》开演，赵江、张琴，还有我，终于长舒一口气，毕竟好几分钟的集体舞蹈可以让我们歇一歇，喘口气。军中姐妹，英姿飒爽，造型定格时，全场掌声雷动，非常成功，绝对震撼，真正是压轴之作！整场晚会顺利谢幕。后来听说有的演员来不及整理服装，五个扣子才扣上三个！时间之急促，场面之狼狈，可以想象。处于那种情景下的主持人，表面端庄、步态斯文，其实一到幕后，离开观众视线，走路都是小跑，紧急商量对策，保证后面演出的顺利推进。

赵江进入大学，曾给我写过一封信，真诚表达了这些训练、培养对他的积极意义。此信之后，我们就像马航一样失联，各自不知所踪。但，他的感激，我是记得的。时间是消磨器、褪色剂，将记忆渐磨渐薄，越洗越淡。初始对我感激者众，一直保持感激者寡，也是非常自然的事情。

当我说到舞台、信件之事，赵江激动得语无伦次，声音都有些哽咽，手足有些无措，急切地对洗车的妇女说，这是我的老师，我最好的老师，他是特级教师。我微笑着说，哪里是特级教师噻，算是一个特别的教师吧。我询问他高中后的去处，以及近况，他做了回答。我非常惊讶于他语言简洁、逻辑清晰、表达连贯，用极少的语言，表述了丰富的信息，这不就是语文的真谛么？他已经自己做工程项目，标的上百万，置了房，买了车，娶了妻，生了子，春风得意，信心满满。他没有给我发名片，而是索要了我的手机号码，说要请我喝酒。我说，前几天家中水龙头坏了，把我愁得够呛，以后找你行不？他立马保证道，老师你只要打电话给我，我马上开车把工人带过来！

我要下乡了，正准备掏钱付洗车费。赵江看到，立即横在我和洗车妇女之间，拽出钞票，替我付费。好小子，反应还是那么灵敏，做事还是那么利索。他能做到这样的工程，绝非偶然啊！书呆子能挣到试卷上的分数，往往难以挣到社会上的份额。我微笑着看着他替我付费，给他一个大大的心理满足。忽然想起某年暑假，学校组织老师旅游，当地有我的学生请我吃夜宵，完事后，他给我打的，由我自回。那次我兜里只剩 10 元，看着车内闪动着渐增的票款数字，心里直打鼓。陌生的地方，离我的住处有多远？这钱够用吗？好在后来有惊无险，9 元到达，还剩下 1 元，我才放下心来。说起这件事，是我对赵江的肯定，也希望其他的学生能从中悟出一些什么。

晚上，赵江通过手机发来信息，告诉我可以学着用微信，便于联系。他以为我已经 out 了，其实他哪里知道，我是微信达人，时尚达人。

如今，教育教学的生态，一如天地空气，早已恶化。赵江，你的表现，让我明白了坚守着自己的那份执着的教育理念，委屈在当下，收获在将来。

（写于 2014 年 5 月 28 日）

最厚的红包

“十年之前教你，你还是个青涩小男孩，稚气未脱，你以天王人的淳朴留给我深深的印象，后来，考大学，当村干部，做公务员，一步一个脚印，今天，你步入婚姻殿堂，沐浴在爱的海洋，可喜可贺。感念你这么多年还记得我这个普通老师，且只教了你一年，今日赴宴，送你一份贺礼：你当初写的一份作文，充满对未来的希冀。”这是我 2012 年 2 月 27 日在腾讯微博里发的一则文字，讨厌的是有字数限制，我意犹未尽，现在展开来说说。

文中的主人公叫成帅，是我在 2002 年调入句容三中第一年所教的学生，在 13 班。小伙子人如其名，帅气阳光，勤奋执着。后来一直和我保持着联系，上大学期间，来看过我，还送了我一瓶长城干红，歉意地说经济有限，只能送一瓶了。我让他以后不要带东西，能记得我，来看看我就很好了。这一记得，就是十年，起先是手机短信，每次改动号码，都会及时告知我，事实上所谓联系，基本上是单向的，也就是说，都是他在告诉我他的近况，逢年过节，必致问候。后来有了 QQ，就能及时方便地联系了。年前他就在 QQ 上向我发出邀请，说将要结婚，邀请我参加婚礼，昨天又专门发信来邀请。感念其诚，我安排别人代我看晚自习，自己欣然前往。毕竟是大婚之喜，空手去喝酒，终究不过意。遂翻箱倒柜，找到一份他当年上高一时所写的文稿，文中对未来充满了理想和渴望。用红包封上，作为贺礼。今晨收到成帅的短信，说：“谢谢老师，这真的是最厚的红包，让我重温了高一时光，感慨良多，没想到老师能保存这么久，我爸、妈、老婆都读了。”

一股温暖在心头。小伙子还请了高三的老师，高一老师唯有我一个，我觉得很满足。又借婚宴之机，与他的几个高一同学见了面，我已经不认识他们了，但他们认识我。一个叫胡升想的学生依稀还有往日的模样，但是已经是几百万身家的老总，他坚持要开车送我回家。谈及那一届学生，我还有一个遗憾。我的 QQ 分组到了极限，在这个组里只有成帅和陈磊，后者还是通过前者的空间里我写的评论找到我的。人气荒疏啊。小胡送我回家后不久，QQ 验证消息纷纷闪亮，原来他去群里吆喝了一声，我所任班主任的 12 班学生赶过来认门，找组织。

熟悉的名字一提起，模糊的记忆逐渐清晰，赵丹、潘莉、徐姗姗叽里呱啦的白兔话响在耳际，微胖的郑帆在他的老师父亲陪同下向我走来，李月、李霞在微笑，李平挥动毛笔为班级写下警言张贴："掌声总是为冠军响起，鲜花永远为第一盛开。"那时全班志气昂扬，朝气蓬勃，班级凝聚力空前。功夫不负有心人，在高一结束时，总均分在全校拿到第一，实现了班级目标。笑意和自豪写在每一个人的脸上，自信融入每一个学生的心里，文理科分班后，你们将"团结奋进，优秀文明"的班训带到新的班级，将"我的未来不是梦"的班歌传唱。

现在，你们的归来、认可，乃至赞誉，将是我的精神寄托。我在 QQ 签名上写下：亲，最近说说、签名更新比较快，让你们辛苦了，粉丝的热情让我感动，给我促动，让我行动。

成帅的婚礼，是他人生新的开始，那份贺礼，是一段青春的记忆。他的婚宴，也是我的心的开始，那份贺礼，何尝不是我的青春回忆？如今，我将与失联多年的学生一起，把辉煌、荣光、情义继续。

（写于 2012 年 2 月 28 日）

作为教师，我又收礼了

特别想写点文章，因为感动。

下午学生上四节自习课，没有我的任务，便去参加儿子的家长会而没有来校。晚值班时，因老婆有饭局，我便带儿子赶到学校。儿子为了写作业，便开始收拾办公桌。办公桌上有一堆教辅材料，一堆班级材料，一大摞学生作业，还有茶杯。我们忽然发现还有一只塑料提袋，打开一看竟是两颗梨。

我迅速展开推理，自己因为感冒，便忍不住咳嗽，有时还流鼻涕，时或去拽学生桌上的面纸。显然有学生意识到我感冒咳嗽了，嗓子不舒服了，毕竟声音都变了。这两颗梨无疑是学生中午或是傍晚买来放在我桌上的，我的眼睛觉得热热的，联想一下子展开了。

已记不得是几年前了，也是在当班主任，体质本来就弱，加上劳苦，一度胃疼。上课时，常常面露苦色，手按胃部，讲课也停下了。过了一两天，我桌上放了半瓶胃药，我在班上询问打听，没有人知道是谁放的，至今是个谜。那药我没有一颗吃到肚里，全部被我吃到了心里。

我又联想到前几天网上对教师节送礼的热议。当天我曾收到一个糖果盒，学生告诉我是几个同学共送的。我带着美好的心情在办公室分发糖果，剩了几颗，底下好像还衬了些什么豆子之类的，就连盒子搁在一边。过了几天，一位同事转来消息，说了那糖果盒的秘密。原来底部衬了一张彩纸，沿糖果盒的造型剪成心形，均匀地粘了一层豆子，外环是红豆，中环是绿豆，最中心的是用黄豆拼连出的我的名字。听说是用502胶水一粒粒粘上去的，胶水用了好几支。那哪里是豆子，分明是学生的至情。我因为没有及时发现学生的情意，惭愧地流出汗来。

本来我已厌倦了网上教师节送不送礼给老师的话题，但我一直如鲠在喉。今天两颗梨又一次激发了我，草草写成以上的日记，作为送给谩讥者的礼物吧。

我忽然又开始思考另一个话题,学生为什么要送我两只梨呢?

高中生是个复杂的群体,说复杂是因为他们开始有自己的思想,而且思想很复杂。有的还幼稚如小学生,有的已世俗如成人。有学生认为教师节给老师送一个小笔筒、一个茶杯,就是送礼,就是拍马屁,想到这,我的油汗出来了。当初的胃药已成过去,眼前的两颗梨还泛着光泽,我该找谁去退梨呢?我想,有时接受学生的一份礼物也是对他们心愿的一种满足,就像我带了孩子和食物、药品去看看年近90岁的爷爷奶奶,我叫孩子接过两老给的几颗鸡蛋时,他们眼里就流淌着一种幸福的满足。(详情另见拙文《父父子子》)

已有一年多不当班主任了,如今重操旧业,不禁联想到我曾经发过的贴子,《我有一只小哨子》《小小一张"卡"》,恍如隔世。开学三周不到,教育教学案例不少,话题很多,限于时间,行文到此,如读者感兴趣,本人再续不迟。

(写于2010年9月18日)

由一道对联命题谈谈语文地方课程资源的开发

“普通高中教育是面向大众的、与九年义务教育相衔接的基础教育。社会的发展对我国高中教育提出了新的要求。适应时代的需要,调整课程内容和目的,变革学习方式和评价方式,构建具有时代性、基础性和选择性的高中语文课程,是基础教育改革的一项重要任务。”这段文字引自《普通高中语文课程标准(实验)》2003 年 4 月第一版的前言部分。我省文化底蕴深厚,文教成就突出,教育大省的称号当之无愧。我省教育事业突飞猛进,已提出“十二年制义务教育”,在全国范围率先实施免费九年义务教育,财政真正承担起较多的教育投资义务,省委、省政府、省教育厅也多次务实务虚地召开教育会议,开展教育工作,实施“两免一补”政策,加快建设文化强省的步伐,坚定科学发展观的理念,保持我省教育可持续发展的势头。

现在新课程标准已在全省普通高中全面展开,有关座谈、论坛等各种交流活动风起云涌,教育界内外以空前高涨的热情迎接这次改革浪潮的到来。这次课改,全方位推进,力度大、范围广、影响深,参加暑期新课程教育工作培训的老师们都惊呼“迥异”“巨变”。

语文学科作为语言文化类学习领域,置身其中,难辞其变。诚如南师大著名教授、江苏省课程改革知名专家陆建隆教授所言,课程改革不是天外陨星破空而来,它只是一次新的嬗变而已,不必神秘化。他还指出,在实际教学操作中,教师会发现原来自己曾经尝试过的一些教学个案就有点这次课程改革的精神呢。其言一发,于我心有戚戚焉,遂忆及一次考试命题,以及由此产生的一些想法。

我是江苏省三星级学校——句容市第三中学的一名普通语文教师,爱好文史,热爱家乡,对地方掌故、历史传统、文物古迹等很感兴趣。句容是个有着 2000 年悠久历史的古县,东南有座茅山,是全国道教圣地(上清派的发祥地),是国家 AAAA 级风景旅游区,还是新四军抗日的根据地;西北有座宝华山，康熙皇帝御书“律宗第一名山”。我曾用一段话来概括这里的情形：北宝华，佛理慈悲昭日月；南茅山，道气长存通天地；中县治，儒学仁礼贯古今。这种得天独厚的资源是笔宝贵的财富，是座丰厚的宝藏。道教历史上的名人葛洪曾在句容城炼过仙丹，人称葛仙，遗有地名葛仙庵。句容三中对面有座公园，叫葛仙湖公园，近年来里面新建有华阳书院（县学，属儒）、大圣塔（属佛）、葛仙观（属道）。2004 年秋季，大圣塔初现雄姿。其时我正为高一学生命题期中考试试卷，曾拟写这么一道题：

句容历史悠久，文化丰富，人杰地灵，民风淳朴，而今句容人锐意进取，跨越发展，努力提高城市品位，提升投资环境，正以龙马精神迎接美好的明天。葛仙湖公园里大圣塔拔地而起，流光溢彩，正象征着句容的勃勃生机。热爱祖国必然热爱家乡，请为下面的上联配写出下联，要求形式上符合对偶修辞，内容上贴近地方文化（2 分）。

大圣禅坐大圣塔，____________________。

学校审查命题时，我忐忑不安，深恐此题被作为怪胎枪毙，它毕竟是我的精心构思呀，幸好顺利通过。考试结束，学生群怨沸腾，同事褒贬不一。学生答案林林总总，老师爆笑此起彼伏。

后来我在《语文课程标准》“对教科书编写建议”中看到：“教科书应有开放性，在合理安排课程计划和课程内容的基础上，给地方、学校和教师留有开发和选择的空间，也要给学生留出选择和拓展的余地，以满足不同学生学习和发展的需要。”新课标的课程设置实行三级化管理，即国家课程、地方课程、校本课程。对国家课程资源，大家较为共识，重视程度一致。“高中语文课程要满足多样化和选择性的要求，必须增强课程资源意识。各地都蕴藏着自然、社会、人文等方面的语文课程资源，应积极利用和开发。”“各地区、各学校的课程资源是有差别的，各学校应该认真分析本地和本校的资源特点，充分利用已有的资源，积极开发潜在的资源。”语文老师应该做课程资源的建设者和开发者。句容三中建校才 10 年，时间太短，积累过少，开发校本课程有些困难，但句容西汉时就设立县治，拥有两千多年的历史，资源太丰富了。不妨在地方课程资源的开发上动动脑筋。

命题时我担心学生对联水平过低，特地在“大圣塔”“葛仙湖”两个词下面加上点号，以作暗示。设计参考答案为：葛仙神游葛仙湖。静之“坐”对动之“游”，“禅”佛对“神”道。我们发现还是有少数同学对得非常漂亮的，有的还引用了我县其他典故。问题在于，很多学生“两耳不闻窗外事，一心只读圣贤书”，在应试教学中精神麻木、人文丧失，对时事漠不关心，对历史一无所知，这是很悲哀的。新课程改革是以素质教育为出发点和归宿点的，所以应该对这种情况有所纠改。前文所述之茅山，名声赫赫，然而较多学生说从没有去过，印证了地方名谚“茅山菩萨照远不照近”。后来在评析试卷中，我们又训练学生用当地乡镇名称“白兔”“黄梅”来个绝对：“白兔白鸡啼白昼，黄梅黄犬吠黄昏”。学生语文学习兴趣陡增。

中国古代有个良好的传统，隔代修史，当代修志。各县都有县志。且历代不断修订增补，为后人留下很多文化财富、精神楷模，以光荣地方、激励来者。甚至名山名水都有志，如我们这儿除了有《句容县志》外，还有《茅山志》《赤山湖志》等。我认为不妨把这些志书及地方党史办征集的革命事迹，作为地方课程资源充分运用起来，加强精神文明教育和革命传统教育，使我们的语文教育教学工作实现更多的实效，再次诠释“文以载道”的古训。我们这里有东进林场（按陈毅手书“东进”二字培育的树林）、苏南抗战胜利纪念碑等。我曾用精简的文字概括之：月明星稀，崔崔嵬嵬，抗日碑下细说抗日事；风轻云淡，苍苍莽莽，东进林里静听东进曲。

说到抗日之事，今年适逢抗战胜利60周年暨世界反法西斯战争胜利60周年，高中语文课程中有戏剧单元，不妨开发一点我们这儿的地方课程资源。如，当年新四军某小分队化装成迎亲队伍，抬着轿子，吹着喇叭，麻痹据点日军，逼近之后突袭成功。当时所用的轿子现在就陈列在坐落于茅山的新四军纪念馆。学完戏剧单元，不妨让学生以这个素材来创作一个小剧本，既可以提高该单元的教学效果，又可使学生热爱家乡，增强民族自豪感。又如，巫恒通烈士率队抗战，受伤被捕，傲视群倭，拒医绝食，壮烈殉国。日寇为他盛殓厚葬，并通令部队，学习巫恒通烈士的忠勇精神。现在茅山新四军纪念馆里就有巫恒通烈士的蜡像。这类资源在我们句容是数不胜数的。

陆建隆教授指出，老师在新课程改革中要真正的成长，就要做到工作学习化，学习问题化，问题课题化，课题成果化。我很受教育，并就我的这次对联命题做了一些思考：我命题时间恰在高考命题出现对联题型之前，在鸡年春节晚会对联闪亮登场之前，在新课程标准推广之前，不知是巧合，还是暗合，总之，自己多少有些得意。此题既出，让学生对句容多了一些了解的兴趣。这于语文教师而言，夫复何求？

愿每一位语文老师都做一个地方课程和校本课程的自觉建设者和开发者！祝新课程改革一路顺利！

（写于2005年）

对联

“大圣禅坐大圣塔，葛仙神游葛仙湖”。这是我好几年之前拟写的一副对联，当时在试卷上出了上联，要求学生对出下联，这件事留给很多人深刻的印象。

前几天，学校因为要搞心理特色学校基地，需要做展示牌，要有三段导言，分别是学校篇、教师篇、学生篇。张永才主任主持这事，我为之写了些文字，得到认可和好评，自己觉得创意还不错，小嘚瑟了一把。可惜当时写的是手稿，我没有保存，

今天，校长室给全校发了一则校信通，把我和张主任创作的一副对联发给老师共勉，对联是这样的：以玉清河为弓，华阳路为箭，放飞心中理想；以大圣塔为笔，葛仙湖为墨，书写精彩人生。

晚饭时，吴万征老师批评我，说此联不够大气，我认为有理。事先，我没有想到要组成对联，所以我感谢别人能想到这一层，毕竟对联比展示牌有生命力。我拟写展示牌文字的时候，突生创意，写了一句草稿“句容三中，把自己挽成一张弓”，后来，根据这句话，又设想出“华阳路如弓，玉清河似弦”来。这是展示牌“学校篇”里的文字。在拟写“学生篇”时，我受到开头那副对联的影响，又想到镇江的一首名诗，“长江好似砚池波，提起金焦当墨磨。铁塔一支堪作笔，青天够写几行多?”遂写下“挥笔大圣塔，蘸墨葛仙湖，在浩瀚青天描画自己的青春蓝图”，张主任出于雅俗皆知考虑，要我改为“以大圣塔为笔，以葛仙湖为墨”，我觉得不够劲道，不过还是答应改了。

这是上周的事情了，当时忙了一个上午，还修改了一篇序言，为墙报拟写了一首《蒲公英》的诗，这些都是杂活，我认为与文学无关，也已经忘记了。今天收到校信通之后，本有不尽兴之意，又遭吴万征老师的批评刺激，我遂拟写一则更新版的对联，以飨读者，也望得到大家的进一步指点。

更新版对联如下：挽弓华阳路，张弦玉清河，腾跃三中的孜孜梦想；挥笔大圣塔，蘸墨葛仙湖，描画教育的朵朵蓝图。

个人意见，弓当有力，以刚性的华阳路比喻为宜；弦当可曲，以柔性的玉清河比喻为宜。挽弓，张弦，见力量也。梦想，小则合乎三中定位，大则呼应当今中国梦。孜孜者，见执着也，只有执着追求，才能有长久进步。“三中”，扣合下联主题“教育”。“挥”“蘸”，我觉得霸气仍然不够，待改，比如“握笔”“泼墨”？“孜孜”“多多”，叠词，可以增加音韵美。个人评分，82 分吧，本人水平也就这样了。横批取意“河清海晏”，暂定“河清湖晏”，其字在对联里位置对应，多少也能整合出一点新意来。

我几乎没有写过这类说明性文字，呵呵，啰里啰唆，浪费大家的宝贵时光，请见谅。在此也谢谢吴老师的指点。

（写于 2013 年 10 月 16 日）

葛洪琐记

葛洪，句容人，出身望族，虽家道中落，却勤奋学习。叔祖父葛玄，人称葛仙公，曾在句容城里结庵凿井，拜左慈为师，甚有奇术，后被道教尊称为葛仙公。葛玄授业郑隐，郑隐授业葛洪。葛洪汲取井水炼丹，称为丹井。井券上镌刻有“丹井”“仙泉”。井水终年不涸，盛在杯中，高出杯口半指不溢，十分神奇。井口经过绳子长期磨砺，形成一道道凹痕，述说着岁月的流逝。

葛洪最后也得道成仙。今天我们不再严格界定谁是葛仙，而把他们祖孙二人都称为葛仙。华阳镇现有“葛仙社区”，就是地名遗存。“葛仙”二字就印在楼盘的墙壁上。他们都曾是著名道士，也是名医。现在，有人开着药店，还用了“葛仙翁药堂”招徕生意。

葛洪还是医药家，他采集茅山当地的一种青藤根茎给百姓治病，人们感恩之下，称之为“葛根”。现在，本地人开发出了葛根茶系列，健康养生，所谓“北有人参，南有葛根”。

在句容市第三中学正门对面，有座葛仙湖公园，坐落在老城偏西一点的地方。公园绿树成荫，空气温润清新，水波潋滟碧清，最是风景绝佳处。园中的湖，其实是一个特大的池塘，是史上一位知县组织人挖掘的，既缓解了汛期排涝之难，又兼有养鱼之利，称为“郭西塘”，即位于城郭西边的大水塘，现在改名为葛仙湖。这位知县就是徐九思，清正廉洁，造福句容九年。句容人民爱戴他，在茅山为之建祠。电影《七品芝麻官》的徐九经即以他为原型，“当官不为民做主，不如回家卖红薯”。好人往往受排挤，徐九思最终只好赋闲在家，空老壮志，大呼“茅山迎我”而终。先人的恩泽，也庇佑着句容三中的莘莘学子。我们经常去葛仙湖边呼吸新鲜空气，也就常常浸润在葛仙的大道之中。我还偶得灵感，前后拟写过两副对联，兹录于后。“大圣禅坐大圣塔，葛仙神游葛仙湖。”“挽弓华阳路，张弦玉清河，腾跃三中的孜孜梦想;挥笔大圣塔,蘸墨葛仙湖,描画教育的朵朵蓝图。”

公园里建有葛仙观,主殿就是葛仙大殿,祭祀这两位仙公。东边为大,坐着葛玄,白发白眉白须,西边坐着葛洪,黑发黑眉黑髯。殿檐上的匾额由余秋雨所书,“大道千古”“泽被故里”,诠释着道教“上善若水”的精髓。

葛洪,因为炼丹养生,做了大量的化学试验,并且在其代表作《抱朴子》中有所记载,扬名四方,成为历史上知名的化学家,为我们句容争得了无限荣誉。

为了纪念葛洪,句容人民在玉清广场塑了葛洪的像,手握书卷、慈眉善目、仙风道骨、衣袂飘飘、遥望前方。在广场的一排长廊上,刻有表现葛洪事迹的图画,最后以一副对联作总结:华阳著书,总百代之遗编;罗浮炼丹,穷九转之秘诀。葛洪的神色看起来很舒畅,句容的明天一定很辉煌。

2006年,茅山道院曾经搞过一次全国性的葛洪研讨会,规模大、规格高,其后曾去大卓寻访其祖地和坟茔,终因年代久远而无可考,然而,葛洪早已凭其赫赫成就永远活在句容人民心中,算是另一种得道成仙,长生不死了。

葛根治病,洪恩沐民——葛洪,句容的一张靓丽名片。

(写于2014年9月6日)

隔离

办公桌上，搁着一份检讨，按照我的规定，800字以上，叙述了事情的经过，自己的感受，以及自己的认识，大致是说，起初心里无所谓，不讲话就不讲话，没什么了不起，后来越来越难过，憋得慌，反省自己，的确做错了不少。

你看不懂不要紧，我来给你说说。事情还得从好几天之前说起。

现在教的这个2班，学风不是一般的差，有些人很“2”，屡教不改。这天组织学生默写《蜀道难》，说实话，《蜀道难》有点难，我也知道每次默写都会有学生偷看。这次，因为教室要准备做高考考场，学生先期清场，座位上只有为数不多的书本，比平时清爽得多。我说，要么把桌上的书本放进抽屉，要么放到脚边。自己也开始在班级过道巡视检查。一圈转下来，让几个不达标的人按要求做好。开始转第二圈，发现陈同学的左前桌案上搁着黑色大书包，我就把它拿下来，没有发现什么异样，便俯身轻轻放在地上。心里觉得奇怪，刚才的巡查中，没有这只黑包啊！联系到该生平时一向皮厚而不知耻，我就站在他面前琢磨，一掀默写纸，纸下面赫然压着一页书，课本中的一页，正是印着《蜀道难》的那一张！左侧边沿呈不规则锯齿样撕痕，显然，陈同学趁我不备，迅速撕下课文，压在纸下，以供抄写之便，怕我发现，就用大大的书包遮挡，却没想到，正是这书包暴露了他的企图。

我的火气“腾”就上来了，全班停止默写，训话！

分数，算什么？品质，才重要！

师生之间，应该是精诚合作的关系，不是矛盾斗争中警察与小偷的关系。我组织默写，一向是这样操作：给定时间，统一默写，然后自己对照课文，自行评改，错误之处，红笔纠正，加强记忆，五遍为限。有时是同学互批，帮助找茬，“请同学帮忙找到自己看不到的后背上的脓疮”。总之，自己先默，错了自改，改了记住，下次不错。学生不是为了应付老师的检查，老师不是为了找学生的麻烦，大家一起努力，搞好默写，争取拿分，提高成绩。

我听说陈同学的英语默写没有一次不抄的，语文默写，也抄，但这次撕书的举动，实在是亵渎了课本的性灵。

“诚信，人没了诚信，谁信？现在的同学知道你的品质，将来谁愿意和你交往，谁敢与你打交道做生意？自己每讲一句话，别人都笑着认为是假的，自己没有一个真诚的朋友，将来何以立足，何以生存？没有公信力是可怕的，没有私信力是可怜的。”

“班上的女生谁愿意嫁给这样的人？”我问大家，全班无声。我知道，青春期的学生，特别讲究在异性面前的“光辉”形象。我就让他曝光，让他一鼻子灰，来刺激强化，让他改正。

“现在我宣布，从今天起，在一周内，严禁任何同学跟陈同学交流说笑，谁与之交往，我对谁不客气，把谁的书本一起扔到教室外面去！我会安排同学暗中盯梢。”

第二天某个课间，我亲自去查，一个女生正与之说笑，被我劈头盖脸一通臭骂，女生脸红头低，陈同学狼狈逃窜，还是被我警告“不要害别人”！

从此，下课后，陈同学一向好动的身影僵锁在座位上，嬉笑的言语压制在舌头下，默默无语，谁也不再搭理他。

心理学家马斯洛说，人有归属的心理需求，得不到满足，心理就不能达到平衡，就会产生焦虑，就必须通过调节自我言行，来合乎环境的需要。不改变，就等着被抛弃，谁也不愿被群体否定和抛弃，丧家的狗叫，只会是哀鸣，而不会是咆哮。

一周时间到了，他写下了这份800字的检讨，我在班上肯定了他的进步，也提出了进一步要求：一旦下令隔离，即使交作业也不能讲话交流，只能用手指点作业本的动作来表示。隔离就要有隔离的强度。

我解除了对陈同学的隔离禁令，他面露喜色，但我知道，融洽的关系需要长期维持，经过了一个星期的隔离，他会觉得和同学之间生分了很多。

这是对冲动的惩罚，这是对人品的纠正。

虽然这节语文课，受到训话的影响，损失了一些时间，但是，经过这次教育，我相信很多同学，包括陈同学在内，都会从中受益。

我个人以为，教师，不仅要教学，更加要教育。

（写于2012年6月16日）

公开课

从教20年，没少开过公开课，有的课至今犹记。

1998年秋，我在行香中学面向句容的高中语文老师上《南州六月荔枝丹》公开课。这篇说明文的写作顺序是由皮到瓤到核到花到蜜，并不复杂。上公开课，要出奇招，才会给大家留下深刻印象，才能获得好评。我花了一二十分钟引导学生理解了这个从外到内的说明顺序。教室后面众多的听课老师懒洋洋地坐着，无聊地拿笔信手在笔记上写写画画，偶有两人窃窃私语，彼此会意地微笑着。这时，我从讲台下面拽出来一个口袋，搁到讲台上，顿时，学生们争先恐后伸长脖子，盯着我看，不知道袋子里卖的什么药。听课老师也受到影响，投来莫名的眼光。我请了四个小组长上讲台，帮我分发，每人一颗——橘子！

班上兴奋起来，有学生互相猜测这是干啥，性急的甚至就要剥开，被我制止了，说还有事情要安排，并且关照组长给每个老师也发一颗。我引导大家认识橘子，上面的叫蒂，下面的叫脐；再带着大家研究橘子皮的颜色、光泽度、光洁度；再轻轻撕破橘皮，查看橘皮反面，观察色泽、光滑度，引导学生可以用什么词语来形容；把皮全部剥完后，看瓤瓣，数数有多少瓣；瓤外面的白色的筋，叫作瓤络；拽下一个瓣来看看，瓤瓣中间白色相连的地方，叫中心柱。学生们已经兴奋起来，老师们也饶有兴致地跟着行动。整个过程，我在不断板书那些专业术语。

掰开一瓣，研究果肉，看看每一小粒的形状，观察汁水的颜色，用舌尖品尝一下味道，是酸，还是甜；数数里面的核，有几粒。引导学生为什么要采用从外到内的说明顺序呢？哦，对了，符合人们认识事物的规律！颜色、瓣数、核数，不尽相同，可以用“大多”，既用了列数字的说明方法，又能体现说明文语言的准确性。然后，我宣布“开吃”，大家便一起或吃或吸。再留下一点时间，请同学们按照刚才的顺序，使用我板书里的专业术语，写一篇橘子的说明文。最后，吃也吃了，写也写了，师生们都很快乐。几年后，我调进句容三中，某次与刘凤珍老师闲聊，她笑着说还记得吃过我的一个橘子呢。可见，她对那节课的印象之深。

调到句容三中后，某次语文老师们要听我的公开课，指定讲作文中的议论文。铃响，学生候课，老师端坐。我走进教室，板着脸，把书本往讲桌上一扔，气氛顿时凝重起来。我说刚才在校长室门口，小黑板的公布栏上，我班量化考核倒数第一，现在不忙上课，先说说这事情，班长负有责任，首先回答。班上开始议论，有人抱怨，有人自责。班长站起来说："老师，要看看是哪些地方扣分的。"我追问："看到了又怎么讲？"他说："哪些地方扣分了，以后要注意。"我说这些地方有没有轻重之别？班长说，扣分多的要重点抓；我说，也就是"首先"，那么后面就是"其次"？班长说是。我高兴起来，说"很好"。同学们见状，舒了一口气，空气也似乎流通得快速起来。我提高音量说："同学们，你们看，刚才，我提出了问题，然后，班长进行了分析，又想出了办法，这不就是今天要讲的议论文的结构吗？提出问题、分析问题、解决问题，后两者也可以通过什么来体现层次感呢？"我边说边板书重要的术语，学生有的跟着读，有的率先回答"首先，其次"，看到我的板书就是自己抢答的答案，掩饰不住地得意。我又告诉大家，量化考核不是倒一，而是正三，全场哗然，微笑袭上我的脸庞。我哄抬气氛，大声发问："大家说，议论文难写不难写？"他们怪叫着"不难写！"全班又大笑起来，然后我出题目进行训练测试。事后，张云老师和我交流，说他起先真的以为是讲班级情况呢，谁知那就是课堂教学的故意设计，没想到，被我唬住了。

最近带的这届学生，我从开学第一天开始，就每天训练他们的随笔写作，根据情况，灵活命题，将写作和生活密切联系起来，学生觉得有话可说，有情可抒。教师节，我命题《对我影响最大的一位老师》，要求深情回忆，用事实说话，练好细节描写，展示人物精神品质，凸显影响教育的主题。每年教师节，网上抨击老师收礼的贴子特别多。我决定反其道而行之，指定所有学生必须给我送一份礼物：写好文章，上网发贴，歌颂那些优秀的老师们。不少学生反映不会发贴，我又教他们流程，要求周末完成，也可以请求家长协助。那个周末，在我指定的"华阳书苑"的论坛版块上，冒出来很多"新人贴"，众多或沉稳、或帅气、或幽默、或严谨的老师们，纷纷走到读者面前。由于选择对象的特殊性，学生都有话可说，优秀文章比比皆是，引起轰动和关注。句容电视台也特地来采访，尊师重教，形成了正能量。之后，我顺势布置新的题目《第一次发贴》《我的 QQ 我的群》，激发了学生写作热情，使他们不再惮于写作。

有了这种大量训练的背景，我又开了一次公开课，设计主题是“随笔伴________成长”，大大地写在黑板上，空白处由上讲台发言的同学填写自己的姓名。王嘉琪被我选中做主持人，在讲台上自己临时发挥，编写串词，甚至及时点评小结，不失时机地把我教过的理论写到黑板上，结合同学的发言内容，进行理论与实践的契合统一，比如，“生活是创作的源泉”“真实是作品的第一生命力”。同学们根据自身情况，畅谈随笔写作对自己的帮助和写作水平的提高。大家纷纷举手，抢着发言，由王嘉琪点名，气氛活跃，这样既锻炼了学生的胆量，也提高了他们的素养。我呢，则事先架设了一台摄像机，全程摄录，或拉远全景，或拉近特写，整个公开课，我压根儿没有说一个字！然而，这种匪夷所思的公开课形式，照样受到听课老师们的赞赏，只是表示难以复制。王嘉琪同学给所有听课老师留下了深刻的印象。再后来，我把所摄的课堂内容，请同届的奇才丁柏林同学帮忙刻录成光盘，分发给同学们，让这段 45 分钟的视频，见证他们青春的潇洒，这是将来永远的财富和记忆，会像美酒一样，愈久愈醇。

暑假接近尾声，新学期即将开始，我还会创新出什么新的课型来呢？让我再好好想想吧。

（写于 2013 年 8 月 17 日）

监考和白纸

今天是周末，句容三中高一期中考试，单人独坐，俨然小高考，高中就是高中啊。

一早，老婆戏言由她代我监考："不就是发发试卷，收收试卷吗?"我笑着说："监考可是一项技术活儿，你干不了的。"

早上第一场，考数学，这是很重要的一门学科，160分，分值大，学生成绩差距拉得大。

我监考的是一个班风较差的班级，曾经有老师在班上被学生打过。我得有思想准备。一进班级，就能感觉出那种氛围。班风好的班级，老师只需要说一遍"静下来"即可，而这种班级至少要大声说三遍，还要动用"机关枪"，即用怒眼扫视全考场。按惯例，先提示学生上厕所，考试期间原则上禁止学生上厕所的，实在要上的话，必须等巡视的学校行政领导来陪同，以防学生利用这种机会作弊。

发草稿纸，答题卡，答题纸，最后分发试卷。分发结束，有人举手要上厕所，我气不打一处来，大声责备，宣布要等领导来陪同才行。整整两个小时考下来，他又不需要上厕所了。

发试卷时，有人还在大声说话，我予以制止，这位章同学说，不是还没有考试吗?我喝问，是听你的还是听我的?他不屑地"切"了一声，能让你喷血。期间又有人吃口香糖，我轻敲其桌，食指指嘴，慢慢摇头，该生会意，吐了出来。又有一个女生把自己的试卷往左边移动，以便后面的同学可以看到答案，我提示了她一下，事情也就结束了。

下面才是我要讲的重点。

倪同学，左手握了一物，一查，竟然是MP3，原来他不在写数学题目，而是在看电子小说，我收了来，装进口袋。

我往前巡查时，眼观六路，眼角瞄到后排有一道白色轨迹划过，走过去，巫同学的草稿纸叠成块，赫然出现在其右侧同学的课桌上。我问他们怎么回事？那人说是在地上捡到的，巫同学说是风吹到地上的，简直是睁眼说瞎话，根本没有风，也不是在地上捡的，而是直接抛过去的。我指着草稿纸上写的填空题答案，警告巫同学："要是想处分就直接跟我说！"

后来，巫同学前面的季某以为我看不到他，回头看巫同学的试卷，我马上过去问季同学想干什么。他说是回头向巫同学要面纸的，我警告他，按考试规矩，商借物品必须由老师传递，更何况向男生借什么面纸？鬼话！后来我又发现季同学的草稿纸下面有东西，一查，是讲解过的数学讲义！我收了他的讲义，又收了他的试卷，小声警告要处分他。他想发作，想想又恳求我再给他一次机会。我让他先写，考试后找我。

收完试卷，我把四个人叫到面前，告诫他们，年纪轻轻，不要弄个处分，要珍惜自己的名声，又表扬了季同学，以及其他几个同学，表扬他们知道服软，知道认错，每人奖励两张白纸，告诉他们要清清白白做人。季同学索要讲义，我说还有三场考试，我会追问后来的监考老师，如果季同学等人后面表现良好，我自动销毁讲义，如果还有什么不良企图，我就把证据交上去。他们连连点头。倪同学追问我要 MP3，我又教育他几句，掏出来给他时，我说，你讲话的语气不够温和嘛。他马上温和地重新说了一遍。我说，又不知道说声谢谢？他忙说谢谢。又奖了两张白纸。在旁边看热闹的人呆了，包括说"切"的章同学，我顺便教育他一句，他赶紧点头。我说，因为刚才你能接受我的教育，把这剩下的七八张白纸奖给你吧。

这次哪怕有一个学生能接受教育，得到进步，这些白纸也就有了价值。

在学生们的惊异中，我匆匆走了，还有一场考试在等着呢。

可惜，我不方便进行追踪教育，无法去巩固这次的教育成果。

教育工作是随机的，创意的，长期的，也是渐进的。

（写于 2008 年 4 月 27 日）

今天的语文课

学校搞了一次测试,语数外,高考大科目,学校自然重视,一个周六就考完了。试卷在周一也全部改出来了,分数就“哗哗”地在老师们的桌上流淌着,流淌的不仅仅是学生们的分数,还有老师们的愤怒。这么简单的问题,几次强调的内容,这些反复训练的翻译,还错?还错?还错!

不给点教训,是不行的,老师咽不下这口气。

惩罚,是必需的!打?是不行的。骂?也是不行的。罚抄?是司空见惯而低效的。

必须创造新的方式,出奇制胜。

“上课!”我的低沉的喝令让学生们感到异样。

“同学们好!”有所压抑的浑厚。

“老师好!”没有了平常的高亢,明显感受到了我的情绪。

我对上课仪式的训练要求是,我大喊一声“上课”,学生必须在半秒之内做出反应,伴着班长的响亮回应“起立”,同学们必须整齐地“刷”站起,我快速高声“同学们好”,学生必须声震屋宇“老师好”,一上课就要提振精气神。

我命令拿出试卷,分析选择题。第一题的D项,明显错误,低级错误:“竟有六个同学选错,来,上黑板,把你的名字写一下!”

在大家的东张西望里,六个人站了起来,走了出来,站上讲台,惴惴地拿起粉笔,认真地写下自己的名字,然后长吁一口气,回到位上。他们面面相觑,不说话,其他学生小声议论,不明就里。

继续分析!

又是审题失误,题目没认真阅读,引起同学哄笑。他们赤红白脸,狼狈地走上讲台,写下自己的名字。

又一题不该出现的错！刚才哄笑别人的同学收住僵硬的笑容，垂头丧气地走上去，写下自己的名字。

这时候，大家大致明白了流程，分批分批地走上讲台。

教室里，没有了通常的欢声笑语，我的大嗓门，将氛围推向压抑。“还有一个人呢?!”我连问三遍。

这时有个人，钱同学，著名的睡神，迷糊着眼睛，慌慌张张、跌跌撞撞跑上来，写下名字。我一查，不是他！我再喝问他，他说：“哦，看错了，是下一题。”全班喷笑，我一个严厉的眼神扫过去，硬是把笑声掐死，要保持着压抑和紧张。如果跟随了他们笑起来，那么全部努力的效果，就会几乎是零。

原来是高同学，试题上选了 A，答题卡上却涂了 C。悲催，无语。写下名字！

黑板上，密密麻麻写满了名字，写得多的人感到了羞愧，没写的人或者暗自得意，或者幸灾乐祸，但还是尽量显出一副悲戚之色，颇有兔死狐悲之态。

完了？没完！

“所有上黑板的同学，保留你的一处名字，擦掉其他的名字，在名字后面写上次数！”依旧严厉的疾声。

哗哗，涌上去一堆人，碰撞着，推挤着，个高的伸直胳膊写在最上面，个矮的被包裹在人堆里，挣扎着在下面写名字，也有皮薄的将自己的名字写在字迹密集的地方，想躲在众人堆里。可是下讲台的时候终究还是低垂着脑袋，迎接在座同学同情的目光或哂笑。

黑板上清晰了一些，每个名字后面写着 1 到 5 的字样，终于安静下来了。

想这样就轻松过关？没门！继续折腾！

“刚才上黑板的同学，到黑板上来，每个选择题分值是 3 分，把你的次数乘以 3，改写成分数！”

又是一阵骚动，又是一脸悲戚，粉笔头被他们拿起，很快又放回。没有一个人会像平时一样，摆出一个自以为很酷的造型，甩出一个漂亮的弧线，将粉笔扔回笔盒。

这次，效果不一样了！至少是 3 分！最多的 15 分！刺激人的眼睛，刺激人的神经。很多人耷拉着脑袋，也顾不上在同学面前丢脸之事了，陷入自责之中。

我的声音不再严厉，而是语重心长：“高考中，一分压千人哟。你们看看嚜,想想嚜。”

“今晚的家庭作业,以《今天的语文课》为题目,写一篇 800 字的文章,统一用作文纸写,可以写课堂过程,可以写体会,可以写心理起伏。”

第二天,我翻看了所有作文,真实、真诚,有作文的训练效果,有上课的感悟和收获,只是卷面匆忙潦草而已。他们感叹从来没有上过这样的语文课,没有想到语文课还可以这样上,觉得比较新奇。

又到了一节语文课,我充分肯定了全班同学的感悟和进步,要求他们马上再做一点修改润色,工工整整地重新誊写,署上日期,自己的失分情况,然后交给我,封存,收藏,多年之后,如果同学聚会,我再启封。

大家认认真真,努力写出最好的字迹,留给将来的自己。在誊抄过程中,他们得以再次温习,强化效果。

我缓解了自己的愤怒,学生得到别样的震动,没有体罚,没有责骂,最后,留给他们一个深刻的记忆,留给我一份珍贵的资料,也给我一个比较好的教育教学案例,以及写这篇文章的鲜活的素材。

热爱生活,创意工作,必有所获。

(写于 2012 年 6 月 8 日)

随笔宣读课

想布置学生写一篇生活随笔，本来安排在国庆节结束后就写的，可惜，周考、月考接踵而至，压得这个任务到前天晚上才能布置下去。昨天，我把随笔批阅了出来，让课代表分发下去，并在班上张贴一张“公告”。

公 告

1. 此次同学们的生活随笔内容丰富，文笔活泼，充满生活气息，不浮夸、不矫情、不胡说，体现了真善美，A 等以上都是值得肯定的。朕甚喜欢。

2. 点名表扬一下优秀者：糜粒、郭文渊、薛文婷、朱萌、夏金金、张凯悦。

3. 指定下面同学打成电子稿，署上班级和姓名，发到我的邮箱，并打印一份出来，张贴于班级，限下周一前完成。我将评讲这些文章并推荐给学校文学期刊《晨光》（如有困难，尽量克服，实在不行，便是弃权）。名单：马媛、何阳、彭贤湃、侯润南、夏述凡、刘丽、胡诗纯

钦此

2014.10.21

你没有看错，这是我写的“通知”，看完后，有人会发笑。叫我说啊，生活嘛，就不要太严肃正规，这又不是外交文书、竞聘简历。朱宁老师评论说，“还钦此呢”。嘿嘿，是的，正是“钦此”。

兵贵神速，打铁趁热。今天，我就安排了评讲。流程是这样的。我点名，学生按序上讲台朗读自己的文章，我适时插话，指导他们提升台风，把握朗读节奏；然后由同学简单点评，或者由我简单点拨；再下一位，再点评点拨；之后总结。在他们朗读过程中，我会用手机拍照，之后配上说明性文字，发到微信、QQ 空间，供学生、家长、网友阅读，满足部分学生的成就感、家长

的幸福感、网友的好奇感。

我在黑板上写下课堂主题:随笔宣读课。

侯润南首先走上讲台发言,话题是手机给我们带来的负面作用,号召放下手机。我引导学生明白,这是在写议论文,抓住生活常见现象,提出观点,分条阐述理由,再做出呼吁收尾,典型的总分总结构。很好。

其次是胡诗纯,写了同学的友爱,内容真实亲切,语言活泼生动。

何阳,发育尚迟,显得萌萌的、憨憨的,很可爱,女生都把他当弟弟一样逗耍,他也不恼。他的声音也小,我在旁提示"声音高点!"他停止了朗读,慢慢侧歪过头来,看定我,这个慢动作吸引了全体同学的注意力。他接着怯怯地说:"要不,你来读?"全班爆笑,我狂汗,又忍俊不禁,把嘴角咧向两旁。我也模仿了他那怯怯的语气,说:"还是,你读吧。"他绯红了白白的脸颊,继续朗读。他说的是自然科目的一节实验课,把上课的老师如何引导学生探究知识写得很好,结尾是"这节实验课真有趣"。我引导学生,这样一来,本文的主题立意就是"有趣",层次有点低,不如改为"这节实验课给我们打开了通向神奇科学的大门",或者"科技真奇妙,它引导着我,引导着人类走向更远"。这是有意识的主题提升,不需要对原文做什么大改动,只在文末下点功夫就行。

马媛写的是父亲送她去医院。我说这个题材相当相当的老了,我们老师反对高中生再写这个题材,但是,马媛同学,以父亲的背为感受点来写父爱,细节描写很精彩,文章也写得摇曳生姿:急急去看病,医生下班了,电话找来医生,让去做 B 超,谁知电梯不能运行,父亲艰难背上 6 楼,又被告知,只能做彩超,要去另一栋楼,父亲几上几下,汗透衣裳,最后成功查出肠子打结。我建议其他同学,没有金刚钻,不揽瓷器活,尽量不要选用这个题材。

彭贤湃,写了自己在奶奶家吃烤红薯的事情,朗读"每过 3 分钟我就去捣捣锅膛"时速度偏快,我提示要慢点读,给读者留下想象那个场景的时间。而且此句可以改为"过了 3 分钟我去捣捣,看看没熟,就埋起来,过了不到 2 分钟,我又去捣捣",看起来啰唆,其实是繁笔手法,可以渲染出一个孩子的馋劲。他读到"我把山芋颠来倒去",我又叫停了,组织学生对比"我把山芋颠过来,倒过去"的效果,语气的舒展,更能描绘出场景感,再扩张成"我把山芋颠过来,倒过去,倒过去,又颠过来",效果怎样?比较鉴赏之后,学生能理解到原来的"颠来倒去"四字太仓促,表现力不够,语言缺乏张力。对于此文,我又联系着讲到自己写过并发表的文章《烤薯飘香》,彭文是写吃烤薯的生活之乐,而我写的主题是赞美烤薯老人的乐观勤劳,引导学生同样的素材可以提炼出不同的主题,如果有足够的驾驭能力,就写更高层次的主题。

夏述凡，事如其名，夏姑娘述说了一个平凡的事情，即门牙损坏给自己生活带来的不便和烦恼。她的笑点比较低，我对她的提示是，朗读文章的时候，要学会自制，再怎么好笑的事情或文段，自己不能笑，而要清楚朗读，由听众去笑；如果自己先笑了，别人莫名其妙，也会笑，但不是因为欣赏你的文章而笑，而是因为欣赏你的傻样而笑。

最后，我安排了刘丽，因为一看题目《王八都去哪儿了？》就让人开心来劲了。上课如同导演安排剧情，需要做到张弛有致，这个节点上，大家需要轻松一下了。小刘写自己看到家里人买了王八，催父亲做王八汤，催了两次，父亲都忘了。她看过几次它们爬挠的样子，又喜欢它们了，决定放生，关照父亲别宰杀王八炖汤。等到晚自习回家，不见王八，心里一紧，赶紧开锅，空着，心又一松，听到旁边有声音，好奇去看，却是砂锅，揭开锅盖，“灰黄的王八壳子随着白色的汤汁正一起一伏”。文章到此戛然而止。我在批改时，加了批语，说这是我教这个班以来看到的最好的文章，太有起伏感了。我给学生画了起伏的波浪线来体会文章的跌宕之美。昨天，我还在提醒刘同学尽量配一个结尾，我也帮着思考拟写，一时无果。今天，她一读完，我豁然开朗，这个没有结尾的结尾才是最好的结尾啊！《项链》的手法，欧亨利式的结尾，我为小刘点赞。

他们朗读时，我不仅拍照，还在黑板上写下了他们的名字，用多种形式来强化他们的成就感，激励他们更好地去写试卷上的文章，人生中的文章。

眼看就要下课了，我号召大家为这七个同学鼓掌，祝贺鼓励他们。再逐一提问每个人所写的内容，“侯润南的？”“手表！”“胡诗纯的？”“同桌！”“夏述凡的？”“门牙！”“刘丽的？”“王八！”“你们印象最深的是？”“王八！”“都是王八？”“都是王八！”“你们都是王八？”“都是王八！”我扑哧一笑，部分学生回过神来，笑着说：“老师，你真坏。”

我在黑板上写下“热爱生活，观察生活，定格生活”，教导他们“生活是创作的源泉”，要接地气，要有生活气息。这一点，正符合习大大最近对文艺工作的指导精神呢。

我指定全体同学把那些标题抄录下来，将来如有可能，完全可以通过适当移植虚构，而为我所用，为考试所用。

我把这堂课发到QQ空间，网友云淡风轻评论“这才叫语文课”。王娇老师说“真是望尘莫及”，我说“王老师客气了，我不过是随性而为”，她又说“我等都没有这般随性而为的能力，羡慕”。虽然明知这些都是溢美之词，但我也很高兴。学生需要鼓励，老师也是一样，其他人也是一样的吧。

一堂课,有肯定、有激励、有锻炼、有指导、有提高、有师生的融洽,有开心的欢笑。我又提示学生,这堂课的本身,不就是一个来自生活的写作素材么?

面对写作不犯愁,也不必东奔西走,生活里样样都有。

(写于 2014 年 10 月 22 日)

小小一张『卡』

休息了一年，没有做班主任，也就无法实施我个人的学生培养计划。今年重操旧业，管理62个孩子，我第一天就宣布，要在他们身上打下我的烙印，体现我的个性特色。各位看官，如有兴趣，且听我慢慢道来。

2007年9月27日

第一件事，就是告知我的姓名和手机号码。我在黑板上写上自己的名字“史祥”，它虽然难听但很好记。学生一读就记成了“死相”老师，马上就笑了起来。然后背我的手机号码，而且马上提问，必须牢牢记住，就像自家的号码一样，随时能报出来。事实证明，这一招很必要，也很重要，这里不想去分析证明。如果你是班主任，我建议你可以作为参考。

我利用工作之便，截取了班级的一份重要材料，偷偷地藏起来，再慢慢一一登记归类。9月13日，我叫来一位女生，偷偷地塞给她一张纸卡；9月16日，我又偷偷地塞给另外一个男生一张纸卡；昨天晚上我根据台历记号，提醒自己今天还要塞纸卡。今天我叫来班长，递给他纸卡，和往常一样的纸卡（我布置事情给他，常常写在纸卡上）。下午我收到一则短信，录于下：

今天是朱东哲的生日，他收到你给他的贺卡非常高兴。我们全家对你给予他的关心和爱护，表示衷心的感谢。祝你幸福！朱东哲的家长

现在你知道记住号码有什么用处了吗？那是一份什么重要的材料呢？我告诉你，学校登记所有新生的身份证号码，我截取了其中的生日信息，记录在台历上，适时秘密地给相关学生写个纸片，加以题词，祝贺生日，勉励努力。既然家长说是贺卡，那么就算是“卡”吧。

第一位女生身世特别，内向、忧郁，我说“愿你的笑容像阳光一样永远

写在脸上”；第二位家境贫寒，在今年教师节我曾带领全班同学给他捐过款，我说“贫困炼就现在的坚韧，勤奋铸就未来的辉煌”；对于班长，就又是另种激励和鞭策了。

我没有大的本领，也就没有大的作为，在这个教育岗位上，我尽心尽力地按照自己的意图去给我的学生们打上烙印。

2007 年 10 月 20 日

10 月 13 日、10 月 14 日、10 月 15 日，分别是我班三个同学的生日，依例都暗中给了卡，一位苏姓男生抓抓头说，自己都忘记生日了，我笑而未言……一位袁姓女生接过纸片，边看边离开办公室，走到门口，也看清了内容，又折回来对我微微鞠了一个躬，说了声谢谢。开学以来，卡已送出七个，这是第一个当面向我表示谢意的学生，我当时眼眶一热……

2007 年 12 月 25 日

今天是圣诞节，昨天是平安夜。昨天学生杨某家长几次邀请我们任课老师聚餐，感其盛情、真情，我们接受了邀请。该生小学毕业后就莫名被疾病缠身，之后几乎一直辗转于各大医院。南京、上海、北京、广州、香港，都留下过他们求医的足迹。这学期接手该生后，我对她颇为同情，也颇为关心。她性格开朗、懂事，尤其尊敬自己的父母，每次进手术室之前，都挥手向她妈妈致意，坚强如此。其实她内心有些偏激，我开导过几次，效果很好。她热爱班级，勇于奉献。在拔河比赛中，拿笤帚快速打扫地面，以防打滑，又在旁边加油助威。在资助我班的贫困同学时，她默默地投进去 50 元而不声张。上课受疾病困扰，听课痛苦，常常是靠毅力在坚持，我告诉任课老师如果看到她上课趴着，不要批评她。老师们都很关心她，所以家长一再相邀。上次家长会上，她的妈妈发言时，真情动人，泪水潸然，前后向我鞠过三次躬，以表谢意，我和其他家长也是热泪盈眶。今天上午，该生向我请假，说“老师，对不起，我又要去医院了”，我默默点头，目送她离开。

下午，我掏了几十元买了些橘子，作为节日礼物，每个学生发两个，表示一点老师的心意，大家很高兴，精神意义大于物质意义。望着杨某的空位，我在同学面前表扬了她，并祝她健康快乐，委托她的同桌给她留下两份。借机，再次祝福这个好孩子。

今天,我收到一份圣诞礼物——一双棉手套,送礼物的学生叫陈艳,她说我在12月11日送过她一张卡,写着生日祝福,她很感动,就出去买了一双棉手套(我们班主任每天一大早就到学校了),鼓足了勇气送来的。至此,我才明白她今天请假不做课间操的原因。我在这学期送出去十多次学生生日的祝福,不知道到底有多少教育效果,我想只要有学生能得到心灵的愉悦、感受人情的温暖,也就够了。我又给陈艳回了一封短信,相信她会好好收存这份材料的。

在接下来的四五个月里,我要好好努力,希望能把班级打造得更为优秀。

今年我的班上有八位比较特殊的学生,我付出了很多,也有了一些明显的效果,我很高兴,他们的家长也很满意。相信,创新去做,必有新的收获;用心去做,必有心的收获。

一颗板栗

早上没有及时被闹钟叫醒，我急急忙忙起了床，牙膏都没有挤，抓着牙刷胡乱捅了两下，打湿一小片毛巾，在脸中央抹了两圈，毛巾一扔就开门，门边就是饭桌，桌上搁着篮子，里面装着昨晚我煮熟的板栗。我顺手抓一把，塞进了裤子口袋，权且当作早饭吧。

都说属猪的命好，这不，有同事把早饭买重复了，我就受邀帮忙给吃了。

今天语文课，安排学生朗诵老舍的《想北平》。老舍文风质朴、感情真挚，在平淡冲和里融入了浓郁深沉。为了加强教学效果，我决定组织学生朗诵此文，朗诵不是朗读，要求读出感情，读出美感来。老舍对故乡北平的爱和对他母亲的爱，同样深沉炽烈，而且互相融合。

开学之初，教学诗歌《相信未来》，我就开始组织学生上讲台朗诵。相信未来，我相信经过训练，在未来的日子里，学生们完全可以走上讲台，好好表演朗诵。全班48人，正好分成8个小组，每组6人，经过同伴推荐，老师考察，选出了8个小组长。由组长划分任务，个人充分准备，走上讲台，一字排开，合作朗诵《相信未来》。那次活动，算是预热，主要是培养学生的自信心，勉励他们"今天走上教室的讲台，明天走上人生的舞台"。

这次，需要提高朗诵的效果。昨天，我打印出两份老舍先生的《我的母亲》，课上一份由我捧着朗诵，一份由课代表投影，展示给学生看文字材料，与我的朗读速度保持同步。这篇文章，我给以前的学生读过几次，每次朗诵，我都很投入，也很动情，这次依旧。文章比较长，我缓缓款款，语速适中，用男中音读之，共鸣着作者的情感，用心灵去战栗。"皇上跑了，丈夫死了，鬼子来了，满城是血光火焰。"跑，死，来，加以重读，突出强调母亲的艰难。"每逢接到家信，我总不敢马上拆看，我怕，怕，怕，怕有那不祥的消息。"几个"怕"，酝足了内心的煎熬。"除夕，我请了两小时的假。由拥挤不堪的街市回到清炉冷灶的家中。母亲笑了。及至听说我还须回校,她愣住了。半天,她才叹出一口气来。到我该走的时候,她递给我一些花生,'去吧,小子!'街上是那么热闹,我却什么也没看见,泪遮迷了我的眼。今天,泪又遮住了我的眼,又想起当日孤独地过那凄惨的除夕的慈母。可是慈母不会再候盼着我了,她已入了土!"我读到此处,泪同样遮迷了我的眼,我掏出面纸轻轻拭了一下眼角,擦了擦鼻子,语速迟缓,声音发涩,学生受到影响,一片静悄悄,甚至有了轻微的啜泣。全篇朗诵完毕,班上静悄悄的,约有半分钟,大家都沉浸在那份悲痛之中。其后我又作了些背景之类的介绍,力求让学生加深对文章的理解,提高《想北平》的朗诵效果。

今天,我在黑板上写下"朗诵汇报交流竞赛"字样,又画出8个小方块,标示出从1到8的序号,预先备好了写有顺序号的8个纸团。

组长抓阄。中国人,最服抓阄,运气差,没办法。下面失去了平静,一片嘁嘁喳喳。

按序号,组长带队,登台、亮相、致礼、开读。

最忙碌的人,是我,及时给每组拍照留影,再顺手抓拍台下同学认真听读的场景或特写。我要把他们的风采记录下来,把他们成长的痕迹加以定格,把这些照片发到我的QQ空间相册,供他们本人转载。

这次,讲台上的情形有了很大进步,几乎不再有笑场情况发生了;读者专注投入,努力读出味道。也许读得水平不够,但那份努力很值得我骄傲,这种努力表示了对朗诵的重视,扭转了他们以前不以为意的观念。"哼,美国的橘子包着纸,遇到北平的带霜儿的玉李,还不愧杀!?""愧杀"一词,因为后面有着感叹号,好几个人读得高亢激越,声音猛地一提,与前面的温和很不协调。事后,我指导说,这个感叹号,其实是反问句,感情较强烈的反问句也可以用感叹号的。我示范着读了"愧杀",并不需要用强烈而突兀的语气,洋溢着作者的满意甚至得意,进而表现出对北平的深厚感情。

骆旭铭小组朗诵时,莫名传来轻轻的声音,我昂起头,想发现谁在耳语,可是没有。大家和我一样疑惑,哦,终于发现,那是站在台上的梁鑫淼同学轻轻哼着,算是音乐伴奏,预先设计好了的。呵呵,这些孩子,还努力在形式上创新突破,谁说我们的学生死读书,是书呆子的啊?

每个小组既要登台表演,也要在每个环节之后,商量给别组评分。等到8个组全部结束,组长委派专人在我画好的方框内按序填写分数。去掉两个最高分、一个最低分,每个组实际得分由其他5个分数累加而成,很容易就排出了顺序。同学评分最好操作,学生热情高,参与度高,老师省心省力,还回避了偏心的嫌疑。我用红色粉笔标出了第一名。得分第二的小组要求选前两名，得分第三的小组要求选前三名。我哈哈大笑，决定满足他们，用红笔写下 A，B，C。后面的小组还要我追加名次，我没有再答应了，水加得太多，糖浆就不甜了。

8 个组长在讲台上合影，他们的身后站着我，这是组长的荣誉，这是成长的荣誉。

应他们要求，我示范着完整朗诵了一段，其中“面向着积水滩，背后是城墙，坐在石上看水中的小蝌蚪或苇叶上的嫩蜻蜓，我可以快乐地坐一天，心中完全安适，无所求也无可怕，像小儿安睡在摇篮里”，男中音舒缓了“小，嫩，快乐，安适，小儿，摇篮”，引领着学生陶醉在美妙的画面里，沉浸在深沉的感情里。

大家登台朗诵，既得到了能力锻炼，又得到了艺术享受，我很满意，很放松，随意将手伸进口袋里，忽然摸到了板栗。事先我数过，正好 12 颗，我当众奖给了 A 组组长韩旭影，由她分配给组员。这时候 B 组同学说“老师老师，我们也要！”我有点犯难，转念一想，手伸向韩旭影，要回 6 颗板栗，递给了 B 组组长骆旭铭，他们小组顿时欢喜起来。我笑着，对其他组长耸耸肩，摊开手：“多乎哉，没有嘞——”

板栗一颗，一颗板栗，散发着板栗的香味。其实，这散发的味道，又何止是板栗的香甜呢？

（写于 2013 年 9 月 28 日）

一则新闻标题的研讨

今年春天，媒体有这样一则新闻“冰岛女总理偕夫人访华”，我觉得很有意思，决定将其作为一个教学资源。

我们传统的教育，往往是“上课好好听”“听老师的话，好好记住”“在学校要乖”，所以我们的学生一向都是惮于发言，可以美其名曰“低调”。校领导，甚至很多学生对好课堂的评价标准之一就是纪律好、没人睡觉。为此，领导巡课，专抓睡觉分子。

学生不愿积极发言，我就先讲一个故事来激发他们，学生历来是不反对听故事的。联合国粮农组织决定对世界粮食问题进行调研，选择各地小朋友作为调研对象，设置了一个问卷：“对于世界粮食短缺问题，你怎么看？”问卷人先去了非洲，非洲小朋友看完题目摇摇头，啃着手指头说看不懂题目无法作答：“‘粮食’是什么东西啊？”问卷人无奈，转去欧洲，欧洲小朋友看完后，疑惑地望着问卷人，说看不懂题目无法作答：“什么叫‘短缺’啊？”问卷人悻悻地乘坐飞机去了美国，美国小朋友哈哈大笑，说看不懂题目无法作答：“只听说过美国，没有听说过还有什么‘世界’。”问卷人脸都黄了，决定到人口第一大国去看看，中国小朋友看完后，腼腆地红了脸，两个手使劲地对搓着。问卷人很纳闷，就问“你知道什么是粮食么？”小朋友点点头；又问“你知道什么是短缺么？”小朋友又点点头；再问“你知道什么是世界么？”小朋友还是点点头。问卷人觉得不可思议：“那么你为什么不回答呢？”小朋友理直气壮地说：“我不会‘怎么看’，我们老师没有教过这个题目，不信你看看我的笔记本。”一边说，一边翻出了密密麻麻、工工整整的笔记。

在讲故事的过程里，我就开始试着等待，由学生来猜小朋友们的答案。我把“什么叫‘短缺’啊？”写成板书，实际上是为了给他们一个模板和示范，下一轮就笑着等待他们的回答，几个聪明分子带动大家竞猜，好些人在竞猜里获得了成就感、愉悦感，对语文课兴趣盎然。我告诉学生，故事是编的，讲故事是讲究顺序的，这个故事是想表达什么意思呢？学生们说，是讽刺中国学生没有自己的看法。我说很对，那么我们来研究一个新闻标题，看看你们有没有自己的看法，看看你们能探究出多少信息量，好不好？允许互相讨论。于是我写好了新闻标题，“冰岛女总理偕夫人访华”。

课堂上一下子哄闹了，大家积极研究起来。我巡视课堂，微笑着鼓励各个小组尽情探究，并要求各个小组派代表去板书。学生的答案丰富多彩，有的很有见地，有的很是滑稽，笑声一片。本文因写作需要，剔去了无效的答案，事实上我现在也忘记了那些惹人生笑的滑稽答案。冰岛是一个国家；冰岛和我国有外交关系；冰岛总理是个女的；女总理是个同性恋者；女总理很有勇气，敢承认；冰岛对于同性恋有一定的容忍度；中国文化和冰岛文化有差异；冰岛经济不振，想得到中国帮助，前来访华；彭丽媛有可能会接见女总理的夫人。望着黑板上越来越多的答案，学生们都大为感慨：探究，可以给我们一个不一样的世界。我也很震撼，因为我个人根本想不出那么多答案。

拙劣的笔墨，永远无法描绘出课堂的精彩，就如几张照片无法演绎出视频的情态。这节课没有语文知识的传授，没有回家复习的安排，没有纪律良好的氛围，在一片吵闹声里，学生们获得思维的拓展、语文能力的培养。这是长效性的收获，不过，对考试分数没有多大的帮助，可以看作没有目标意识（也就是分数意识）。然而，我很享受这节课，记忆犹新，今天，简单地说与君听。

（写于 2013 年 8 月 4 日）

一张面纸一番情

“班主任话细节”，这个征文创意很好。班主任在实践工作中多有或成功或失败之举，然而与别人交流时又说不出什么事情来，其中部分原因就是育人工作多在细节之中。

高考方案改革，高一下学期期中考试后选科分班，我接任史地班班主任。史地班是各科目组中生源素质较差的组合，管理教育难度很大。为了建设一个团结文明优秀的班集体，我投入了巨大的精力和热情，自然也少不了许多细节工作。其中一张小小的面纸，就演绎了一段不小的师生关爱情。

牛某，男，入班文化分最低，行为表现也不够好，身背学校处分而来，家境较好，家教民主有余而压力不足。老师们多为之摇头。建设一个好班级要全体同学共同努力才行，对这个学生的教育问题是绕不过去的。一次上体育课，蒙蒙细雨，高中生对体育课是热情高涨的，即使有雨，也照上不误。我也尽可能陪他们上体育课，尽量多接触学生，交流沟通，融洽师生关系。课后，牛某被我叫到办公室谈话，我坐着，他站着，由于小雨淅沥，打球出汗，他屡屡用手掌捋擦脸上的水渍，我看在眼里，从抽屉里拿了一张面纸给他擦拭。一张小小的面纸，当时没有引起我丝毫的注意，后来在与他的家长交流中，我才知道那张面纸一下子撬动了牛某的心。他从来没有享受过班主任如此细心的关爱，觉得我的为人很好。之后，牛某值日，协管全班，深感管班不易，并提出建议，受到我的公开表扬。其家长也支持配合学校工作，牛某的表现也大有改观。现在想来，那张面纸虽不是改造力量的全部，却也是一个启动。

梅某，女，表现还好，成绩较差，经常迟到。我规定，早上全体学生讲台签到，轮值学生监督，第一次迟到者操场上罚跑两圈，第二次迟到跑三圈，如此增加，梅某第三次迟到，跑了四圈，后来虽然体力不支，但硬是坚持了下来，却爬不到四楼，回不了教室了，班上同学齐力将其弄到三楼，再也上不来了。我沉着脸过去，几乎是半抱着才把她拎上楼，同学递来凳子，让她坐着喘气。稍后，我让她坐到办公室里，看她气喘吁吁、汗水淋漓、眼泪滴滴，着实可怜。我让她喝了杯热水，又抽了一张面纸给她。前后擦了三张面纸，她才略显安静，我又问清她没吃早饭，便拿了袋酸奶，找了小袋饼干给她，她不想接受，我便严肃起来，叫你吃你就吃，叫你喝你就喝。严格要求和细心关爱并不矛盾。我剪好奶袋递过去，她终于啜吸一光。我告诉她，也在全班说明，惨状可以同情，但规定不可废除。这次教育，学生不恨，家长不怪，全班印象深刻。该生后来从没迟到过，我们见面，常常相视而笑，融洽愉悦。

然而我认为这是不够的，关爱应是互相的，老师固然应该关爱学生，学生也应该关爱老师。一次早上有雨，我进到班上，眼镜上迷糊着雨水，在班上转了一圈，学生全无反应。我便叫停早读，教育学生要懂得感恩，懂得尊敬，懂得关爱。以后再有类似情况，便会有学生争着给我面纸擦拭眼镜上的雨水，我说声谢谢，有时表扬一两句，学生获得精神上的满足，愉悦之情顿生，借此还可以转变部分独生子女自私冷漠的心理。我也适时引导，还要懂得关爱家长、同学。经过多次引导，班上同学团结友爱、互相帮助、情谊融融。

班级管理是个综合工程，这里只选择了一两个细节，略加陈述，班主任细心挖掘教育资源，于细节中教书育人，还是可以做出一些事情的，不过如果只凭这一两个细节，就指望搞好班级，那无非是一种幻想。然而细节多了，量变也会引起质变，那可是哲学的真理啊！

（写于2008年6月18日）

第4辑
号外

拜谒徐明墓

徐明，烈士；烈士，徐明。

伫立你的墓前，轻唤你的英名，你是否还能认出我这个当年的红领巾？

十余年前，我上小学，每年清明节前夕，学校组织祭扫你的墓地。老师告诫：扫墓务必严肃。时值初春，山清水秀，莺飞草长，泥土气息，沁人心脾。置身大自然的怀抱，老师的禁令已被春风涤荡一空。少年不知愁滋味，兴高采烈的，不像去扫墓，倒像是踏青。徐明烈士，你看到孩子们幸福地生活，健康地成长，定当九泉含笑吧！

步入陵区，排队、默哀、献上花圈、聆听介绍，串串泪珠滑落，洇湿红领巾一片。

徐明烈士，怀着敬仰之情，我查阅了有关你的资料。掩卷长思，想象你的飒爽英姿、临危不惧；想象你的艰苦朴素、严于律己；想象你的坚定信念、赤胆忠诚；想象你的年轻有为、雄姿英发。你统领茅山七县武装，"露浸衣衫夏犹寒"，牵制张灵甫王牌军达一年之久。大浪淘沙，时势造英雄；一代豪杰，逐鹿显身手。感怀你英年早逝，悬头笑看，蒋家王朝，灰飞烟灭。庆功宴上，不见你传奇的风采、豪迈的气概，你同无数烈士一样，默默与一抔黄土为伴。你生长在浙江，为了党的事业，捐躯在行香这片热土，长眠于这片多情的土地，正所谓"青山处处埋忠骨"。

徐明烈士，你牺牲后，党和人民没有忘记你，为你树碑，给你立传，你的名字融入了一代又一代后来者的血液。饮水思源，老区人民格外珍惜这份幸福生活。而今，行香中学将把你的英名嵌入，校名改为"句容市行香徐明中学"，以作永远的纪念。你将目睹更多的孩子健康成长。

徐明烈士，永垂不朽！

（《句容日报》，1997年10月14日）

逼

风光旖旎、山水相映的茅山镇没水吃了，真正是憋死了，限量供水、限时供水，居然又维持了一个阶段。居民这是由憋而逼，被逼得去实践金坛邻居华罗庚的妙计——统筹方法。

有一个笑话说，满池的鳄鱼张着狰狞的嘴。一富翁宣称谁能从池中游过，赏大洋五百。少顷，一男子直扑下去，以破世界纪录速度赢得奖金。观众正拍手庆贺，孰料他气急败坏："哪个王八羔子推我的？"求生本能逼出了这位英雄。

穷则变，变则通，通则久，自古皆然。

昔日杨修被称鸡肋，食之无味，弃之可惜。今有一些国营小单位员工，眼红个体的暴富，羡慕三资的口袋鼓，就是不愿品尝一下海水的苦。今天谁砸了谁的铁饭碗，明日又要搬谁的铁交椅，不亦乐乎，为改革唱赞歌。产权制度改革的利剑空中一晃，引颈观望的看客一改而为缩头乌龟。难怪鲁迅看的"黄种人录像"中，众人见杀头而喝彩，反正自己不在断头台。原来肋骨上多少有点腥味：报销、公房、老保，死了还有火葬费，何乐而不为？虽然每月几大毛，终究"聊胜于无"嘛。既有鸡肋，想必会有鸡腿。

孩子做错事躲在门后头，父母手一挥，"出来"，照例屁股上按摩一下，再次关照"下不为例"，如同无限循环小数。时间长了，还是旧模样。我倒建议，痛快淋漓剁几刀，刻出一个鲜红的字：逼。

（写于1995年）

从『向』字说说道教的建筑审美

道教文化源远流长，伴随着华夏文明的发展而发展，从图腾时代到信息时代，概莫能外。道教文化甚至早于文字时代，可以说，氏族部落的巫医就是最早的神职人员，许多湮没无闻的古文化知识都可以在道教文化中寻根究底，一如唐朝的某些文明礼仪在当代日本仍可寻着影子。

古典式道观建筑的门窗多取圆形，道教建筑为何以圆形为建筑审美取向呢？不妨先研究一下“向”字的本义。

“向”，从甲骨文看，是个指事字，外形为房屋，其中有一个圆，圆指窗户。先民结束了洞穴时代、巢穴时代后，发明了用版筑夯实泥土制造房屋的方法。如何采光呢？好在人们已会烧制陶器，如西安半坡遗址出土的陶盆已具有较高的实用价值，同时还加上了人面鱼尾纹的装饰，可见那时的祖先已有了精神文明的追求。人尽其才，物尽其用，废弃的陶器帮口往往比较厚实，有点像农村的陶制水缸，修理一下成一圆环，正好嵌进墙壁采采光、通通风。毕竟生产力低下，没有大量的陶盆供建筑用，因为南墙有门，那就在北墙按一个算了。所以“向”的本义为“北方的窗户”。最早的文化典籍《诗经·七月》中“塞向墐户”，“塞向”指冬天到了，北风刺骨，瑞雪将飞，采光远不如御寒重要，又造不出玻璃，只好再和些泥巴，把窗户中间的空洞堵塞起来。四季轮回，冬天到了，春天还会远吗？山花一开，天气转暖，那圆圆的一团干泥巴便被抠出“向”了。若干年后“瓮牖绳枢”的陈涉家里，还用破瓦缸（瓮）做窗户（牖），实在是贫下中农啊。

圆球形体是同等材耗而容量最大的形体，今天的几何学知识很容易证明这一点。多年以前，先民就在反复实践中掌握了这一原理，并用圆来代表极致和完美。天圆地方说，把美丽的天界说成完美无缺的国度，使人心仪一生。世界由两个对立统一面构成并互相促进甚至相互转化，于是道教用阴阳鱼这多种圆的组合形象来暗含这一哲理。道教又主张至圣、至贤、至善、至美，追求精神在物质上的升华，宣扬天人合一，主张功德圆满则得道成仙。这种孜孜不倦的追求，奠定了圆形的审美取向。北京天坛是帝王祭天之所，从上到下五层坛台，层层加大，都取圆形，围墙则以方形，正是天圆地方理念之反映。道教吸收着古典文化，所建道观供奉着各路神仙，神仙是天界的使者，自然应以天礼（圆形）待之，以区别于红尘熙攘的俗界。

一个“向”字，牵连着中华文明的发展轨迹，蕴含着道教追求完美的精髓。

（写于 1999 年）

大圣塔记

第4辑　号外

句容置县，始于西汉，悠悠二千余年矣。赵宋以降，宝塔长伴，矗立于崇明寺中。今日华阳，多有崇明遗风，巍巍崇明桥揽影于玉清河上。近年考证，沪上崇明，名源勾曲，人裔华阳，实为句容灿烂辉煌之佐例。崇明寺址遗有"寺街"地名，大圣塔遗址在今物资大楼南三五十米处。塔初为木，后为砖，七级飞耸，八面玲珑。内塔基层供千手佛一尊，外塔墙壁刻经文无数。塔形设计巧妙，左旋右转，一如迷宫，更为神奇处，便是传说的南池无塔影，据说是张邋遢背走了塔影。大圣塔直指苍穹，成为"容城八景"之一，1926年遭火，1970年拆除。

今年六月，塔址上兴建帕缇亚广场，拆迁房屋，垦挖基础。本人受老句容人周氏指点，在塔址中翻寻，觅得两整块塔砖，约长36.5厘米，宽17.5厘米，厚7.2厘米。掐指算来，这砖已有几百年高龄了。唯一遗憾的是，当初预制塔砖时，上面未刻有任何文字图案，少了一点研究价值和文化内涵。

塔伴容城，几近千年，历代兴衰，见证无限。句容重邑，扼南北之要冲，拱金陵之门户。皇亲贵宦，戍卒囚徒，骚人游子，时过于兹。儒道释各得其所，相安其里，积淀下丰富的人文财富：状元李春芳，知县徐九思，宰相陶弘景，元符万宁宫哲宗御赐，律宗第一山康熙亲封，宝志结庐宝华山，葛洪炼丹葛仙庵，康有为葬母茅山麓，陈元帅挥笔东进林。大圣塔睁圆慧眼，看朝代更迭，叹兴衰相随。

祈盼繁荣富强、民族复兴，国人傲建世纪坛，乾安坤定；祷祝安居乐业、雄姿再展，邑民拟造大圣塔，日照月垂。一议甫出，应者四起，乡党名望，高人贤士，布衣工薪，老幼妇孺，多方筹资，宝塔又现。移址葛仙湖公园，前瞻郭西塘，怀徐公九思恩泽当世，德沐后人；背倚新兴崛起之三中，才人孕育，龙虎万千。塔由七级升格为九级，可以俯瞰容城全景。设计精美，施工精致，监理精心，合力塑造新时代的工程精品，也塑造着句容人的龙马精神。

登塔幽思，抚今追昔，自当警示：人生苦短，年华易逝，万年太久，只争朝夕，爱我山河，造福桑梓，生则有为，死则无悔，仰不愧于冥冥青天，俯不怍于茫茫大地。如此，则乡里幸甚，民族幸甚，中华文明幸甚。

斯为记。

（写于 2003 年 8 月）

祭杜十娘文

美媺杜娘，认识你，是在童年的记忆里。电影将你艺术再现，让你悲歌重吟。那时起，我心中就种下同情的种子。

多年以后，你的芳容只留下浅淡的影子，你的哀情只余下些微的痕迹，你的痛楚只剩下模糊的轮廓。

而今，由于中学课本选文的调整，你又一次走入我的视线。风急浪涌，你踏波而来，弹起那心爱的瑶琴，唱起那伤人的哀歌。

你出身不幸，沦落风尘，迎新送旧是你的生存手段，吹拉弹唱是你的悦人专长。下沉游鱼，是你的娇容，上遏行云，是你的喉簧。一代名姬，色夺六院，技压群芳。然而更可赞的是你的追求，你的理想。

你不仅美丽，而且善良。娼门非你愿，卖笑实堪怜。人前则春风欢笑等闲度，人后则秋月涕泪满阑干。为了追求“人”的价值，为了摆脱“物”的俗念，你精心谋划，用计长远。躲过鸨母，私蓄万金，絮褥也藏起了纹银。身居底层，你深深懂得从良的不易，你用心守候着一位如意郎君。七八年的苦苦等待，冥冥之中走来了李甲，如你所言，他“忠厚志诚”，翩翩有公子之风，你看到了希望，海誓山盟，与李公子真情相好，甚至“见他手头日短，心头愈热”。

你聪明伶俐，智赚鸨母，让人称心快意，以区区三百两赢得“落籍教坊”。其间你用自己的方式考验了李甲，博得挚友柳监生的击节叹赏，开始憧憬幸福生活的彼岸。都门帐外，你别情依依；辞朋别友，你豪情满怀。踌躇满志，展盼未来，欲浮居吴越，饮情山水。每当李甲愁闷，你必舒其心，宽其怀，计有所出，情有所托，一扫郁郁之气，复起鸾鸣凤奏。李氏频频作揖顿首，常常感激涕零，盛赞“此情此德，白头不忘”。那时的你，真的是生活在幸福的云彩里。

风云不测，造化弄人。所谓红颜薄命，你的不幸遭遇再次印证了这句古训。一个歹毒浪子，以奸淫之意，巧为谗说，破人姻缘，断人恩爱，谋夺卿身。可怜你满腔热情、一番心血，全系李甲一身。那李氏忘恩负义，出卖良心，亵渎爱情，得银千两，不仅面无哀戚，反而欣欣然似有喜色。读文到此，吾心哀极、痛极、恨极！

你的坚强、刚直继续得以张扬。面对打击，你万箭穿心，心灰意冷，冷笑一声，却又锋芒不露，声色不动，自谋于心，亲自检看千两聘金。你指斥奸邪小人，数落薄幸郎君，尽洒金银珠宝，怒沉珍珠玛瑙。举飘飘之袂，投滚滚波涛，从此江风长恨，恨苍天不怜伊人尤物。

美媺杜娘，你始以忠贞之情，终遭不义之弃，偶然乎？必然乎？斯时已去，斯事复有。汝之悲剧，断然不会遏绝。然汝举袂临江之姿，一如飞天之游，飘逸、清纯、悲壮，树起一座心灵丰碑，久立于文学之林，昭示后秀，你当以瞑目长笑矣。

今天恰逢国际妇女节，且以此文作为奠礼。

魂兮，安息！

（写于2004年3月8日）

句容小赋

苏南句容，吴头楚尾，枕山怀湖，挹江拥陲。勾曲空阔天，华阳形胜地，扼南北之要冲，拱金陵之门户。西汉置邑，灿然千年。南来北往客，东游西学人，荟萃其间，民族合融。

南三茅，道气长存通天地；中县治，儒学仁礼贯古今；北宝华，佛理慈悲昭日月：儒道释同聚重邑，相安其里。元符万宁宫哲宗御赐，律宗第一山康熙亲封。游幸之余，典故流芳：行香太平庄，葛村下马岗。方忆山中，青烟袅袅，葛洪横架仙炉起，炼就今丹渡众生；又见江上，银篷点点，李白直挂云帆过，送将故人下扬州。

滚滚长江，滔滔白浪。魏武挥鞭，饮马长江上，横槊赋得慷慨诗，望断春风江南岸；弃疾挽弓，击楫中流里，闻鸡舞起莫邪剑，西北何处射天狼？曾记否，黄天荡，梁红玉，擂起战鼓震天响，杀得金兵人仰船也翻。满清式微，列强肆虐，英雄方拍案，天朝已喋血。

月明星稀，崔崔嵬嵬，抗日碑下细说抗日事；风轻云淡，苍苍茫茫，东进林里静听东进曲。巫恒通烈士，守节不移，拒医绝食见忠义，顽敌敬叹；新四军健儿，矢志不渝，弯弓射日逞英豪，鬼子缴枪。

今朝还看，人物风流。郁郁茅山，清清雾扬，玉兰藏幽谷，茶香飘坡冈。滟滟湖水，细细波浪，水面窜鱼虾，圩草肥牛羊。

国盛千邦慕，家和万事兴，子昂骑鹤过，不赋幽州情。

（写于2000年9月15日）

蜜蜂

蜜蜂这种小生灵，是春天的主角。

桃红李白菜花黄，漫山遍野，只要花朵开放，就有蜜蜂忙碌的身影。蜜糖吃在嘴里，甜在心头。农村孩子与蜜蜂有较多的情缘，有时不免带有一点掠夺和摧残。

以前，农村多是土坯房，檐上横着毛竹。土坯上有很多眼儿，那是小蜜蜂进进出出爬的。竹管中常驻有两种蜜蜂：一种黑似李逵，体大身阔；一种通体深黄，身狭而长。黑汉性情温和，臀部肥大，糖分多；黄脸狠毒暴躁，类似马蜂，属“个体户”。我们的政策是横扫黄蜂，用扫帚把它打落下来，踩死。对于黑汉，则是拿来主义，摘下后半身弄糖吃。站高捉黑汉很不容易，而且其甜度远逊于小蜜蜂，于是小蜜蜂自然成为被我们进攻的主要目标。

左手捏着小玻璃瓶，瓶口罩住土坯上那筷头大小的眼儿，右手拿一根细竹丝，顺洞眼轻轻抖入，隧道浅而直。变调的呻吟声立马响起，蜜蜂便倒退着，一拱一拱地，退出洞穴，被竹丝一拨拉，就进了瓶子，在瓶中毫无意义地拼命挣扎。

抓住蜜蜂后，用手挤挤它的后半身，尖刺便从腚后伸出，两个指尖捏拉尖刺，便能解除它的武装，再尽情享用那份甜蜜；或者到田野去，用纸一合，连花带蜂拿住，弄出蜂蜜来吃，效果一样。

还有一种，向蜂瓶中倒点火油，擦燃火柴投入，浓烟迅速弥漫，蜜蜂被呛得乱飞乱叫，嗡嗡声不绝。几经折腾，便伤痕累累，直至全军覆没。想想那时我们这批小朋友，可真是狠毒的刽子手。

启蒙后，这种游戏不再玩，见着蜜蜂，常怀了愧疚：血债深孽，却从未被惩罚过，没有一只善良柔弱的蜜蜂伤害过我。

对自己的罪行应当勇于承认和忏悔，无论个人，还是民族，还是国家。

三多三少叹读书

读书人一声长叹:世人读书,何等艰难?

藏酒人多,藏书人少。民以食为天,中国人常用的见面语“吃过啦?”从一个侧面生动地折射出中国的饮食文化。国人很在乎吃饭喝酒,不醉不罢休,“喝酒喝酒,喝得歪歪扭扭”,这才叫“到位”。句容的饭店有多少家?每天消费多少酒?具体数字没法统计,反正是一个字:多。这些人,家里藏酒很多,藏书很少。愿意花钱买酒,不愿意花钱买书。某次家长会,我狠狠抨击社会消费观念的畸形,之后,学生孙玲在随笔里感谢我、称赞我,说我帮她解决了一个难题,家长终于同意每月为她支出100多元用于购买图书,而原来家里是不肯开支这笔钱的。对于她的感谢,我没有高兴,只有悲哀。学校要求学生配备工具书,也就是买本《现代汉语词典》,竟有家长不同意孩子的请求,说:“那么贵,又不是天天用,跟别的同学借借好了,搞不定还是老师想拿点回扣呢!”我们老师还能说什么呢?唯有苦笑而已。

聚赌人多,聚读人少。句容书城的一个店家曾经和我闲聊,他抱怨我们句容读书人少。同样是在各个县城的书城做生意,在句容就做不好,首先就是人气不够。别的地方,暑假里,每日书城营业之前,门口早已聚集了很多等候的读者。而句容书城门口,等候的要么老、要么小,老的把小孩子送进书城,自己开路买菜做饭,到时来接。为了提升人气,店家搞活动,给来者发一些廉价的圆珠笔之类,倒是来了不少人,但还是老人居多,口口声声“我的礼品快给我”,拿了就走,或者排队再领,听说请他们上楼去看看,回答说,没有空的。嚷嚷而来,嘻嘻而去。句容有一多,就是棋牌室多。有次老婆在外打牌,我去茅山村一带找她,我向那儿的居民打听棋牌室,他们说这儿棋牌室那么多,谁知道在哪?这是小赌,所谓怡情的一族。据说现在大赌的不在少数,平时看不到,只有跑路了才事发。有的家长忙着砌长城,简单做个饭,甚至让孩子用微波炉自己加个热,然后鏖战沙场,“我打我的牌,你写你的字”(分工明确),“我就是在家,我也不懂”(无辜无奈)。没有书香的熏陶,只有浮躁的喧嚣,哪能育出好的读书苗?

考试则多读,不考则少阅。名著是前人留下的巨大精神财富,时文是人文气质的浸润濡染。学生本是阅读的主体,小学、中学十二年,应该有丰富的阅读,深厚的积淀。可是,功利性的追求吞噬了阅读的审美功能,读书,就是为了考试分数。如果看看作文选,是被允许的;如果背背好作文,考试时套一套,拿个好分数,是被赞许的。后来,上面建议读读名著,还特地开了阅读书目。但是,高考不出题,学校就不读;高考出了题,学校就做题。以做题拿分数为目的的阅读,阉割了静心涵咏的真味,变成了新的一根紧紧勒在学生脖子上的绳索。即使这样,还有人处处设限,比如,班主任发现学生在周末的语文课上阅读《三国演义》,要加以干涉,学生回答,是语文课上语文老师布置的。班主任便说,语文课上是可以看的,下课后课代表收齐交到我处,统一收存在柜子里,下次语文课要用时,再去抱来。呜呼!这是真实的事例,阅读阅读,这还是阅读吗?!

读书,真难。首先是社会消费畸形,无书可读;其次是家庭氛围缺少书香,无人领读伴读。学校总该重视读书了吧?可惜那是考“读”。

三多三少叹读书,叹息、叹惜、感叹、哀叹,何时才能书声琅琅?

(写于2012年9月25日)

水厂归来话节约

“上海自来水来自海上”，这是一个很经典的上联，多年来求得下联无数。其实，这并不符合生活事实，因为海水淡化的成本很高。所以上海人和我们一样，都是同饮一江水——长江水。

句容就在长江边上，有两座翻水站，直通长江，可以把长江水抽到北山水库，然后保障供给城区用水。每每提及翻水站，我的老爸就会两眼发亮，因为他曾是矿山的井下工，参加过翻水站的隧道建设，那是他的一段辉煌记忆，那时的他们，没有现刮刮的奖金，只有工人的战斗豪情。

今天，句容热线网组织部分资深网友，前去句容水厂参观互动，增进了解，我也位列其中。公司总部在城区，工会韩主席带我们去参观的厂区在杨塘岗的下坡处，我对这儿还颇为熟悉，是我当年读高补班的地方，一来就有亲切感。

首先参观总控室，监控系统把制水流程显示得很清楚，一位伍姓分管生产的副总，给我们讲解制水工艺流程。他是安徽安庆人，落根在句容了，乡音很重，但讲解得专注而热情。之后，我们一行人参观了整个生产线：泵房将原水从北山水库抽进来，前后经过“三池”——过滤反应池、沉淀池、清水池，然后加压输送给终端用户。原水经过的第一个小池子，上面有很多肮脏的水沫，就像排骨刚煮开锅时的那种泡沫，挨挨挤挤，簇拥在水面上，随着水流旋转，伍总说，那是有机物的浮沫。其后，经过加药，也就是几种净水物，使之反应氧化，消杀细菌藻类，然后沉淀，经过厚达1米多深的细沙渗透，滤去种种杂物，进入清水池。工艺比较复杂，我一时也搞不清楚，仅以最后的检测程序来详细说。水质管理科的李科长带我们参观了这个单独的院落。在中心化验室，我先后看到的牌子，就有：工艺检测室、气相色谱仪、原子荧光室、放射性检测室、原子吸收室。看看这么多科室，想想还有各类药房、泵房、仪器，不由感叹，当我们端起一杯水来的时候，哪里知道这背后复杂的工序，工人的辛勤劳动。再比如，我们不经意看到的一人高的建筑，上面铺设了草坪，还有很多蘑菇状的装饰，走近了去看，每个蘑菇帽子的下面，有好几个孔，伍总说，那是透气孔，给净水池释放空气用的，池子里面还有我们看不到的溢流孔等等。

座谈的时候，我特别提出了节水的问题。当我们随意糟蹋一桶水的时候，可知这水的来历，这水的代价？我的话，引起大家的共鸣。哗哗的、经过全部处理完毕的合格的自来水，就这样冲了马桶，浇了花圃，洒了马路，洗了车辆，多么可惜。

有个事情，我感触特别深。我跟着别人买了一个煮蛋器，感觉非常方便节省，速度快、代价小、效果好，还多功能。以前我家为了煮一两个鸡蛋，在电饭锅里放上好些水，半天才煮开，然后把废弃的热水倒掉，多么可惜。忽然又联想到，白天在大路上看到路灯大亮，原来是市政公司派人在检修更换损坏的灯泡。我想，白天开灯检修，是浪费电的。如果晚上安排两个员工加班，一人骑车，一人记录下哪些路灯需要更换，是否可以节约用电？

又想到我们教育上的浪费。开学之时，学生可以获得很多免费的课本、读本、很多填图册，其中一部分根本没有使用多少，甚至根本不用，就到了废品站。干净的纸张，经过印刷，用了油墨，增加了污染，再经过装订、裁切、打包、仓储、装运（甚至享受教材急运）、配送、分发，塞进书包，未经任何使用，便进了废品站，再次打包、装运，经过多道工序，化为纸浆，又一次增加了生产的污染之后，成为白纸，等待着下一个轮回。整个过程里，没有产生任何价值，这是怎样的一种悲哀和无奈？

现在，国家提倡节约，如镇江市政府在餐饮业提倡“光盘行动”。然而，光靠提倡、号召，还是比较乏力的。道德的熏陶只能熏陶有道德的人，素质的提倡只能提倡有素质的人，要形成全民共识，还需要制度化的建设、市场化的手段。大家都有这样的经验，公家的东西容易坏，使用效率低。例如，空调往往真正是“空调”，虽然办公室没有一个人，空调却依旧履行自己的职责，寂寞而忠实。如果设定用电总量，人均分摊，超过了补足，节省了奖励，这个制度是否能让大家养成节约用电的习惯？同理，对于其他能源的节约是否也有作用呢？“节约光荣，浪费可耻。”口号很好，实效寥寥，没有好的制度约束，许多口号便只能是口号罢了。

网友说，可以把洗衣水、洗澡水蓄起来冲厕所，可以把淘米水盛起来浇花，我也看过一些老太太这样去做的，很好。可是家里的厨房、卫生间，堆放着好多塑料桶，一字排开，是壮观，还是无奈？更何况，现在使用全自动洗衣机的很多，根本看不到水；淋浴也成为主流，哪里还有人站在塑料澡盆里洗澡呢？时代在进步，社会在发展，人性化的设计，需要便捷简约，用科学的方法来解决。记得当年农村种植水稻，水稻水稻，有水才有稻。农民每年都为用水打架、争吵，可是旱稻技术的推广，大大解决了问题。那么在节约问题上，我们能否有创新性思维、革命性手段呢？

伍总说，水厂的产销比是 3∶1，即生产很多，真正收到费用的只占产出的三分之一，违章用水、困难户补助、跑冒滴漏、人为破坏等等，就把产出的三分之二消耗掉了。如何提高效率和效益，是一个值得研究的课题。发动群众，有奖举报，目前是水厂的一个很好的思路。如何方便群众举报，也需要研究。

以前，我们对外的口号是，地大物博，人口众多。现在我们已经明白，总量之大不足喜，人均之少更堪忧。这次水厂之行，感谢伍总，感谢韩主席，让我们通过互动沟通，增长知识，增进了解，知道了水源的珍贵，知道了工人们背后的辛苦，也探讨了节约问题，感慨民生之重要，收获可谓大矣。

也希望句容热线网站，继续做好这类有利于民生的事情，把我们的句容建设得更好。

（写于 2013 年 11 月 10 日）

一碗甲鱼汤

山东招远麦当劳快餐店内，一女子因为拒绝陌生人搭讪，而被6人活活打死，其事也惨，其情也哀。事后，媒体与大众或质疑警员，或怒斥店主，或批评观众。总之，这一事件引起了全社会的思考与反省，这一点，算是血的代价后的收获。现实是，出警再快，也有一个过程；店主员工，数量有限，而且也没有经过格斗训练。所以，把正义、善良、勇气储备在每个国民体内，随时喷发出来，才是根本。

那么，人们的正义、善良、勇气到哪里去了呢？这里，我想以一个普通家长的身份说个故事，甲鱼汤的故事。

儿子中午在学校代伙，晚上放学回家，和我们聊起学校的事情。他说，估计学校明天会有人来检查呢。我问他为什么这样说。儿子表现出了强大的逻辑推理能力：第一，开学之初，学校就说过这学期省里会有领导来检查；第二，上个星期，学校就给每个学生发放了讲义，要求背诵，内容是领导可能问及的内容和学生必须回答的标准答案；第三，学校规定，如果不按照答案而自行回答学校教育教学的实情，学校将会调查，进行严厉处分；第四，学校中午还提供了免费的甲鱼汤，这是上学四年、代伙四年从来没有过的。

我顿了一下，缓缓提出一个问题："那么，明天如果有领导问你，你将如何回答呢？"儿子也陷入了思考，最后，他说了这么一句："那，就看他明天还烧不烧甲鱼汤吧！"

面对儿子的回答，我觉得他"长大"了，觉得莫名地心痛和悲哀。人，又少了一个，这个社会，将多一个看客加盟。

开学初，上级领导就定好了视察的时间，基层学校也做好了充分的准备。领导驾到，彩旗飘飘，前呼后拥，记者拍照；室内坐坐，看看资料，听听汇报，点头说好。为了迎接检查，统一校服，校园出新，临时绿化，这些我还能淡然接受。但是，给上级规定了题目，给孩子规定了答案，排好台词，规范表演，这种“看起来”的和谐，能给我们带来什么？

这样的“甲鱼汤”，或有形，或无形，烹制在校园、在机关，在昨天、在今天，或许明天还会继续。

招远的女子死了，没有观众出手相助，现场人的冷漠招来一片骂声。我不知道那些慷慨激昂的骂人的人，置身现场，会有什么惊天动地的表现，毕竟对着电脑喷口水总比现场抡拳头来得省力而安全。女子带着忧愤死了，我不知道如果是另外一个人挨打，她会不会挺身而出。我承认，现在的我，是没有勇气冲上去的。我估计，我的孩子可能会气愤地告诉我现场惨状，也不会冲上去的。

因为，我们的甲鱼汤喝得太多了！现在的甲鱼，都是人工养殖的，激素太多了！

（写于2014年5月31日）

走在路上

夕阳西风，茶马古道，衰草连天，瘦削少年郎。长衫一袭，包袱一挂，背上横着长笛，腰间挂着葫芦，灰尘蒙面，泥汗沾衣，踟蹰而蹒跚，摩挲路旁的老树，目送归巢的乌鸦，牵拉遒劲的枯藤，寻访山里的人家。茅屋炊烟袅袅，茶水热气腾腾，一洗多日的旅尘。沐浴更衣，手捻银针，为主人消解筋骨的劳乏。展卷挥毫，绘画题诗，写意抒情。取酿为饮，杀鸡作食，古今多少事，都付笑谈中。晨曦初放，少年郎只在板桥上留下足迹一串，继续寻访梦中的天堂。

又是夕阳，金色沙滩，椰风清凉，白云朵朵，帆影点点，波涛轻唱，海鸥低翔。老翁无发，稚子垂髫，荡悠在吊床之上。清风翻动发黄的日记，翻动许多尘封的故事。嫩手托腮，明眸闪亮，听着懵懂的沧桑。童声稚语，与沙哑苍凉互为应答。含饴弄孙，椰风斜阳，就在外婆的澎湖湾。

少年的幼稚已成记忆，老翁的情趣还在未来，我正走在两者之间的路上。

（写于2009年4月19日）

茶杯

许是职业原因，与茶很有几分缘。

既好茶，必用杯。最早用的是一只玻璃杯，冬天用作焐手，只是凉得过快。有朋友造访，茅山共攀，得粒粒橙包装杯一只。其密封性强，不漏水，可随身携带，于是首任茶杯让位新贤。

时间稍长，盖壳密封的关键——橡皮垫，在高温和茶汁热情的熏陶下，发硬损坏，于是，喜新厌旧的主人便另寻新宠了。

昔日门生吕欢同学，读书在宜兴，赠我紫砂茶具一套，古色古香，令我爱不释手。可惜现代生活节奏快，难得从容品赏。

在磁疗眼镜、磁疗增高鞋之后，又有新品，商家开发了磁化杯，据说饮此杯中水可百病不侵，故虽然价格不菲，却风靡一时。磁杯中部有一圈黑色外罩，许多时尚人限于囊中羞涩，发现老板酒包装可作代用品，取其形似。虽说有狗尾续貂之嫌，但人们以此自娱其情，自慰其心，客观上倒使该酒红火了一阵子。

今春逗留省城，蓦然发现，磁化杯已如明日黄花，一种新的果品饮料小包装粉墨登场，取而代之。

泛舟玄武湖，和风吹送，一浪复一浪。又想到江海潮汐，浪浪相陈；社会事物，此冷彼热；文化思潮，时东时西，难以把握。追波逐澜的人，你可感到紧随其后奔波的疲惫？何不停下来极目远眺，静心领略身边那秀丽的风景？

用自己喜爱的茶杯，一任潮起又潮落。

（写于 1997 年）

颂歌献给白衣天使

张渚的中心广场上
人们放飞白鸽
腾跃起/幸福的希冀
精灵的鸽子
站在/医院香樟树的枝头
梳理那/一袭圣洁的白衣

穿了/一袭圣洁白衣的
还有一群天使
那身素白,素白
医生和护士
朴素纯净的/是外表
端庄圣洁的/是心迹

端庄圣洁的/还有无影灯
无影灯下的/手术台
无影灯/是云湖上空的白云朵朵
纯粹,恬淡,安谧,实在
云中君用柔情似水的目光/安抚那
手术车,湖中舟
托举起/生命的绿叶
绽放开/健康的花蕾

绽放开花蕾,迎来了康复
这是/天使的追求
天使展开/道义的翅膀
翱翔
翱翔在/湛蓝的天空
陶醉在/宜兴的竹海

那一片竹海呀
郁郁又苍苍
苍苍又茫茫
青翠的/是勃勃的生机
挺拔的/是铮铮的风骨
虚心的/是皎皎的品质
向上的/是满满的理想

理想,耕种在/天使的心田
志同道合,群英荟萃
院长吹响集结号
群英还要听指挥

指挥的旋律/缀满灵动的音符
斟酌会诊的医师
拍板定夺的主任
熬了通宵的护士
司药保洁的工人
眉头舒展的家属
康复出院的病人
还有那/清晨
站在枝头的/鸽哨/阵阵
阵阵/鸽哨……

（写于2015年4月3日）

葛仙湖公园咏怀

蜿蜒玉清河水平，峻峭崇明塔影青。
桂黄草绿日斜坠，风暖鸟啼云正轻。
县令九思白菜味，仙翁葛洪丹炉情。
心念民生多艰苦，当为古邑育精英。

（写于2015年2月6日）

男人如酒

第4辑 号外

酒味，
男人味。
他因酒而醉，
他因酒而美。

初生男娃，
是杯新年的家酿。
奶味的谷米,香润，
清醇的余味,绵长。

快乐少男，
肩扛桶装的啤酒。
奔涌着激情的火热，
膨胀着绚丽的追求。

青春男孩，
一醉茅台终不悔。
霹雳惊鸿，
翼振高飞。

中年男子啊，
韧如牤牛。
舞动香槟的高贵，
犁出事业的巅峰。

白发老翁呢，
调制着鸡尾酒。
勾入沧桑阅历，
兑出智慧春秋。

男人的一生，
美酒的一生。

男人四十祭

第4辑　号外

一个秋日的午后
一场监考的寂寞
忽然,天边传来懿旨
宣布,自己真的老了

天公收去了满怀的激情
地母要走了风发的意气
我的灵魂涂满了软滑的药膏
转不动乖戾的肝脾

课堂上没有了澎湃的演讲
那场景只能在记忆里捞些残片
操场上没有了激荡的哨音
那声响碾碎在干瘪的心田

我看见一缕青烟
从鼻腔流入胸腔、腹腔
啃噬每个挣扎的细胞
塑化成寂寞的标本

话,少了
唾沫星子,静坐舌苔
话,慢了
字符的脆骨,被嚼成粉末

面对笑容,没有欣慰,轻松
面对讥诮,没有回击,反讽
面对不公,没有愤激,冲动
淡定从容,四处皆虚空

我,真的是我了
我,真的不是我了

（写于2010年11月11日）

小序：监考无事，随手做题，作文“你的眼神”，吾心为动，一时技痒，拟写诗歌。不知你的眼神能否通过它与我对接？

站在卢沟桥上
日光
雨露
霜雪
你静静凝眸，深邃
独领风骚五百年
把现在酿成历史
将石块沁入文明
那弯月亮的倒影
默默合上篇篇记忆

清末的士子
永远搁下了手中的半部《论语》
在你的眼神里
悲情涂抹着遗老落寞的诗句

民国的军阀
更换着城头的旌旗
在你的眼神里
挥写跋扈又毁灭的传奇

猖狂的倭寇
用刺刀伤害你的身体
用硝烟熏黑你的双眸
你把痛楚串串滴落
滔滔的流水向东

春风又度
你腾振四蹄
欲揽月
想捉鳖
将灿烂的眼神
彻照东方玉阙

可是
不待扬鞭奋蹄慷慨
你的斯文
碎成了历史的尘埃

如今你的双瞳
裹着厚厚的白内障
被铜臭熏得
黯淡无光

你哀怨的眼神
刺痛尚有余温的筋脉
只是如今仍惘然
何日再现明眸善睐
须晴日
没有雾霾

（写于2014年6月21日）

下弦的月亮
撒播着瞌睡的清冷
黏稠的晨曦
写满了楼顶的天际
自行车的流淌
是工蜂的出巢
黑熊灵巧的手掌
掰开清脆的玉米

芳香的桂花早已碾成泥
柔软的甲壳虫躲进了角落
辛勤的灯火浸湿了抽屉的缝隙
琅琅的声音爬满了屋子的墙壁

倔强而葱茏的短发,精悍
秀美而俊朗的青丝,飘逸
围裹着
一颗斑白的沧桑

春天来了
桃花红了
李花白了
护林人——醉了

（写于2007年11月27日）

星之思

晨光弥漫
昨夜星辰，寥落
寥落在归雁的羽翼
缥缈了旅人的心窝

那江南的雨巷
你没有撑着油纸伞
石板的青苔里
你走过木屐的徬徨

戈壁的驼铃
排印成无垠的寂寞
苇丛的丹顶鹤
追啄着忧郁的歌

嫦娥舒卷广袖
吴刚捧出桂花酒
花前的人，醉了
袖间的花，散了

孤寒不肯依旧
岁月还是蹉跎

（写于2010年11月11日）

燕子

穿一袭黑衣
飞越时空
从去年飞到今夕
揣着青春的记忆
还能记得当初引我飞翔的老师

往年的小燕子
消逝了细瘦的腰肢
带着自己的妞妞
又一次辛苦　呜啼
衔来土泥　羽毛　树枝

在新的屋檐下　栖息
吹着暖暖的风
沐着温润的雨
起落随意
享受着幸福的呼吸

（写于2013年10月16日）

早春

天上
翻动着飞鸟的影集
地下
挥洒了草根的诗行

阳光播进每一个角落
风儿带来故土的芬芳

雪水默默告别
将留言写满两岸
一只虫子伸出了脑袋
又折回温暖的巢房

农妇松完土
把棉袄挂上小树
解开鼓胀的怀
给孩子喂乳

（写于2015年3月15日）

你是海洋的气息
巡游在广袤的天际
披一袭白纱
将纯洁揽在怀里

故乡的风
厮磨耳鬓
泥土的声音里
耕耘着母亲的叮咛

因为使命,你幻化无形
美丽着飞翔的逍遥游
苦涩了漂泊的紫云心
你羡慕风筝
一根线,牵挂着无限柔情

曾经迎了风
随风潜入夜,润物细无声
曾经伴过月
当时明月在,曾照彩云归

征尘染紫裙袍
岁月磨销剑鞘
你将理想祭过头顶
青山不老，青春不老

（写于2010年3月25日）

无题

不知你在何方
相知只是偶然
采一朵西天的紫云
剪成梦的衣裳

风,是你的伴侣
吻你仙袂飘飘
送你轻舟摇摇
月,是你的知音
揉洗你的发梢
看你泪水潇潇

捡起一滴失眠的露珠
摸摸你昨天的脉搏
清冷的叹息里
是你漂泊的寂寞

（写于2010年3月25日）

跟着史祥学语文

跟着史祥学语文已经有一个月之久了。

这一个月里我学了什么？怎么学的？为什么要这样学？我这样问着自己，可是脑袋里一片空白。于是坐下来静静地回想，一幕幕画面在我的脑海中翻转。

在这个月里，我学会了大方地站在讲台上，我学会了跟帖，学会了批判，学会了讲冷笑话，学会了展望未来与评价现在的教育……懂得了很多以前在语文课堂上学不到的东西。这才是史祥老师的课。当我第一次站在讲台上自我介绍时，心慌腿抖，但我心底极不愿意承认；当我第二次站在讲台上参加竞选时，虽然依旧紧张，却比第一次好很多。第一次在史老师网页的文章下跟帖，有种特别奇妙的感觉。在语文课上，我看到了史老师大无畏的批判精神，自己紧跟着走上了这条“不归路”，在网络上，在生活中，看见不顺眼的就想批判一下。评价时事热点，结合文章《留美热潮》，大家在课堂上展望未来。

这样的语文课，并非想象之中的应试教育那般陈腐老套，反倒有些幽默趣味呢！

当然，课文我们也学了，没办法，在目前的中国，教育和教学之间暂时划着等号呢！我们模仿毛主席，把《沁园春·长沙》读得气势磅礴；我们怀着理想，演绎食指的《相信未来》。我们体会着《劝学》与《师说》的谆谆教诲；体会着史老师自创名句“饥饿的驴子吃光所有的麦子”，他用这头“驴子”来教我们这些不懂语法的吃货驴子，让我们不禁不觉得枯燥，反而很有兴趣。

我是怎样学语文的呢？这第二个问题冲着我笑呢！语文是个厚积薄发的学科。史老师在上课的时候会教一些课外拓展的知识，或地理，或历史。几乎每一节语文课，我都会笑，不仅是因为课上的内容，不仅是因为同学们丰富的表情，不仅是因为史老师技术高超的冷笑话，更因为我的笑点低。当一个人在开心的状态下神经兴奋，记忆力会出奇地好，背诵也不再像初中那样死记硬背文言文翻译、词解、原文，然后再默写、订正、重默的无限循环，反而觉得这是小意思。我尝试过在十分钟之内就能连续背完《沁园春》《劝学》《师说》。若是以前，就是那篇短短的《陋室铭》，估计需要五分钟才能背出来，更别说《桃花源记》《出师表》之类。理解背诵是高中最好的记忆方式，而史老师正是让我们理解课文之后，再有选择性地背诵。这是我能快速背诵的诀窍。

那么，为什么要这样学呢？站在我的角度上来说，这样学习可以从多方面锻炼自己，无论是社交还是学习。史老师有时会告诉我们一些他自己从人生经历中得出的教训，用警句的形式让我们写在笔记本上。比如，他说人际关系是最大的学问，不要随意帮别人传话，谈天时尽量不提及他人的名字。也许就是因为这样，开朗活泼、好学习、爱交友的一个个孩子，都非常配合这么思维开阔的语文老师。跟着他可以让自己少走弯路，可以扩大自己的知识面，何乐而不为？站在史老师的角度上来说，培养学生的交际能力是非常重要的，不能让祖国姹紫嫣红的花朵，在应试教育的扼杀下，蔫头耷脑、干瘪枯萎。真正眼光长远的老师，肯定会为学生的将来着想。

跟着史祥老师学语文，不仅是在语文课堂上读书识字，更是学习如何处事，如何待人，如何生活。层次高深的人总是隐而不显，深邃悠远的心总是寂寞孤独，他们的价值往往多年之后才能得到公认。

快乐学语文，我跟史祥学！

（徐雯　句容市第三中学2013级）

回忆大猪

不知是老了还是怎的，子夜一点睡觉，不到七点便醒来，再也睡不着。我知道自己尚没有资格提“老”，而且我也没有老的迹象。据说人开始变老的第一个征兆便是爱回忆，细想想，现在的我很享受当下，很热爱生活，应该没有老吧。

昨儿网上遇见初中语文老师，长聊了一回，除了站在共同的教师角度把目前的学生批斥了一通，稍微感慨了一下当前的教育，更多的是对曾经的我们无限的回忆。因他整整大我一轮，所以曾经他叫我小猪，我叫他大猪。给我们上课那会儿，他正是“初生牛犊”，典型的“不怕虎”，带领我们一帮孩子上天入地无所畏惧；加之那时的人们也简单，所以成就了很多学生。他经常激动地说：“我那时对你们的教育，真是所谓的‘素质教育’啊！”确实是这样。

初一时，他组织我们有着共同写作爱好的七八个同学，成立了“茅竹文学社”，并且经常策划一些课外活动，让我们深刻体会到生活是创作的来源。起初大猪要求我们写日记，然后逐渐变成鼓励坚持写日记，于是成就了难能可贵的坚持到如今的我们。大猪经常会在课上安排优秀作文的朗诵与评阅，我清晰地记得，进入初中后我的第一篇作文就被他当着范文在全班诵读表扬，作文的标题我已淡忘，内容是关于小升初后个人的感想，文章的最后一句我至今记忆犹新，“要知松高洁，待到雪化时”。他当时执教三班四班的语文，两个班级之间也是频频互动。他会选择优秀的文章，互换地贴在对方班级的墙上，我们就像现在欣赏画展似地来回穿越，寻找各自喜欢的文章并猜测出自谁手。

还记得那一次大猪带我们投放漂流瓶，每位同学将心中的理想、愿望写下，放进事先准备好的瓶中，盖好密封，由他亲手投放至洞穴中（很抱歉，我已记不清是印宫洞穴还是茅山洞穴）。大家至今都没提当初自己写的内容，今天我就第一个爆料吧，我写了八个字：“好好学习，天天向上。”

记得那一次，他带领我们远赴镇江参加作文竞赛，对于一帮从未离过家的孩子而言，那真是“远赴”。昨儿聊天还说起此事，大猪说就在出发之前，我老爸交代千万保证安全。那晚，别的同学都是统一住宿，我却被大猪送到住在那儿的一个叔叔家过夜；更由于我的执意早回家，其他意犹未尽的同学挺有意见。现在想想真的是当局者迷，当初因为爸爸的特殊身份，很多同学应该是抱着异样眼光看我的，也会认为我娇气、蛮横、霸道。其实一个十三四岁的孩子真的不会有这种仗势欺人的想法，我是怀着真诚的心和每一个人做同学的。

还记得有一天，大猪神神秘秘地把我叫去宿舍，拿出徐志摩的《再别康桥》让我朗诵。我平白直叙地念完后，大猪说他读大学那会儿，班里有位女生把这首诗念得美妙动人，可惜我不能够。我当然不能够，我当时连徐志摩是谁都不知道，我更不明白这首诗真实的情感何在，我只是个小屁孩。我估计那个女孩曾是大猪的暗恋对象，哈哈，又爆料了！

那三年里，我们真的学了很多，既有书本里的内容，也有书本里没有的知识。茅竹文学社的成员在省内、省外的作文竞赛中频频获奖便是最好的证明。张莹莹、金蔷薇、晨光、鲁速、娉婷……奇怪了，怎么这些笔名全都跑出来了，当然还有山人（大猪的笔名）了！

谢谢你，大猪！十多年过去了，我们这批被你视作得意门生的孩子们也都事业稳定、为人父母，而我更是远离家乡。正是因为你们的坚守，让我对家乡、对童年的回忆与热爱刻骨铭心。此刻我是伤感的，感叹时间的飞梭，感慨时间的残忍，掐指一算，你都四十不惑了，你在我的记忆中却明明是个愤青啊！流年，留不住青春，只留下了回忆。请多多保重，期待我们的相见！

PS：还有很多回忆材料，因为时间关系，没有写上，那就全埋心底吧！

（金蔷薇　句容市茅山中学 1994 级

初稿写于 2012 年 6 月 1 日，2015 年 5 月 6 日修改）

那些年，我们一起追随过的老师

“上课！”

“起立！”

“同学们好！”

“老师好！”

“同学们，今天上课的内容是一首诗，题目是《祖国啊，我亲爱的祖国》，作者是朦胧诗人舒婷，同学们先把这首诗读一下。”

趁着同学们朗读课文的时候，史老师走到教室后面和我们交流，问我们大学里有没有上过语文课。说完之后，老师回到讲台开始上课。老师上课，从不开门见山，总是善于引导，说一些当前的热门话题，分析一下形势，从而引出上课内容，让同学们带着一种熟悉的感觉走进课堂，不枯燥、不乏味。老师上课还是那么亲切，嘴角间会不经意地出现微笑。介绍完作者舒婷之后，他又说了几个诗人及名人，问同学听过没有，班上同学没有声音，也就代表不知道或者知道的人很少。“读书，读书，现在的学生读过几本书呢？”老师感叹道，“全是作业，哪有空读书呢？”说到同学们比较喜欢的话题时，个别男生就会起哄或者插嘴。这时，老师也会和同学一起笑笑，班级的气氛不错，这样上课，学生才喜欢，这样的老师，学生才爱！

坐在教室后面，我目不转睛地看着老师，还是老样子，幽默的风格、熟悉的板书，写完字转身时熟悉的侧脸，我不断地回想着当年在19班上语文课的情形，伤感之情油然而生，多么熟悉的感觉啊！可是看看周围，又是多么陌生啊！复杂的情绪一直围绕在我的心头，既希望快点下课，赶紧离开；又希望永远不要下课，上这样的语文课真好。然而一节课的时间是不允许我有太多情绪的，拿起笔在当年的随笔本子上记录了一点上课内容之后，下课铃声便响起来了。

这是2012年2月10日上午，在句容市第三中学高一(2)班，我与原23班班长杨夷和包玲同学一起蹭课的场景。年前，老师骑车受伤，我们没能看望，很是内疚。年后借看望老师的机会再听次课，甚是高兴。借听课的机会回味高中，感慨万千！

回味高中，话要慢慢说；感慨万千，话要细细讲。

2008年的冬天是比较冷的，上午课间经常能听到楼下传来整齐而响亮的跑步声和呐喊声。出于好奇，我便站在窗边朝下看，原来有一个班在跑步，前面还有个老师带着。"这是哪个班啊?"我问身边的同学，"3班，史祥他们班吧！"同学回答道。可能正是由于3班的影响，分班过后的23班跑步时也和3班一样。

"你怎么数了一遍又一遍，数这么多遍干什么?""我是21班课代表，班主任让我来查作业的。"对话完毕，老师回到座位上继续吃他的芝麻烧饼，我则继续低头数讲义，刚才数到哪儿了？忘了，又要重数！这是史老师和我的第一次交流。

分班过后，课间经常看见史老师拎着电脑从我们班门口经过，听说上史老师的课是经常能看电影的，羡慕之情油然而生。偶尔经过23班，会看到外墙上贴了很多文章，走近细看，都不错，有种想揭走贴到21班门口的冲动，也有种想来到23班的冲动。

小高考过后，听说要重新分班。有点害怕，因为怕被分到陌生的环境，但同时又有点激动，说不定被分到史祥班呢？然而令我怎么也没想到的是，史老师带的23班居然被拆，其他班级不动。史老师教育学生，都是以德服人、以理服人、耐心劝说，从不采取其他手段，而且经常与家长沟通、了解情况。这么好的一个班级，竟然被肢解了！被拆之后，23班有十几个人来到我们班，成为21班的一部分。没想到事先所谓的"重新分班"，只不过是个幌子。

4月10日下午，班主任宣布语文由史祥老师来教。当时班上同学那叫一个激动！回想起高一分班之前，每当看到语文阅读材料左上角印有"史祥，1750份"字样的时候，总会把材料多读几遍，多么希望史祥是自己班的语文老师。当时的仰慕已久与可望而不可即到如今美梦成真，而且老师从第二天开始就要在同一个教室里和我们共同度过紧张而又充实的高中生活，想到这里，我顿时被幸福和快乐包围了。

次日早晨，史老师带着本本、瓷盆、两袋方便面"转战"21班。那个早自习，我看了老师好久，我在猜测，他到底是一位什么样的老师呢?

第一节语文课，史老师一上来就做自我介绍，先说了自己的名字——史祥，然后说了一些和自己名字谐音的词“思想”“死相”……听了这些话以后，我感觉老师非常谦虚与低调。另外，令我印象最深的就是“我很丑，可是我很温柔”这句话。我觉得男人的帅气不在于脸蛋，而在于岁月积淀带来的那份睿智与淡定。

许多老师第一次给新班上课，总是说自己如何严格，以前带的学生多么好，本科考上多少，等等，但后来发现，这样的老师教学效果很是一般。史老师第一次来上课，说的话平淡却不乏幽默，有寓意也有内涵。日后发现，他做得很好。

史老师来了之后，我就爱上了语文课。当然，班上大部分同学都喜欢上史老师的课。史老师的课堂，找周公吹牛的人是最少的。课上，我们总能听到中国社会，甚至世界的声音，在枯燥乏味的日子里增添一点课外知识和社会经验。除此之外，还有小故事，比如：一个男的娶了一位公主，某次进皇宫，上厕所的时候发现旁边有枣子，就吃了起来，解手完毕，侍女端来水，他就吃吃枣子喝喝水，完了之后才知道，那枣子是用来塞鼻孔的，因为厕所太臭，而水是用来洗手的。过了一段时间，史老师又讲了一遍，问我们有没有讲过，有人说讲过了，有人说没讲过，老师当时就很不满意。

最令史老师不满意的，就是我们班的纪律，课前特别吵，老师拿着书走进教室说：“走到门口就知道是 19 班。”（进入高三，班级序列有所变更，我们班由 21 班改为 19 班。）有时候，语文课是在早晨第一节课，同学们大都在补觉，班级很安静，老师就会说：“我是不是走错了？”然后假装走出去看看门口的班级铭牌，脸上还带着一丝坏坏的笑，这时班上同学会很配合地说：“没走错，没走错。”

转眼间就离高考不远了，原本想象中的那段时间应该是忙碌忙碌再忙碌，然而事实却不是那样。那段时间我们班男生搞了个“厕所艺术”，老师看到以后，很淡定地到我们班上说：“一看就知道是 19 班的杰作！”的确是 19 班的杰作，而且参与的人还很多。最后一段时间的语文课，我总是格外珍惜。上课的时候看看同学，看看老师，脸上虽然笑着，想想毕业之后可能再也上不到语文课了，满心伤感！

最后一节语文课，史老师让我们每个人写一句话，作为 19 班“最后一语”，这也标志着高中的语文课就此结束，老师在 19 班“最后一语”后面收尾：“教了一年多，只说一句话，你们让我爱恨交加！”现在看来，爱有恨无，那节课，很难忘，情形至今历历在目。老师的课结束了，但是老师的思想却留在我们心中。

高考结束之后的暑假，买完手机，登上QQ，问同学要了史老师的QQ号，加上老师之后，老师第一句话就问我："你最爱谁?"我的回答是："我最爱我们的老师——史祥"。

那些年，我们一起追随过的老师！

（黄自强　句容市第三中学2007级）

心若在，梦就在

“中国好声音”是最近一档比较火的节目，我看到刘欢老师，总会不自觉地想起那首《从头再来》——曾经的句容三中高二(9)班(2005—2006学年)的班歌。

那年、那天，班长谭尧中午去音像店买回来一盘刘欢的磁带，用平时播放英语听力的收录机循环播放着《从头再来》这首歌。此后相当长的一段时间里，我们不止一次地全体起立，齐唱“心若在，梦就在，天地之间还有真爱，论成败人生豪迈，只不过是从头再来”。

彼时，或许我们并不能真切地领悟歌中的精髓，不知道歌曲里传达着下岗工人自强不息、从头开始奋斗创业的艰难过程；彼时，或许我们并不能深刻地感受“团结、奋进、优秀、文明”的班训激荡情怀的内涵。

史祥老师留给我的第一次印象便是入学句容三中后的第一次月考语文卷的附加题，上联“大圣禅坐大圣塔”，要求对下联。第一，若从小学算起，语文也考了九年，终于在第十个年头见识到了附加题；第二，对对联这样的事情大多出现在一些古装剧中，我的印象中，出现在考试卷上是第一次；第三，因为句容三中对面即是葛仙湖公园，如此贴近现实生活的题目确实并不多见。语文这种个人色彩浓郁的学科，问题的答案也并不是完全确定的，尤其是这类问题。记得我对出了“葛仙神游葛仙湖”的下联，颇有成就感。

我们2004级是“3+1+1”高考政策的最后一级学生，因此选科还存在着诸如生化班、政地班、甚至一文一理这样在如今已经绝迹的组合。高二8—12班是生化班，其中12班相对落后一些。我所在9班，刚开始是在最南边一幢教学楼的拐角处的教室里。语文任课教师兼班主任史祥，第一次见面就让同学自告奋勇地上去竞选班长，2005年的我们是没有多少勇气自告奋勇在黑板上写下自己的名字的。但是，直到我走进大学，直到我在一次大学课堂上举起手主动承担下次课的老师角色而让那名老师对我印象深刻，再后来，那名老师就是我工作后的领导时，我才后知后觉地发现：史老师的教育方式，是那么的超前！

教室搬到后楼三楼最东边后，我们师生开始了一年的相处。我莫名地被定为英语课代表，也许是高一期末考试我的英语分数全班最高？虽然不是语文课代表，但那会儿史老师却最喜欢几个人的文笔：我、董海、谭尧，还有杨蕉。现在想想，我也不知道当时为什么能得到他的赏识，也许那时有文采是因为正在萌动着的情愫？我那时会不时像婉约派词人那样抒抒情。

高二上学期的第一次月考、期中考、第二次月考、期末考，班里的成绩总是不理想，几乎大多时候只能从12班那里找找安慰。于我个人来说，也是我整个学生生涯的低谷，因此当班级里唱响"昨天所有的荣誉，已变成遥远的回忆"的时候，我总能融入旋律中，融入歌词的意境里。"只为那些期待眼神"，我们每个人都承载着一个家庭的希望，而彼时，不是所有人都能明白这个道理。如今，我们中的绝大多数都已经走上社会，有了自己的工作，甚至有了自己的家庭，此时再去回味那段岁月，必定是另一番别样的体会。

那一年，我们班每位同学都是人生中最热爱劳动的时候；

那一年，我们团结一心、奋勇拼搏获得年级拔河比赛第一名；

那一年，我们走进三中图书馆，整个学校只有我们9班才去图书馆……

也许是班级成绩不佳的缘故，以至于升高三的时候，我们班语、数、外、生、化5位任课老师只有英语老师杨继华得以留任，在史老师看来，这是一件非常遗憾的事情。

曾经的同学聚会，史老师似乎觉得对这个班级问心有愧，婉言谢绝了我们的盛情邀请。当他好不容易走出那年的阴霾答应我们又一次同学聚会的邀请时，那次聚会却由于同学们各自学习、工作原因而取消了，但他那条"勿以我为念"的短信息，我曾经一直存在手机里，我分明能感受到老师的遗憾还在。

今天是教师节，看到史祥老师给他的学生们布置的"给教师节献礼"的任务——写写一位印象深刻的老师，经过5年大学已经不怎么写作文的我，也不自觉地伴着"从头再来"的旋律，敲打着键盘，将脑海里的记忆一一跃然于网页。

史祥老师的教学理念在追求分数至上的高中阶段，有时候会成为高考制度下的牺牲品，他的付出也许在短期内看不出，但我切身体会到他的教学理念对我未来的巨大作用。

学生们叫他“老道、道长、山人、死相、老爹”，足见他的桃李对其浓浓的爱意与敬意。史祥，就是这么一位得满天下桃李的师者，在其人生的长河中，践行着“传道、授业、解惑”。

老师，请记得：心若在，梦就在。

（蒋伟　句容市第三中学2004级）

后记

最要感谢的，是我的父母亲。母亲艰苦劳作，甚至通过有偿献血来支撑子女的学业，伟大自不必说。父亲眼光高远，坚信读书改变命运，常抓不懈，终于让三个儿子都考上了大学，名震一方。父亲让我坚持写日记，这成为我生活的要素，积累甚多，受益颇深。借此，我的文笔长年保持流畅，不至于枯涩凝滞。此外，妻容儿乖，也给了我生活的愉悦和幸福。

除了记叙自己的生活，职业也影响着我。语文教学离不开作文，打铁还需自身硬，老师应该经常写写范文。记得当初，张远春老师在课上读自己的文章，我们被感染得潸然泪下。朱旭明、陈晖、张才光、朱声琦这些恩师，让我对语文深深迷恋。教学中，我和张云老师都喜欢写写范文，积沙成塔、集腋成裘，积累多了，就想汇总成集。但我一时下不了决心。张金保老师肯定我，文友戴玉娟鼓励我，杨莹帮助我，同学唐金成夫妇支持我。大学好友陆雨林、郑伟也很给力。大学聚会后，老书记尹美英多次热情表扬我，让我甚感温暖。此外，更有众多的学生粉丝表示捧场。心动之后是《归去来兮》的冲动，冲动之后就是行动。

感谢师父杨世华亲自作序，感谢九霄道人题写书名，感谢同学简祖平对我个人多方面的高度评价，感谢老友戴兆坤篆刻助兴，感谢张志成导演给我专业留影。

生活是创作的源泉。我回忆童年的悠闲和清苦，品味少年的自卑和艰难，感受亲情的伟大和细腻，体验生活的充实和无奈，热爱教书的活泼和美好，享受学生的尊敬和爱戴，发掘人性的光芒和崇高，崇尚真善美，希望读者能感受正能量。如此，我愿足矣。

已然《归去来兮》，还将《一路走来》，敬请期待。

史　祥

2015 年 5 月 14 日